Roger Aeschbacher

Kommt Schnee

Der Autor

Roger Aeschbacher wurde 1961 in Basel geboren. Der promovierte Molekularbiologe, der drei Jahre lang in New York forschte und auch ein Diplom als bildender Künstler der heutigen Hochschule für Gestaltung und Kunst in Basel besitzt, ist seit 2003 als Texter und Kommunikationsberater in Basel selbstständig tätig. Er schrieb das Fachbuch »Maximale Innovation – durch Management by Communication« sowie ein Kinderbuch. *Kommt Schnee* ist der erste Krimi aus der Reihe mit Kommissar Baumer.

Roger Aeschbacher

Kommt Schnee

Basel Krimi

Prolibris Verlag

Alle Figuren dieses Romans sind vom Autor frei erfunden. Jegliche auch nur entfernte Ähnlichkeiten mit realen Personen – lebenden oder toten – wären reiner Zufall. Die beschriebenen Schauplätze, Gebäude und Institutionen existieren. Alle dort stattfindenden Handlungen sind hingegen frei erfunden. Der Autor hat sich zudem die Freiheit genommen, die Beschreibung einiger Prozeduren den erzählerischen Erfordernissen der Geschichte unterzuordnen.

Originalausgabe 2010
4. Auflage 2011

Tel.: 0561/766 449 0, Fax: 0561/766 449 29

Lektorat: Anette Kleszcz-Wagner
Korrektorat: Christiane Helms
Titelfoto: Elisabeth Schiess, Basel
ISBN: 978-3-935263-71-9

www.prolibris-verlag.de

Danksagung

Der Autor dankt folgenden Personen
für ihre freundschaftliche Unterstützung:

Wolfgang Bortlik, Marcus Hünnebeck,
Dr. Anette Kleszcz-Wagner, Rolf Wagner
und Marcel Zurbuchen.

1

Baumer wohnte hinter dem Bahnhof Basel im Gundeldingerquartier. Dort, wo man immer Züge hört. Am Tag rumpeln die Personenzüge. Am Abend quietschen die Bremsen der Bummler. In der Nacht rattern die Güterzüge. Kies aus der Schweiz. Autos für Polen. Tote Hähnchen von Frankreich nach Italien. Noch später schleicht sich der Zug nach Amsterdam von Perron 9. Gegen Morgen erneut Lärm der Rangierarbeiter, welche die Kompositionen für den Tag zusammenstellen.

Baumer störten die unablässigen Geräusche nicht. Die Kakophonie aus metallischem Lärm gab Baumer Sicherheit. Er schloss daraus, dass es irgendwo dahinter ursächlich noch sinnvolle menschliche Aktivitäten geben müsse. Das Gerumpel war für ihn Sicherheit, dass die Außenwelt noch existierte.

Baumer war Polizist, und Freizeit gab es für ihn nie. Immer konnte ihn ein Telefonanruf erreichen. Sechs Uhr morgens. Zwei Uhr nachts. Vier Uhr neunundvierzig. Es machte keinen Unterschied.

Als Kommissar war er ein einsamer Mensch geworden. Vielleicht war er es ja auch schon immer gewesen. Sein Beruf war auf jeden Fall kein weiches Bett für einen gemütlichen Schlaf. Oft wusste Baumer gar nicht, wie spät es war, wenn er nach einer anstrengenden Schicht bei sich zu Hause einkehrte. Er kannte nur eine Einteilung in Tag und Nacht. Schwarz und Weiß. Leben und Tod.

Wenn ihm einer gesagt hätte, dass er heute einen brutalen Mord an einem jungen Menschen hautnah miterleben würde, ohne ihn verhindern zu können, er hätte es nicht geglaubt.

Wie hätte er es auch erahnen können? Dieser Tag begann für ihn wie jeder andere. Er war bei Bewusstsein und funktionierte doch nur wie ein Automat. Als Musik lief im Hintergrund der Lärm vom Bahnhof. Das Knirschen der Radgestelle auf den

Schienen. Das Stampfen der deutschen Diesellok. Das manchmal langsame, manchmal explosionsartige Entweichen der Pressluft der Zugbremsen.

Heute war Baumer früher als üblich wachgeworden. Zuerst konnte er die wenigen Geräusche, die dumpf und zackig zugleich durch sein geschlossenes Fenster hereindrangen, nicht mit einer Uhrzeit in Verbindung bringen. Erst als in kurzer Folge drei überlange Züge vom westlichen Rangierfeld her einfuhren, wusste er, dass die großen Pendlerzüge nach Bern, Zürich und Genf bereitgestellt wurden. Doppelstockwagen. Das geschah immer kurz vor sechs. Wenn dann der erste dieser Züge mit müden Menschen gefüllt war, von denen viele schon in den Sitzen eingenickt waren, und der Pfiff des Zugleiters zur Abfahrt ertönte, wusste Baumer, wie spät es war.
6 Uhr 01.

Basel - Bern.

So war es auch diesen Morgen. Baumer hatte sich noch im Halbschlaf im Bett aufgerichtet. Nun kratzte er sich den Kopf, lange und ausführlich. Seine Hand fuhr vor und zurück, wie die Kolbenstange einer alten Dampflok. Pschii-Chrrr, Pschii-Chrrr, schliffen seine Fingernägel über die Haut. Die kurz geschorenen dunklen Haare prickelten in den Fingerspitzen. Baumer war schlaftrunken und nickte aufrechtsitzend wieder ein. Ein scharfer Pfiff weckte ihn. Es war das Signal einer feuerroten Rangierlok, die einem ebenfalls noch sehr müden Rangierarbeiter ein Warnzeichen gegeben hatte.

Wenig später hatte Baumer geduscht. Mechanisch, wie jeden Morgen. Zuerst hatte er die Brust eingeschäumt. Dann die Haare. Den Schwanz. Die Beine. Die Brust. Den Rücken. Mit dem rhythmischen Hin und Her, mit der Harmonie dieser Bewegungen wiegte er sich unabsichtlich wieder in einen halben Schlaf.

Baumer zwang sich, den Wasserhahn für Kaltwasser stärker aufzudrehen. Er hielt die aufkommende Kälte nur kurz aus. Es machte nicht wach, schmerzte nur. Also stoppte er den Wasserstrahl, packte ein Tuch, rieb sich trocken. Dann kleidete er sich ein mit dem, was halt so da war an Hose, Hemd und Jacke.

Mit dem Duschen war ein erster Hunger gekommen. Früher hatte er morgens immer in den Kühlschrank geschaut, ob etwas Essbares darin war. Ein Joghurt vielleicht? Käse? Es war selten etwas da. Und wenn, dann war es eingetrocknet oder verschimmelt.

Abgelaufen.

Also hatte er aufgehört hineinzuschauen. Also würde sein Frühstück auch heute aus ein oder zwei Croissants und ungezuckertem Kaffee bestehen, die er meist im ilcaffè zu sich nahm. Also verließ er seine Wohnung, die mehr Schlafhöhle denn Heim geworden war, ohne einen Blick darauf zu verschwenden, ob alles in Ordnung war.

*

Kommissar Baumer trat auf den Bürgersteig vor seinem Haus und stand beidfüßig hin. Er war mit einer seiner üblichen Jeans von Lee bekleidet. Selbst bei seinen 46 Jahren spannte sie seine Oberschenkel, obwohl sie ihm im Bund sogar noch eine Nummer zu groß war.

Baumer war früher ein sportlicher Mann und sah auch jetzt noch mit seiner Größe von 1 Meter 80 stattlich aus. Er hatte für den RTV Basel und die Basler Handballauswahl gespielt. Torhüter. Seine mächtigen Oberschenkel waren ein Überbleibsel aus der Zeit als Aktiver. Auch sein Oberkörper war immer noch ziemlich muskulös. Seine Jacke schien eine Nummer zu klein gekauft worden zu sein, und obwohl sie in XL geschneidert war, zwickte sie Baumer unter den Achseln. Beim Hemd war Baumer hingegen sehr wählerisch. Er besaß nur exquisite Männerhemden aus feinster Baumwolle. Baumer trug sie nie lose über die Hüften, sondern stopfte die Schöße akkurat in den Bund der Hose. Ein breiter schwarzer Ledergürtel schien alles zusammenzuhalten, aber er war gar nicht nötig, sondern bloßer Schmuck. Auch Baumers Gesäßmuskulatur war immer noch athletisch ausgeformt und würde noch lange genügen, um den Fall einer Hose zu stoppen.

Trotzdem war Baumer, wie mit so vielem, auch mit seiner Figur unzufrieden. In letzter Zeit hatte er sein kleines Bäuchlein immer wieder ertappt, wie es ihn zum Narren machte. Baumer musste – öfter als ihm lieb war – das aus der Hose gerutschte Hemd zurück in den Bund streichen. Er schämte sich dabei ein wenig, mehr noch, es erzürnte ihn, dass es ein Memento Mori war. Auch sein Körper würde langsam, dann immer schneller verfallen. Bald würde er auch körperlich gebückt durch Basel gehen. Meist hörte er aber zugleich eine innere Stimme, die ihm sagte: »Das ist doch nicht schlimm, Andi. Ich habe dein Bäuchlein gern.« Das beruhigte ihn ein wenig.

Andreas Baumer blickte in den grau verwaschenen Himmel, der gleichmäßig flach dastand wie eine hohe Betonwand. Seine Jacke hatte er über die Schulter geworfen und hielt sie nur mit dem Zeigefinger am Hänger. Seine mahagonifarbenen Haare sahen aus, als wäre die Farbe darin ausgewaschen worden, dabei waren es nur die weißen Haare, die sich in immer größerer Anzahl in seinem Haar einnisteten. Einen Hut oder eine Mütze trug Baumer selten. Wenn es regnete, platschten die Tropfen eben auf seinen nackten Kopf.

Baumer hob seine Nase in die Luft, wollte schnuppern. Es war eine Nase, die zu seinem Körper passte. Es war eine Schweizer Nase. Sie war weder besonders rund oder krumm, noch grobschlächtig, auch kein Haken. Sie war zusammengesetzt aus allerlei Zutaten und war doch eine ganz unauffällige Nase. Einzig, vielleicht wie alles an Baumer, war sie ein klein wenig knorriger als der Durchschnitt aller Nasen dieser Welt. Auch seine Augen waren eine Melange verschiedener Merkmale. In seinem Pass stand bei der Farbe der Augen: grün-braun-grau.

»Kommt Schnee«, hörte der athletische Mann hinter sich eine sanfte, aber stakkatohafte Stimme. »Kommt Schnee.«

Die Stimme gehörte Franz Heberlein, dem autistischen Mieter aus dem 3. Stock des Hauses an der Hochstraße, in dem auch Baumer wohnte. Obwohl Heberlein mit seinen 44 Jahren fast gleichen Alters wie Baumer war, hatte er eine knabenhafte Statur. Ein Eindruck, der durch seine schmalen Schultern nur noch verstärkt wurde. Seine flache und in der Mitte eingefallene Brust hätte die eines 12-Jährigen sein können. Seine dürren Beine unterstrichen den Eindruck der kindlichen Unschuld, obwohl solche Beine auch einem Greis hätten gehören können.

»Kommt Schnee«, plapperte Heberlein erneut. Wie immer, wenn er mit Baumer oder irgendeinem anderen Menschen sprach, schien es nur so, als ob er eine Konversation führen wollte. In Wahrheit hatte er ganz zu sich selbst geredet.

Baumer drehte seinen Oberkörper behäbig, schaute auf den behinderten Heberlein hinunter, sagte nichts, beobachtete nur, wie dieser Schneeriecher auf zerbrechlichen Beinen an ihm vorbeiwackelte. Sein Gang erinnerte an die Gehversuche eines kleinen Kindes. Baumer schaute ihm nach. Vielleicht hätte er etwas antworten sollen, machte sich der Kommissar Gedanken. Einen Satz entgegnen wie, »Ja, Gottverdammt. Scheiß Schnee«. Vielleicht hätte auch »Ja, Schnee« genügt. Doch Baumer war kein Plauderer. Er redete nicht mit Leuten, wenn er nicht musste.

Baumer war Polizist. Ein »Schugger«, wie sie diesen Berufsstand in Basel verächtlich rufen. Er sprach nie viel, beobachtete umso mehr. Wenn er sich ein »Ja« oder nur schon ein »Hhmm« verklemmen konnte, tat er es. Er schluckte solche Wörter hinunter wie die Baselbieter Bauern Kirschsteine manchmal nicht ausspucken, sondern in den Magen versenken. Dort liegen sie viele Tage und plagen den Besitzer.

Baumer schaute seinem ganz auf sich bezogenen Nachbarn immer noch nach. Der war wie von unsichtbarer Hand geführt in Richtung des Einkaufszentrums Migros losgegangen. Heberleins Gang war krude, aber doch flüssig. Er bewegte die Beine so, als ob ein Puppenspieler sie an Fäden hielte. Heberlein setzte Füßchen um Füßchen vor sich und schien diese Bewegung doch nicht kontrollieren zu können. Den Kopf hielt er erstaunlich gerade, als wäre er wie eine Marionette an einem einzigen tragenden Faden aufgehängt. Die Augen des Autisten flogen jedoch mit jedem Schritt rhythmisch hin und her wie der Reisigbesen eines munteren Straßenwischers.

Bekleidet war Heberlein mit einem roten Regenmantel der Größe S, der wie der Lippenstift von Irma, der Bardame vom Pussycat, glänzte. Trotz der kleinen Konfektionsgröße war fast sein ganzer Körper darin verschluckt. Die Hände des kleinwüchsigen Mannes waren in den Ärmeln versteckt, nur die Fingerspitzen staken eng aneinandergepresst heraus. Sie erinnerten an Primeln, wenn sie im Frühling aus dem Boden drücken. Heberleins Kopf steckte unter der Kapuze des Regenmantels, die er um das Gesicht zusammengezogen hatte, sodass selbst Wangen und Kinn verborgen waren. Nur für Augen, Mund und Nase war eine runde Öffnung geblieben. Heberlein erinnerte an einen Magaziner von der Basler chemischen Industrie, der während eines Regengusses auf den Hof geschickt wird, um dort gelagerte Fässer zu kontrollieren.

Gleichmäßig spazierte der Autist Richtung Migrosladen. Egal ob ein Fahrradfahrer ihm vor der Nase vorbeifuhr oder gar ein Auto ihn kreuzte. Nichts konnte ihn bremsen. Heberlein hatte ein Ziel und wurde wie von einer unsichtbaren Gummischnur dorthin gezogen, ebenso wie ein Magaziner von der Novartis ständig die ferne Pensionierung vor Augen hat.

Baumer dachte: »So ein Kind. Der wird noch einmal umgefahren.«

Der Kommissar dachte das immer, wenn er Heberlein sah. Manchmal wollte er eingreifen, wollte den Mann vor sich selbst schützen. Immer aber ließ er es bleiben. Wozu diesem seinen eigenen Willen aufzwingen? »Viel hat der ja nicht«, dachte Baumer und erschrak, weil er merkte, dass das ja auch auf ihn selbst zutraf.

Um sich vor Vorwürfen zu schützen, redete er sich schnell ein, dass es sowieso nichts genützt hätte, mit einem Autisten ein vernünftiges Gespräch führen zu wollen. Seit das Quartier eine generelle Geschwindigkeitsbeschränkung – Tempo 30 – erhalten hatte, war Baumers Gewissen ein wenig beruhigt. »So hat er vielleicht noch eine Chance, wenn ihn einer umfährt«, dachte er.

Heberlein war wie ein Soldat beim Exerzieren um die Ecke gebogen und aus dem Blickfeld Baumers verschwunden. Baumer sah auf seine Füße. Diese waren unglaublich groß. Umso mehr fielen sie bei diesem, nur leicht übergewichtigen, Standardkörper auf. Wenn man ihn persönlich angreifen wollte und nichts Dümmeres fand, konnte man sich immer über seine Füße lustig machen. Sie waren immer sichtbar und sie waren immer viel zu lang. Manchen Spott hatte er deswegen schon ertragen müssen. Wie kürzlich, als er den neuen Rekruten eine Vorlesung über Detektivarbeit hatte halten müssen. Den pausbäckigen Sportlertypen, die voll im Saft standen und das bei jeder Gelegenheit und meist obszön zeigten, schien Baumer wie von einer anderen Welt.

Ein hohlwangiger Rekrut schien Baumers Ausführungen besonders abgeneigt gewesen zu sein. In der Pause hatte er den Spaßvogel für seine Kameraden gemacht. »Gute Detektive haben eine große Nase. Pflaumer hat nur große Füße.«

»Ha, ha, ha, ha«, hatte es vielstimmig zurückgeschallt.

Baumer kannte solche Lachsalven. Sie hagelten auf ihn ein wie Gewehrschüsse. Kaum waren die Schüsse abgefeuert, reckten die Schützen ihre Köpfe über die Läufe ihrer Sturmgewehre, wie sie dies auch beim Eidgenössischen Feldschießen tun, und schauten penetrant hin, ob sie das Ziel auch getroffen hatten. Baumer schaute auch. Sah diejenigen, die sich kaum halten konnten vor Lachen. Sah auch denjenigen, der am wenigsten lachte. Das war immer der, welcher den Witz erzählt hatte. Der Obergauner. Während die anderen sich schüttelten, stand dieser aufrecht und hatte ein leises, aber zynisches Lächeln um die Mundwinkel. Das ätzte Baumers Seele wie chloriges Gift.

Baumer hatte diese Gesellschaftsspiele nie mitgemacht. Er war kein Mundwerker. Er war Handwerker. Ein Polizist und ein guter Detektiv. Das war er nicht, weil er besonders schlau gewesen wäre und über die besondere Gabe des intelligenten Kombinierens verfügt hätte. Er war es auch nicht, weil er besonders aggressiv mit seinen »Kunden« umgegangen wäre und sie für ein Geständnis geschüttelt hätte, wie ein Bauer einen Zwetschgenbaum, um an die feinen Früchte zu kommen. Baumer machte einfach seine Arbeit. Das war heutzutage nicht mehr selbstverständlich. Im Vergleich zu einigen der anderen Polizeibeamten eckte Baumer daher zwangsläufig mehr an, als diese. Baumer war das egal. Es kümmerte ihn nicht, was seine Vorgesetzten und Kollegen von ihm dachten. Er machte seinen Job, weil er nicht viel anderes hatte und daher nicht anders konnte. Sein Job gab ihm Sicherheit, nicht nachdenken zu müssen über sich und die Welt. Er füllte die Leere. Wenn dann ein verknorzter Fall anstand und man ihm das Dossier auf den Tisch schob, suchte er nie nach einem anderen Dummen. Er nahm das Dossier und begann seine Untersuchungen. So ging es einfacher mit dem Vergessen.

Nicht selten meinten seine Kunden dann, dass er ein besonders schlauer und harter Hund sei. Sie dachten das, weil Baumer wenig mit ihnen sprach oder nur das Allernotwendigste. So schlossen sie, dass er wohl schon alles wisse. Weil Baumer schwieg, sprachen sie umso mehr, weil sie es nicht aushielten, wenn ihnen einer für einmal keine Vorwürfe machte. Darum hatte Baumer mehr Erfolg als die anderen Detektive, die ihre Kunden grob anfassten oder gleich richtig holzten. Darum holte man ihn, wenn ein Kunde gar nicht mehr reden wollte, weil ihm ein Großmaul in Uniform den wurstigen Finger auf die Brust gedrückt hatte, oder ins Gesicht. Dann war Baumer recht. Er bekam die vergeigten Fälle, die Schlamassel, weil er seine Arbeit machte und die ihm wichtiger war als die Karriere. Aber mit jedem Fall, den er löste, obwohl er seine Hände in den Hosentaschen behielt und nicht sprach, wie die Cops in Hollywood sprechen, wuchs die Eifersucht der Beamten auf diesen Kommissar. Damit kam die Wut auf ihn. Schließlich hassten sie ihn nur noch.

Andreas Baumer stand vor seiner Wohnung auf dem Gehsteig und schaute noch immer auf seine Füße. Wie groß sie waren. Gern hätte er sie gegen eine Hakennase getauscht. Er hätte auch abstehende Ohren akzeptiert, wenn er nur diese Füße losgewesen wäre. Das Einzige, was Linderung gebracht hätte, wäre der richtige Stammbaum gewesen. Aber weil er aus einer armen Gebärmutter gekrochen war, gab es kein Zurück. Seine Füße würde er, genau wie seinen kleinen Namen, nicht mehr los. Vielleicht waren sie sogar als Entschädigung für den zu geringen Namen gedacht gewesen.

Die graue Wand riss einen Spaltbreit auf. Licht brach durch, nur wenig heller als das Betongrau. Es war, als sähe man das Licht einer Leselampe durch ein ungewaschenes Duvet hindurch.

Es wurde Zeit. Baumer musste los. Musste einen Fuß vor den anderen setzen. Wie Heberlein. Baumer spürte die Kälte der Nacht an seinem ganzen Körper. Es war bereits tiefer Winter. Ob wohl erneut Schnee kam? Endlich zog er seine Jacke zu. Baumer schnalzte verächtlich mit der Zunge. Es war unausweichlich. Er musste den linken Fuß vor den rechten setzen, dann den rechten vor den linken. Tat es und sagte »Gottverdammt.«

*

Baumer ging zu Fuß in die Innenstadt. Er brauchte diese zwanzig Minuten, die der Gang zu seinem Büro benötigte, um richtig wach zu werden. In dieser Zeit ließ er immer seine Gedanken treiben. Wenn er an einem Fall arbeitete, hatten sich die gesammelten Fakten über Nacht in seinem Hirn angeordnet, wie die

Pinselstriche auf einem Bild von Monet, und man konnte ein Motiv erahnen.

Meist verflüchtigten sich diese Bilder aber auf dem Weg von seinem Heim bis in den Spiegelhof, wo sein Büro war. Dann blieb der Fall vorerst ungelöst.

Manchmal verdichteten sich die Bilder aber zu einer Geschichte. Mit Anfang und Ende und ohne Bruch dazwischen. Mit Personen, die alle ihre Rolle und Funktion darin hatten und die untrennbar miteinander verknüpft waren.

Ein Film lief ab. Das Opfer trat auf und wurde ermordet. Der Unschuldige wurde verdächtigt und dann entlastet. Der Täter erschien, wand sich und wurde doch irgendwann festgenagelt. Wenn das geschah, wurde der Kommissar gelassen und unruhig zugleich. Er wusste, dass er nur noch den Namen des Täters in ein Dialogfeld am Computer eingeben und die Enter-Taste drücken musste. Dann hatte er den Staatsapparat in Bewegung gesetzt und der Täter wurde von der Meute wie ein Tier gejagt. Das gab Baumer Genugtuung.

Genugtuung.

Mit dem Erfolg begann aber zugleich eine neue Unruhe zu keimen. Baumer nahm dann, zuerst nur unbewusst, wahr, wie sich eine frische Unbehaglichkeit in seinem Bauch einzunisten begann. Sie würde sich zu einem chronischen Schmerz auswachsen, der sich über Wochen verstärken würde.

Es war das Unwohlsein dessen, der keinen Sinn und Zweck in seinem Dasein sieht. Eine krebsige Krankheit, die mit jedem Tag fortschreitet, an dem kein neuer Mord geschieht. Gegen diese Krankheit gibt es kein Heilmittel. Sie würde erst verschwinden, wenn er einen neuen Telefonanruf bekäme, in dem ihm sein Chef sagen würde: »Baumer. Wo stecken Sie? So ein Scheiß Mist. Verdammt. Haben Sie schon gehört?«

Dann war das Leben wieder erträglich, weil er mit fremden Gedanken beschäftigt war. Ein solcher Anruf lag aber bereits mehrere Monate zurück. Damals hatte er den Täter ans Licht gebracht, wie der scharfe und unerbittliche Khamsin verborgene Grabplatten vom Wüstensand befreit.

Es ging um eine Leiche, die man in einer Autowerkstatt beim Hegenheimerquartier gefunden hatte. Sie lag unter einem Toyota, der offenbar von der Hebebühne gerutscht war. Der etwa 30-jährige türkische Mann im legeren Businessanzug lag dort, wie wenn er sich zum Schlafen auf den Rücken gelegt hätte. Ausgestreckt. Nicht verkrümmt. Der Brustkorb war zerquetscht. Das Heck des Autos deckte den Körper des Toten von der Brust an abwärts wie ein hastig darübergeworfener Sargdeckel zu. Die Hände waren nicht vors Gesicht geschlagen. Sie lagen am Körper des Toten an.

Baumers Kollegen waren vom Unfallhergang fasziniert gewesen und fummelten an den fünf Bügeln, mit denen man die Hebebühne in allen möglichen Dimensionen verschieben und neigen konnte.

Baumer setzte sich hingegen zum türkischen, etwa 40-jährigen Garagisten, dem die miese Bude an der Grenze zu Frankreich gehörte und der so klein war wie ein portugiesischer Bauarbeiter. Der Mann, dem pechschwarze Bartstoppeln dunkle Schatten auf die Wangen und unter sein Kinn bis unter den Adamsapfel warfen, hatte die Polizei alarmiert.

»Ist schwer zu überleben?«, hatte Baumer gesagt, als er sich zum Türken hingesetzt hatte.

»Ja. Die Geschäfte sind hart.«

»Wenig Aufträge?«, sagte Baumer beiläufig und rückte sein Gesäß im Stuhl zurecht. Interessierte er sich für die Antwort des Garagisten? Nicht wirklich. Sowieso wäre es ihm recht gewesen, wenn die Untersuchungen eine Weile dauern würden und er sich nicht mit sich selbst beschäftigen müsste. Baumer war einfach zum Garagisten gesessen, weil er darauf spekulierte, dass ihm der Mann einen echten türkischen Kaffee anbieten könnte. Dafür lohnt es sich, einen kleinen Schwatz mit einem wildfremden Menschen zu halten.

Der Türke schob den Kopf nach vorn. »Aufträge?«, wiederholte er die Frage von Baumer und hob die Augenbrauen. Dann senkte er sie wie in Zeitlupe. »Die Schweizer fahren alle teure Kisten, Mercedes und so. Die Franzosen lassen in Mulhouse flicken.«

»Keine Türken?«

»Pah, die Scheißtürken. Für Tuning geben sie das ganze Geld aus, aber dann nicht zahlen«, stieß es aus dem Geschäftsmann hervor, dessen Kleidung schon bessere Tage gesehen hatte und unter dessen Fingernägeln verölter schwarzer Dreck stak. Der Nagel des linken Daumens war komplett blauschwarz unterlaufen. Wahrscheinlich hatte er sich diesen Finger kürzlich eingeklemmt.

»Gehört euch beiden das Geschäft?«, fragte Baumer, während er den rechten Unterarm drehte und mit dem Daumen der geschlossenen Hand auf den Toten unter dem Auto wies, der bereits so kalt war wie die Kasse der Yeremi-Auto-Reparatur.

»Ja. Wir machen das seit einem Jahr zusammen.«

»Muss schwierig sein. So wenig Kunden«, sagte Baumer und wollte doch eigentlich nur einen Kaffee erbitten.

Der Garagist schaute auf den Audi A3 in der hinteren Ecke. Seine linke Tür war weiß, der restliche Wagen schwarz. Den hatte er zu flicken begonnen. Neu lackieren brauchte er ihn nicht mehr. Der Besitzer würde das Auto nicht mehr abholen, da er wegen einer Alimentengeschichte in sein Heimatland geflohen war. »Die Geschäfte gehen schlecht. Verdammt. Und die Frau zu Hause gibt das Geld mit beiden Händen aus«, sagte der eher mehr als weniger korpulente Automechaniker, dem als Geschäftsmann offenbar wenig Erfolg beschieden war.

Baumer entging nicht, dass Yeremi, als er über seine Frau herzog, nicht verhärtete. Er hatte die Brauen nicht über der Nase zusammengezogen und öffnete diese sogar eine Spur weit. Auch seine Unterlippe wurde voller, wölbte sich nach vorn und ging nach unten. Seine linke Hand öffnete sich zugleich, als wolle er zu beten beginnen.

»Ist kein Leben«, meinte Baumer. Er dachte an türkischen Kaffee. An das kleine Pfännchen, mit dem man das Pulver aufkocht.

»Nein«, antwortete Ilmaz Yeremi und schüttelte den Kopf in Zeitlupe. Auf seinen Lippen stand nun ein bitteres Lächeln.

»Wie heißt deine Frau?«

»Fatima.« Der Befragte wurde weicher. Die Bitterkeit wich der Traurigkeit.

»Und«, sagte Baumer mechanisch und wollte doch eigentlich nur wissen, ob man vielleicht einen Kaffee – oder so? Baumer schaute dem Garagisten nicht in die Augen, als er das sagte. Dann fragte er noch mal. »Keinen Ausweg gefunden?« Erneut war es mehr Feststellung als Frage. Baumer sagte auch das in milder Form. Eine Anklage war darin nicht wahrzunehmen. Er wollte den Türken nicht vor den Kopf stoßen, wollte doch nur einen Schluck richtig guten Kaffee trinken.

Der Garagist schaute ins Leere. Dann plötzlich schürzte er die Lippen und mahlte mit dem Unterkiefer, sodass seine Kiefermuskeln deutlich hervortraten.

»Nein. Ich ... ich ... es war ...« Der Garagist riss am Knopf seiner schmuddeligen Krawatte, um sich mehr Luft zu verschaffen. Der Knoten war jedoch zu stark und löste sich nicht. Der ganze Oberkörper von Ilmaz Yeremi wurde von seiner eigenen Hand hin und her gezogen, als er versuchte, die Krawatte zu lockern.

Seine Stimme lag einen deutlichen Schlag höher, als er sagte: »Es war ein Unfall. Ein Streit. Ich, ich ...« Dann warf er die Hände vors Gesicht und begann, hemmungslos zu heulen. Sein Körper zuckte unkontrolliert, als gingen Stromstöße durch ihn hindurch. Bei jedem Stoß sog Ilmaz Yeremi unbändig Luft ein, als müsste er ersticken.

Baumers Kollegen standen an der Hebebühne und schauten erstaunt zu dem in sich zusammensinkenden Garagisten hinüber, der schluchzend sein ganzes Elend zu erzählen begann. Dann blickten sie Baumer tatsächlich ein wenig vorwurfsvoll an.

Aus Yeremi brach es nun hervor, wie er einen Partner gesucht hatte, der sich an seiner Firma beteiligen sollte. Wie er diesen feinen Herrn – Acar Cetin – fand, der ihm versprach, Geld einzuschießen. »Ich bringe dir viele Kunden. Vertrau mir!«, hatte ihm Cetin gesagt. Wie dieser Herr aber seine Finger nicht rührte. Wie er stattdessen mit einer Hand in die Kasse seiner Garage langte. Mit der anderen griff er an den Hintern von Fatima. Yeremi erzählte, wie er Cetin zur Rede gestellt hatte. Wie dieser ihn nur auslachte.

Verhöhnte.

Der Türke erzählte, was ihm immer wieder durch den Kopf gegangen war: »Du willst meine Frau? Du kannst mein Auto in Fresse bekommen!« Wie er das Schwein gestern Abend vor der Garage überfuhr. Niemand sah ihn in dieser verlassenen Gegend. Wie er Cetin dann unter die Hebebühne schleifte, den Toyota herunterfallen ließ.

Yeremi hatte die Geschichte zu Beginn mit brüchiger Stimme erzählt. Bei der Schilderung der Tat war sie fester geworden. Als er den Mord beschrieb, hatte er seine Hände vor die Brust gezogen. Sein Gesicht war verzerrt, seine Finger verkrampften sich. Die Sehnen spannten sich über die Knöchel und traten weiß hervor. Auf seiner linken Faust prangte der schwarze Nagel seines blutunterlaufenen Daumens.

Baumer beachtete den Mörder schon nicht mehr. Die ganze Zeit über hatte er an Kaffee gedacht. Hier war nichts mehr zu holen, nichts mehr zu tun. Dem Mann würden Handschellen angelegt, er würde in das Untersuchungsgefängnis geführt werden.

Baumer wollte aufstehen. Er stellte erstaunt fest, dass sein Körper schwer und unbeweglich war. Mühsam hob er sich auf die Füße. Seine Knochen wurden ihm bereits wieder schwere Last.

2

Baumer war in die Innenstadt gegangen. Wie fast jeden Morgen kehrte er im ilcaffè ein, eine hübsche italienische Kaffeebar, die zwischen Barfüsserplatz und Hauptpost liegt. Dort nahm er jeweils seinen ersten Kaffee.

Das ilcaffè war gut besucht. Viele junge Männer waren da. Adrett gekleidet. Die einen arbeitslos, die anderen arbeitsscheu. Alle tranken sie aus kleinen oder großen Tassen Kaffee. Espresso. Latte Macchiato. Doppio Espresso.

Es war einfach zu erraten, wer arbeitslos war und wer sich vor Verantwortung drückte. Die Arbeitslosen waren meist korrekt gekleidet. Vielleicht eine Spur weit aus der Mode. Sie lasen die Tageszeitungen immer von vorn bis ganz hinten. Zeit hatten sie genug. Außerdem fiel es so nicht auf, dass sie die Stellenanzeigen ganz besonders aufmerksam durchblätterten. In ihre Lektüre vertieft, kommunizierten sie nur mit der Zeitung. Vielleicht blieben sie daher ohne Tipp für eine Anstellung. Andere Gäste brauchten nicht zu verstecken, welcher Teil der Zeitung sie interessierte. Die meisten Männer lasen oft nur den Sportteil, und da auch nur die Fußballberichte. Welchen neuen Spieler der FC Basel gerüchteweise testen würde, interessierte dabei ungemein mehr als der letzte Matchbericht vom FC Zürich aus der Champions League. Wieder andere Gäste interessierten sich nicht für Fußball. Sie waren eher dandyhaft. Hatten vielleicht ein neckisches Hütchen aufgesetzt, trugen mindestens aber einen Seidenschal. Zeitung lasen diese nicht. Nur das Men's Quarterly. Nicht selten saßen sie mit tiefen Augenringen da. Dann hatten sie die Nacht durchgemacht. Baumer kannte viele dieser Stammgäste vom Sehen. Er grüßte sie nie.

Einer blickte auf, als Baumer durch den Saal ging. Sah den Mann mit den großen Füßen an. Musterte ihn. Wusste vielleicht, dass hier Macht vor ihm stand. Der Gast schien davor nicht zusammenzuzucken, eher noch erregt zu werden. Er hob das Kinn und zog den Mund süffisant zusammen.

Baumer merkte, dass ihn einer beobachtete und ignorierte dieses Spielchen. Er ging auf den Tresen zu und wurde nett begrüßt.

»Guten Tag, was darf es sein?«

»Zwei Espressi bitte.«

»Zwei?«

»Ja. Zwei. Bitte.«

Die neue Bedienung schien leicht verwirrt, als Baumer dies verlangte, war er doch allein gekommen.

»Einen doppelten Espresso?«

»Nein. Zwei Espressi«, bestellte Baumer.

Von der italienischen Cerrutti-Kolbenmaschine kam Gianni an die Theke. Er hatte soeben noch Milchschaum klappernd in zwei Gläser gefüllt und Cappuccini gemacht. Jetzt strich er sich die beiden Hände an der langen schwarzen Schürze trocken und umfasste den neuen, jungen Kellner von hinten ganz sanft um die Hüfte.

»Oh, Luca«, säuselte er ihm ins Ohr. »Du kennst Baumer ja noch gar nicht. Luca. Das ist Andi Baumer. Andi ist unser liebster Gast hier.«

Gianni war der Besitzer vom ilcaffè. Er war nur wenig kleiner als Baumer, hingegen so schlank wie ein Model, wenn es wegen Übergewicht seine Karriere aufgeben muss. Seine Gesichtszüge waren fein ziseliert und seine Falten waren Lachfalten. Seine kurzen schwarzen Haare waren ungewöhnlich streng geschnitten. Trotz seiner 38 Jahre hatte kein Gast jemals ein graues Haar auf Giannis Kopf entdecken können.

Gianni war ein äußerst liebenswürdiger Mensch. Es gab Gerüchte, dass Gianni vom Bruderholz käme. Dort, wo »der Daig« wohnt, die alteingesessenen und ewig mächtigen Basler. Doch viele glaubten nicht, dass Gianni von diesem mürben Teig abstammte, denn dafür hatte der Barista ein viel zu offenes Herz. Für ihn war jeder Gast sein liebster Gast.

Auch an diesem Morgen strahlte Gianni Baumer an. »Zwei Espressi. Kommt sofort.« Eine Antwort bekam er nicht von seinem liebsten Gast. Er hatte auch keine erwartet. Zu lange kannte Gianni diesen stolzen Polizisten, der so viel verschlossener als die meisten Menschen war und der fast jeden Tag bei ihm einkehrte und zwei Espressi bestellte.

Baumer hatte sich weggedreht. Stellte sich ans Fensterbrett, schaute nach draußen. Eine Tram der Linie 8, die Tram von Kleinhüningen nach Endstation Neuwilerstraße, fuhr grün vorbei. Der Chauffeur saß verkrümmt, scheinbar gelangweilt, blickte aber weit vor sich. Danach kamen die Passagiere. Sie sahen in den Schoß. Vielleicht blätterten sie das Pendlerblatt »20Minuten« durch. Andere sahen mit leeren Augen ins Nirwana. Die meisten Passagiere hielten den Kopf schräg. Baumer sah ein Kind am Fenster. Es drückte seine Nase platt. Die Hände hatte es flach auf die Scheibe gepresst.

Luca brachte die Espressi. Baumer hörte nicht, wie der neue Kellner sagte, »So, bitte schön, Herr Baumer.«

Baumer fasste ein Espressotässchen, führte es zum Mund. Das andere drehte er, sodass sein Henkel auf die linke Seite zu liegen kam. Dann überkam ihn die Erinnerung. An damals. An die Nummer 8 von Kleinhüningen. Damals, als sie vor dem ilcaffè stecken blieb im Stau.

Baumer schaute aus dem Fenster. Gegenüber sah er in seiner Erinnerung die Tram festliegen. Er hatte zuerst gar nicht bemerkt, dass ihn jemand ansah. Dann entdeckte er diese bildhübsche Frau in der Tram. Sie blickte ihn mit Interesse an. Baumer schaute sie auch an.

Und schaute.

Wie lange schaute er in diese Augen? Länger als normal? Sicher. Dann zwang er sich wegzusehen. Blickte die Straße hinunter. Wusste, dass er wieder hinschauen wollte. Schaute wieder hin. Durch die beiden Fensterscheiben des ilcaffès und der Tram hindurch erschien das Gesicht der Frau bleicher, als es wahrscheinlich war. Das Rosarot der Haut war wie mit Milch benetzt und wirkte gleichmäßig blass.

Auch die schwarzhaarige Frau schaute. Ihre Augen waren sicherlich kastanienbraun, obwohl Baumer durch die zwei Scheiben hindurch das Gesicht nicht perfekt erkennen konnte. Es kam ihm vor, als hätte der große Maler zwei Tropfen Weiß ins warme Braun gemischt, als er die Augen dieser Schönheit malte. Und mit ihnen blickte sie Baumer tief in die Seele.

»Hallo«, sagten diese Augen ohne Scham.

»Wer bist du?«, antwortete Baumer.

Plötzlich ruckte die Tram an. Beide schienen zu erschrecken, doch ließen sie den Blick nicht voneinander. Baumer stand links von einem Stützpfosten, und da die Tram dahinter verschwand, bewegte er sich sofort um den Pfeiler herum und sah der Frau nach. Sie hatte ihren Blick ebenfalls weiter auf Baumer gerichtet. Ihr Kopf drehte sich wie ein Uhrzeiger gleichmäßig weiter in seine Richtung. Dann lächelte sie und für genau diesen Moment war es Baumer, als stünde er im Louvre vor diesen dicken Scheiben und schaute auf dieses kleine Bild von da Vinci. Dann spiegelte das Glas und Baumer konnte sie - wer war sie, eine Französin aus dem Süden? - nicht mehr sehen. Baumer blickte der Tram nach, bis sie aus dem Blickfeld verschwand.

»Ja. So begann es«, sinnierte Baumer und führte den Espresso zu seinem Mund. Er saugte den ersten Schluck ein. Mehr süßer Schaum als Kaffee. Er nahm sogleich ein zweites Schlückchen und genoss diesen unendlich kostbaren Moment des Erinnerns.

»Maja«, sagte Baumer in Gedanken, während sein Mund die Silben lautlos formte.

Als er den letzten Schluck des Espressos trank, sog er einige bittere Kaffeebohnenkrümel ein. Sie blieben an seiner Oberlippe hängen und piekSten ihn. Als er sie mit seiner Zungenspitze wegwischen wollte, stachen sie ihn umso mehr.

*

Später ging Baumer vom ilcaffè zum Spiegelhof. Er überquerte den Marktplatz, ohne die Marktstände der Elsässer zu beachten, die dort Kraut und Rüben anboten. Nach dem Marktplatz kam die Schifflände mit dem achteckigen Brunnen, wo die Fischer ihre Fische putzten und gleich verkauften, damals, als es noch Salme gab im Rhein. Gleich angrenzend folgte der Spiegelhof, wo Baumer sein Büro hatte. Vor der Durchfahrt in den Hof des Polizeistützpunktes stand ein Polizeiauto quer über die Straße. Es war die Nachtpatrouille. Sie hatte offenbar soeben in die Einfahrt einbiegen wollen, war aber mitten auf der Straße gestoppt. Baumer sah Heinzmann, den altgedienten Wachtmeister, und den jungen Meier, seinerseits Gefreiter, im Wagen.

Heinzmann war Baumers bester Freund. Beide kannten sich, seitdem sie zusammen in die Rekrutenschule gegangen waren. Heinzmann war breitschultrig, etwa 1 Meter 85 groß, die Schulterstücke mit den Insignien eines Wachtmeisters Klasse 1 waren längst verwaschen. Auch jetzt im Wagen hatte der Chef der Patrouille seine Mütze auf. Er blickte starr geradeaus. Meier hatte das Mikrofon in der Hand. Baumer glaubte zu erkennen, dass der junge Gefreite sagte: »Verstanden ... Verstanden. Ja. Ja.«

Zeitgleich mit dem »Verstanden. Ende« von Meier - Baumer las es ihm von den Lippen ab - schaltete Heinzmann die Sirene auf große Lautstärke, wendete rasant und brauste los. Nur ein paar Meter weiter stieg Heinzmann voll in die Eisen. Die Reifen quietschten und der rechte Hinterreifen schliff kurz über den Boden. Heinzmann hatte Baumer beim Wendemanöver aus den Augenwinkeln heraus erkannt und den Wagen abgeblockt. Nach einer Sekunde flog die rechte Tür auf. Der gedrungene Gefreite sprang heraus und rief Baumer zu, ja schrie ihn eigentlich an: »Steig ein! Schnell. Schnell.« Sein linker Unterarm machte dabei wilde Schaufelbewegungen in Richtung des Einsatzwagens.

Baumer fragte nichts, wusste, dass es hier um ein Menschenleben ging. Er lief los und sprang hinten ins Auto, Meier vorn. Sofort trat Heinzmann das Gaspedal bis zum Anschlag durch. Der getunte Motor brüllte laut auf, und der Wagen preschte los.

Heinzmann sagte nichts. Er konzentrierte sich ganz darauf, mit irrem Blaulicht und heulender Sirene die Straßen von Basel zu durchschneiden. Es war Meier, der zu sprechen begann. »Amokläufer am Bahnhof SBB. Eine Person tot. Samuraischwert. Täter bewaffnet. Eine Geisel. Täter bewaffnet.«

Baumer hörte in der Stimme von Meier, dass er sehr nervös war. Auch dass er ihm die Informationen in chaotischer Reihenfolge gegeben hatte und sogar wiederholte, dass der Täter – ein Amokläufer! – bewaffnet sei, zeigte, dass Meiers Nerven kurz vor dem Zerreißen waren. Das ging in Ordnung. Meier war erst seit kurzem auf Patrouille. Er erschien jugendlicher als es seine 24 Jahre vermuten ließen. Ein Eindruck, der dadurch verstärkt wurde, dass die roten Bäckchen, die Meier ständig in seinem runden Gesicht spazieren führte, durch die Aufregung richtiggehend aufleuchteten.

Heinzmann schien ruhig. »Mach Meldung. Wir haben Kommissar Baumer«, wies er Meier an.

Der schnappte sich den Hörer und sprach gepresst in die Muschel. »Wagen 11 an Zentrale.«

»Wagen 11, kommen.«

»Kommissar Baumer ist bei uns.«

»Gott sei Dank«, antwortete die Zentrale spontan. Dann, nach einem verschämten Räuspern: »Verstanden. Ende.«

Heinzmann raste den Petersgraben hinauf, bog an der Lyss ab und jagte an der Musikschule vorbei. Am Fußgängerstreifen vorn beim Leonhardschulhaus sah er eine Primarschulklasse in Reih und Glied. Zuvorderst kniete eine Lehrerin, welche die Kinder mit autoritärer Stimme anschrie. »Bleibt stehen! Stehen bleiben!«

Die Kinder froren mit weit aufgerissenen Mündern und Augen ein. Die vordersten zeigten mit ausgestrecktem Arm auf das weiße Auto mit leuchtend roten Streifen, das sie heulend anblitzte. Ein Knabe hüpfte wie eine Springmaus hoch und nieder und schrie japsend und schrill »Hoi, hoi, hoi, hoi.« So gaben sie dem Polizeiauto Spalier.

Baumer wurde vom Schwung der Kurve auf die Seite geschleudert. Seine rechte Wange drückte an die Scheibe und er sah in die weit aufgerissenen Augen der Kinder.

Mit brüllendem Motor jagte Heinzmann über das Heuwaage-Viadukt, weiter zum Bahnhof hinauf. Dann waren sie da. Baumer stieg aus, während Heinzmann sich das Mikro griff. »Auf Passerelle, Treppe Bahnhofplatz. Verstanden«, sprach er überlaut ins Mikrofon, sodass es seine Kameraden hörten.

Baumer ging schon los. Mehr als zügig, aber nicht hastend. Meier überholte ihn, und seine Uniform – mehr noch seine hohe Mütze mit der funkelnden Metallplakette dran – bahnte einen Weg durch die Leute, die ihnen entgegenkamen.

Die Leute waren verängstigt, ungläubig. Einzelne Reisende gingen weiter auf den Bahnhof zu. Wollten wahrscheinlich irgendeinen Zug erreichen. Schienen von dem Ernst der Situation noch nichts mitbekommen zu haben. Sie wurden aufgehalten von Leuten, die in aufgeregten Worten von einem Anschlag erzählten. Eine ältere Frau wisperte mit heiserer Stimme immerzu »Herrjemine, herrjemine«, während sie ihre arthritischen Hände mehrmals sachte vor ihrem faltigen Mund zusammenführte.

Mittlerweile hatte auch Heinzmann die beiden eingeholt. Zusammen mit Meier bahnte er Baumer einen Weg.

Die Rolltreppen, die auf die Passerelle über die Gleise führen, liefen noch. Unten standen drei Bahnangestellte, erkennbar an ihren dunkelblauen Arbeitsjacken, und eine Polizeiaspirantin mit stacheligen blonden Haaren. Sie hielten die Leute davon ab, die Treppen zu benutzen. Den drei Basler Polizisten gaben sie hingegen sofort den Weg frei und informierten noch hastig, dass oben bereits Polizisten in Zivil seien.

Baumer trat auf die Treppe. Seine zwei uniformierten Kollegen waren bereits die Rolltreppe hinaufgelaufen.

»Mein Gott!«, hörte Baumer Heinzmann sagen.
»Oh ... mein ... Gott!« Das war Meier.

*

Baumer ließ sich von der Rolltreppe hinauffahren. Oben kamen Köpfe ins Bild. Meier hatte seine Mütze abgenommen und wischte sich nervös mit einer Hand über seine Stirn. Ohne Mütze erschien er wieder gedrungen wie ein Sizilianer. Er schaukelte von einem Fuß auf den anderen. Heinzmann stand unbeweglich daneben. Seine hohe Statur mit der Mütze obenauf erinnerte entfernt an einen Leuchtturm.

Vor den beiden Polizisten lag ein etwa dreißig Jahre alter Mann. Er trug einen Geschäftsanzug aus dunkelblauer Seide. Sein Gesicht war so weiß wie sein Hemdkragen. Seine Lippen waren hingegen rot wie die eines Clowns. Sie sahen aus, als wären sie mit einem roten Lippenstift dick und fett verschmiert worden.

»Bleu, blanc, rouge«, dachte Baumer und sah die Trikolore, die Fahne Frankreichs, vor sich.

Dann fiel sein Blick auf die linke Schulter, die vom Körper des Toten abstrus abstand. Zwischen dieser Schulter und dem Kopf des Toten klaffte eine riesige Lücke, aus der heraus sich eine glitzernde Blutlache gebildet hatte. Jetzt tauchte die Albanerfahne vor Baumers innerem Auge auf. Jene blutrote Fahne, die sie auch hier in Basel geschwenkt hatten, als der Kosovo unabhängig wurde.

Einige Haarsträhnen des Opfers waren in die Blutlache getaucht. Die schwarzen Haare im roten Blut glichen den Federn des Greifs auf der Fahne der Albaner. Aus der kreisrunden Lache lief an einer Stelle ein rotes Rinnsal heraus, das in einem dünnen Faden versiegte und endlich abbrach.

Die gleichmäßig braunen Augen des Toten waren starr und ohne Glanz. Sie schauten die billig gemachte Weihnachtsbeleuchtung an, die von der hohen Decke herabhing. Kalte, bläulich leuchtende Gestänge aus Fiberglasstäben, die verzweifelt versuchten, Christbäume zu sein. Das Gesicht des Toten zeigte ungnädiges Erstaunen. Er schien sich zu fragen, wer wohl auf die Idee einer solch geschmacklosen Dekoration gekommen sein konnte.

Baumer schaute auf und versuchte, sich einen Überblick zu verschaffen. Jenseits des Toten lagen Stühle, Besteck, Tassen auf dem Boden. Sie gehörten zum Bistro, das auf der Passerelle lag. Um die Szene herum standen nur sehr wenige Leute. Die Gäste des Bistros waren geflüchtet.

Der Kommissar erkannte auf der anderen Seite drei Zivile. Sie standen in einigem Abstand und sicherten die Szene von der gegenüberliegenden Seite her ab. Ihre Jacken hatten sie abgeworfen. Man sah ihre leeren Pistolenhalfter. Die Polizisten hatten dicke emaillierte Metallplaketten an ihren Hosengürteln befestigt.

New York Cops.

Zwei der Männer hielten ihre 9mm-Pistolen im Anschlag. Einer von ihnen kniete in geringem Abstand zum anderen, den linken Ellenbogen auf dem Knie aufgestützt. Beide zielten auf das Bistro, dessen Inneres wegen einiger Werbereiter und einer brusthohen Abdeckung von außen nur bedingt einzusehen war. Beide trugen Bartstoppeln. Der Dritte war Rötheli, der Chef der Zivilen. Er war rasiert. Sein spitzes Kinn stach aus dem Gesicht heraus. »Ho, Baumer! Ho!«, rief er Baumer zu, um auf sich aufmerksam zu machen. Rötheli sprang herüber und trat an die Gruppe mit Baumer. Seine SIG-Sauer hielt er tief. Er sicherte sie und steckte sie ins Halfter zurück.

Baumer sah Rötheli an. Dieser hatte, genau wie der Tote, seine Lippen wie ein Clown geschminkt.

Rötheli legte sofort los: »Er ist im Bistro. Hat eine Geisel. Verdammt. Ein Höllensamuraischwert.«

»Wer ist das?« Baumer zeigte auf den Toten.

»Wahrscheinlich eine Zufallsbegegnung. Es gab einen Streit«, sagte der Zivile gepresst. »Nicht klar, warum. Der andere. Dreht durch. Zieht das Schwert und schlägt den hier nieder.«

»Hast du Mund-zu-Mund-Beatmung gemacht?«, fragte Baumer.

»Ja. War nix mehr zu machen.«

Jetzt sah Baumer, dass Rötheli zusätzlich zu seinen Lippen auch auf der rechten Seite des Kopfes blutverschmiert war. Auch sein Haar war, wie das des Opfers, auf einer Seite des Kopfes strähnig verklebt. Rötheli hatte sich wohl mit der Hand in der Blutlache abgestützt, als er den Herzschlag des Opfers hören wollte. Danach musste er sich mit der Hand durch die Haare gefahren sein, nahm Baumer an. Auch Röthelis Ohr war rot getüncht. Irgendwie erinnerte Rötheli an einen Harlekin.

»War nix mehr zu machen«, wiederholte Rötheli und strich sich durchs Haar, ohne dort neue Spuren zu hinterlassen, denn das Blut an seiner Hand war schon eingetrocknet. Der Chef der Zivilen holte tief Luft, seine knabenhaften Schultern hoben sich dabei und verengten sich noch mehr. Dann ließ er die Schultern fallen und atmete - seine Lippen waren zusammengepresst - in einem Stoß durch die Nase aus.

Dann informierte er über die aktuelle Situation. Teilte Baumer in knappen Worten mit, dass sich der Täter im Bistro verschanzt habe und eine Geisel mit dem Schwert bedrohe. Er zeigte auf eine hintere Ecke im Bistro, wo man dieses seltsame Pärchen in der Tat erkennen konnte.

»Wer ist die Geisel?«

»Ein junges Mädchen. Bedienung. Blond.«

»Wo sind sie?«

Rötheli war klar, dass Baumer mit dieser Frage nicht die zwei im Bistro meinte, sondern sich auf die Basilisken bezog, eine spezielle Antiterroreinheit der Basler Polizei. »Sind in Davos am Üben. Verdammt. Diese Vollidioten. Jetzt, wo man sie braucht, sind sie nicht ... He, Baumer, wo willst du hin?«

Baumer hatte sich weggedreht und ging ohne Zögern auf das Bistro zu. Ein junges Mädchen wurde bedroht. Er musste es aus der tödlichen Gefahr retten.

Rötheli wollte ihn am Arm zurückhalten, aber Heinzmann war schneller. Er griff Röthelis Oberarm und hielt ihn fest. »Lass!«, sagte der erfahrene Wachtmeister.

»He, Baumer, spinnst du?«, spuckte Rötheli. Er wollte den Griff von Heinzmann abschütteln, aber dieser hatte seine Pranke um dessen Arm geschlossen. Rötheli wand sich wie ein Regenwurm.

»Lass, sag ich«, wiederholte Heinzmann klar und deutlich und hielt den Chef der Zivilen gefangen. Ein rohes Werkstück in einem Schraubstock.

*

Baumer hatte seine Hände in die Taschen seiner Jacke gesteckt. Sein Blick war auf den Boden gerichtet, als er zum Bistro hinüberging. Plötzlich hörte er eine vertraute Stimme in seinem Kopf und sah ein lächelndes Gesicht. Die Frau sagte zärtlich: »Fais attention, mon petit.« Sofort wurde Baumer wieder ruhig und konzentriert. Er antwortete der Stimme in Gedanken: »Mach dir keine Sorgen.«

Dann trat der Mann mit den großen Füßen ins Bistro ein. Er hatte zuvor den Täter und seine Geisel an ihrem Tisch beobachtet. Sie schienen ihn nicht wahrzunehmen. Als er näher kam, wurde ihm klar, warum Rötheli nicht eingegriffen hatte, nicht eingreifen konnte. Der Amokläufer hatte ein grandioses Samuraischwert in der rechten Hand und bedrohte damit die Bedienung. Die Klinge des Schwertes ließ der Mörder auf der Schulter der etwa 20-Jährigen ruhen. Zwischen die scharfe Klinge des Schwertes und die Halsschlagader des Mädchens passte kein Blatt Seidenpapier mehr. Erstaunt sah Baumer, dass keine Reste vom

Blut auf der Klinge waren. War es nach dem Mord vom lupenreinen Stahl abgetropft, so wie Tautropfen von einer Lotusblüte abfließen?

Baumer musterte den Mörder, ohne ihn direkt anzublicken. Irgendwie erinnerte der Mann an einen dieser schlaksigen Kerle, wie man sie auch immer wieder in der Show »Deutschland sucht den Superstar« findet. Er war in eine schwarze Motorradlederjacke gekleidet. Auf dem Ärmel prangte ein Totenkopf, der in einen Dolch mit gelbem Griff biss. Die Jacke schien die richtige Größe zu haben und doch ertrank der dürre Rocker darin, als wäre sein Körper eingeschrumpft. Sein Gesicht war mager. Die bleiche Farbe und die tief in dunklen Augenhöhlen versunkenen Augen verstärkten den Eindruck von Kränklichkeit. Die Haare hingen ihm speckig in langen Strähnen herab. »Es muss Ewigkeiten her sein, dass der einen Coiffeursalon von innen gesehen hat«, war Baumer überzeugt.

Der Mörder sprach leise - zärtlich? - mit dem Mädchen. Er lächelte dabei verzückt. Wie das Mädchen darauf reagierte, konnte Baumer nicht sehen, da es leicht von ihm abgewandt saß. Er sah es nur von der Seite her. Baumer glaubte zu spüren, dass es den Täter ruhig anblickte. Dass dies vom Mädchen eine fast unmenschliche Anstrengung abverlangte, verriet einzig seine linke Hand, mit der es sich im schnellen Takt unablässig den Oberarm rieb.

Unablässig.

Plötzlich schaute der Mann auf. Das Lachen fiel ihm aus dem Gesicht. »Hey. Was willst du denn hier?«

Baumer antworte nichts, sondern ging zur Theke hin. Er legte beide Hände darauf. Schaute links. Schaute rechts. Dann schaute er geradeaus, stellte einen Fuß auf die Querstange unter der Theke. Endlich drehte er sich leicht.

»Ist niemand da?«, sagte Baumer in den Raum.

»Nein, keiner da. Was willst du?«

Baumer ignorierte den Kerl mit der Waffe. Der schien irritiert, ließ aber den kühlen Stahl seines Schwertes weiter auf der Schulter der jungen Frau liegen.

»Hhmm«, machte Baumer.

»Was sagst du?«

»Ist hier keine Bedienung?«

»Nein, sind alle weg. Nur der da ist noch da.«

Jetzt war Baumer an der Reihe, erstaunt zu sein. Er drehte sich um die eigene Achse und sah in der entfernten Ecke des Bistros einen Geschäftsmann auf einem tiefen Heizkörper sitzen. Sein mausgrauer Anzug war mit Kaffee besudelt. Sein schieferfarbenes Hemd und die kobaltblaue Krawatte hatten ebenfalls einen Schluck Kaffee abbekommen. Auf seinem Schoß hielt der Mann einen schwarzen ledernen Aktenkoffer mit goldenen Aufschlägen fest. Er klammerte sich daran wie ein Ertrinkender an einen Rettungsring. Baumer, wie auch Rötheli zuvor, war dieser kraushaarige Mann mit stark gebräunter Haut und Knubbelnase entgangen, weil er niedrig saß und dicht hinter einer Werbebande positioniert war. Baumer drehte sich wieder um.

»Mach ich mir halt selber einen Cappuccino.«

»Kannst du das?«, fragte der Schlaksige.

»Ja, willst du auch einen?«

»Warum nicht.«

Baumer ging durch die freigelassene Öffnung an der Bar hinter die Theke und begann, sich an der Kaffeemaschine zu schaffen zu machen.

»Und du, Schatz. Willst du auch etwas?«, fragte der Schlaksige seine Geisel.

Das Mädchen antwortete nicht.

»Wie heißt du?«, fragte Baumer den Amokläufer beiläufig.

»Toni. Und du?«

Baumer antwortete nicht.

»Magst du deinen Kaffee stark oder nimmst du lieber einen schwachen, Toni?«

»Weiß nicht. Ich nehm ihn so wie du.«

Baumer drückte auf die Taste, die zwei Espressotassen mit ausgefüllten Konturen zeigte. Die Maschine lief an. Kaffeebohnen wurden ins Mahlwerk gelassen. Eine kurze Pause folgte. Dann ruckte das Messer an und zersplitterte die Bohnen im Nu in Tausend Bruchstücke. Baumer stellte zwei Tassen unter die kleinen Ablaufhahnen der Maschine. Nach einem weiteren Moment und weiterem Gerumpel in der Maschine wurde heißes Wasser durch den gemahlenen Kaffee gepresst und frischer Kaffee lief als dünnes schwarzes Rinnsal aus den glänzenden Hahnen in die Tassen.

Baumer griff ein 1-Liter-Alukännchen. Darin war noch genug Milch. »Kannst du Milch schäumen, Toni?«

»Milch?«

»Ja. Für den Cappuccino.«

»Nein.«

»Hhmm.«

Das Mädchen räusperte sich. Der Bewaffnete drehte den Kopf zu ihr. Dann sprach das Mädchen mit erstaunlich fester, aber sehr leiser Stimme. »Ich kann Milch schäumen.«

»Au fein. Du machst den Schaum. Gell, Schatz?«

Baumer sah das Mädchen jetzt zum ersten Mal richtig an. Es war noch ein Kind. Sein Mund wirkte puppenhaft. Die zierlichen Lippen liefen mit rosarotem Schimmer aus. Die Nase war stupsig. Die Augen hatte das Mädchen kaum sichtbar und daher umso bezaubernder mit Make-up verziert. Winzige feuerrote Flecken lagen auf den Bäckchen.

»Bitte, bitte. Mach uns ein schönes Schäumchen, ja«, bat Toni. Dann, zum Mann, der immer noch auf dem Heizer saß und seinen Koffer fest umklammerte: »Willst du auch einen Cappuccino?«

Der Angesprochene räusperte sich und sagte: »Ja ... gerne.«

Das Mädchen wollte aufstehen. Der Superstar hob sein Schwert aber nicht weg, sondern ließ es weiter auf der Schulter des Mädchens ruhen. So musste die junge Frau ihre zierliche Schulter und ihr Puppengesicht von der Klinge wegziehen, etwa so wie ein Kind seine Wange von der fordernden Hand einer ungeliebten Tante wegzieht.

Das Mädchen entwand seinen Hals schließlich in Zeitlupe der Klinge und stand - zitterte es? - auf. Es schob sich, immer noch sehr langsam in der Bewegung, zu Baumer hin. Dieser hatte die Szene durch den großen Spiegel hinter der Kaffeemaschine beobachtet und sah, dass der Mörder seinen Arm ausgestreckt hatte und mit der flachen Seite der todbringenden Klinge immer noch den Oberarm des Mädchens berührte. So, als wolle der Täter eine zärtliche Umarmung nicht aufgeben, sie hinauszögern und sie bis zum Ende auskosten.

Baumer schaute aus den Augenwinkeln nach draußen. »Wenn nur Rötheli jetzt keinen Mist baut«, ängstigte er sich. Es war noch viel zu gefährlich einzugreifen. So eine Klinge ist schärfer als eine Rasierklinge und macht deutlich tiefere Schnitte.

Endlich war das Mädchen weit genug von dem Schwertmann weg.

Zwei laute Klacks ertönten. Baumer dachte zuerst, sie wären von der Kaffeemaschine gekommen. Aber als er Tonis Blick zum Gast in der Ecke folgte, sah auch Baumer, dass der Geschäftsmann die Verschlüsse seines Aktenkoffers aufgespickt und den Deckel geöffnet hatte und hineinfasste. Toni hatte sich ganz zu ihm hingedreht und gab so das Mädchen vollends frei. Der Koffermann sprang auf seine Füße. In der Hand hatte er eine großkalibrige Pistole. Schnell ging er auf den Schlaksigen zu.

»Was willst ...?«, kam es aus Toni erstaunt heraus.

Der Revolver brüllte los und zerfetzte die letzten Worte des Samurais.

Der erste Schuss traf Toni mitten in die Brust und warf ihn mächtig zurück. Mit seiner rechten Schulter stieß er an den Rücken des Mädchens, das nach vorn in Baumer hineinstolperte. Das Samuraischwert fiel dem Schlaksigen aus der Hand. Die Klinge schlug auf den Marmorboden. Ein einzelner orangefarbener Funke sprang vom Stein ab.

Der Businessmann ging Schritt um Schritt weiter auf Toni zu und wummerte ihm mit jedem zweiten Schritt ein heißes Stück Eisen in den Körper. In den Augen des Schützen loderten tausend Funken. Die Augen von Toni traten hingegen weiß hervor, ohne dass die Augäpfel zu sehen gewesen wären. Schwer zu sagen, ob sich noch Licht in ihnen spiegelte.

Der Schütze zeigte mit seinem ausgestreckten Arm auf Toni wie ein Richter auf den Angeklagten. Der Revolver sprach das schwere Urteil. Von den Wänden hallten die Schüsse und wurden als Echo vielfach übereinandergeworfen. Es war ein Getöse, wie wenn in einem Gerichtssaal die Zuschauer das Todesurteil für einen Kinderschänder wild bejubeln.

Vier Schüsse hatten den Mörder schon getroffen. Er war nach hinten an die Theke gefallen und S-förmig geknickt an die Bar gepresst. Die Fußstange hatte er im Kreuz. Seine Beine zuckten noch einmal. Ein Arm schlug unkontrolliert aus.

Der Schütze war bereits bis auf zwei Meter an den Sterbenden herangetreten. Baumer sah, wie er stehen blieb und seine Hand am Revolvergriff mit seiner anderen Hand umfasste. Er öffnete sein linkes Augenlid. Draußen wurde geschrien. Baumer hörte jemanden – war es Heinzmann? – seinen Namen rufen. Der Businessmann in Grau kniff sein linkes Augenlid wieder zu, zielte mit dem rechten Auge über Kimme und Korn und drückte ab. Der Donner dieses letzten Schusses wurde an die Wände des Bistros geschlagen, brach sich mehrfach daran, wurde leiser und erstarb schließlich.

»Waffe weg!«, schrie Baumer. Dann nochmals. »Legen Sie die Waffe weg!«

Der Geschäftsmann sah auf den Toten. Musterte ihn. Dann bückte er sich und legte die Waffe auf den Boden.

»Langsam Hände hochheben!« Baumer schrie auch das.

Der Mann mit den krausen Haaren tat wie ihm befohlen. Heinzmann kam hereingerannt, ohne sich um seine eigene Sicherheit zu sorgen. Rötheli, Meier und all die anderen sprangen kurz darauf hinzu.

Baumer merkte erst jetzt, dass das Mädchen vor ihm kniete. Es hatte sein Gesicht zwischen Baumers Oberschenkeln versenkt. Mit beiden Händen klammerte es sich an der Hose des Kommissars fest. Fast schien es die Lee herunterreißen zu wollen.

Andreas Baumer fasste das Mädchen an den Schultern und stellte es auf die Beine. Ihr Gesicht war von Tränen überflutet. Die Puppenlippen waren zu einem harten Strich zusammengepresst.

3

Es wurde ein langer Tag.

Zuerst sicherten Rötheli und sein Team den Tatort. Baumer, das Mädchen und auch der Schütze mussten im Bistro bleiben. Endlich konnte Baumer veranlassen, dass ein Sanitätsoffizier das Mädchen ins Kantonsspital führte. Der Revolverheld wiederum durfte sich einen Schnaps gönnen und wurde in die Obhut eines Care-Teams gegeben.

Windler, der Kommandant der Kriminalpolizei, war mittlerweile eingetroffen und setzte sich sofort in Szene. Jeder unbeteiligte Zuschauer hätte sofort erkannt, dass dieser Mann ein hoher Beamter sein musste, denn Windler trug immer die ausgesuchte Garderobe eines Gentlemans. Edle Lederschuhe. Anzug von Armani. Erlesener, offen getragener Mohair-Wintermantel. Um den Hals hatte der Kommandant einen ewig langen Seidenschal von Hermès gelegt. Windler war groß. Seine dichten Silberhaare, die fast einer Wolke gleich auf seinem Kopf thronten, verstärkten den Eindruck, dass hier eine machtvolle Person stand. In seinem Schlepptau führte der Polizeikommandant zwei Personen mit, offenkundig subalterne Beamte, die Windler folgten wie zwei Zerstörer einem Flugzeugträger.

Aller Aufmerksamkeit gewahr legte Windler in lautem Ton los. »Schöne Sauerei.« Er rotierte die Schultern im Uhrzeigersinn, stellte zugleich provokativ das rechte Bein aus. »Böse Sache.« Die Hände hielt er in die Hüfte gestemmt, die Schöße seines Mantels hinter das Becken drückend. Sein Kopf drehte sich entlang der Polizisten. Seine Worte wurden immer lauter. Sie tönten wie plärrende Durchsagen aus einem in der Lautstärke überdrehten Lautsprecher am Bahnhof. »Höllendurcheinander.«

Die Bemerkungen begannen, sich in Verwünschungen zu verwandeln, galten aber noch keiner speziellen Person. Windler redete sich wie so oft erst in Rage. Dann packte der Kommandant vollends den Chef aus und tobte.

»Verdammt, Baumer, was haben Sie gemacht? Huere Mist!«

Huere Mist.

Das war einer seiner Lieblingsausdrücke. Mit diesen stinkenden Worten sprach er gern. Nur zu Untergebenen und natürlich nur, wenn keine wichtigen Leute es hätten hören können.

»Spaziert einfach los. Verdammt«, sekundierte Rötheli seinem Chef und starrte Baumer auch ebenso an. Er war froh, dass das Gift auf Baumer spritzte, und wollte alles tun, damit das so bliebe.

»Zwei Tote quasi unter meinen Augen?«, ignorierte der 58-jährige Windler den Chef der Zivilen und reckte seinen Arm hoch. »Wie steht meine Polizei jetzt da«, tönte der Kommandant der Basler Kriminalpolizei auf einmal wehleidig. Er verwirbelte dabei seine Hände hilflos in den Raum hinein wie ein Jongleur, dem die Kugeln entgleiten. Sein Gesicht, das in den letzten Jahren immer ausgemergelter worden war, blies sich im Zorn auf. Jetzt war es kreisrund, zeigte Hass. »Ich will wissen, wie alles genau ablief. Sekunde für Sekunde. Huere Mist!«, zeterte Windler und hörte lange nicht auf. Für die Anwesenden gab es nichts zu tun, als möglichst den Kopf einzuziehen und den Boden anzustarren.

Nur Heinzmann hielt den Blick von Windler aus. Als der auf ihn zuging und ihn anmachen wollte, schaute ihm Heinzmann in die Augen. Es war keine Anklage drin. Heinzmann knickte nicht ein, sondern hielt seinen Kopf gerade, blickte den Chef der Kriminalpolizei an wie ein Pilot auf einem langweiligen Flug die Instrumente abliest.

Endlich bekam sich Windler wieder in den Griff. Er rief die zwei Mitarbeiter seines Stabes, die ihm immer zur Seite standen. An diese gab er Anweisungen, wie weiter zu verfahren sei. Es müsse genauestens festzuhalten sein, was hier vorgegangen sei. Baumer und Rötheli seien penibel zu befragen.

Also wurden Baumer und der Chef der Zivilen in den Spiegelhof zur Vernehmung gebracht. Dort wurden sie behandelt, als wären sie gewöhnliche Verbrecher. Windler hatte von seinem Baselbieter Kollegen, Traugott Buser, Unterstützung angefordert. Der hatte einen Staatsanwalt geschickt, der bei der Vernehmung zugegen war. Ein offizielles Mandat hatte der Staatsanwalt natürlich nicht, die Kantone würden sich nicht gegenseitig in die Oberhoheit der Polizeiarbeit hineinfunken. Ein kleiner Freundschaftsdienst zwischen zwei Nachbarkantonen war aber immer möglich.

Rötheli dachte, dass sein Chef Windler ein guter Chef sei, der seinen Leuten hilft. Baumer dachte das nicht. Er wusste, dass Windler mit dieser Maßnahme weder ihm noch Rötheli alle mögliche Unterstützung zukommen lassen wollte. Windler kümmerte sich nur um sich selbst. Unterstützte ihn der Staatsanwalt mit guten Tipps, sodass die Polizei aus der Schusslinie kam, war es gut. Nützte er nicht, würde er ihn kurzerhand abservieren. Vielleicht würde er ihm noch eine gute Heimreise wünschen. Danke. Adieu.

Ohne Gnade musste Baumer stundenlang in einem tristen Vernehmungsraum hocken und wurde von zwei diensteifrigen Beamten des Kommandostabs von vorn nach hinten über den Ablauf der Schießerei ausgefragt.

»Wann kam der Alarm?«

»Wo standen Sie beim ersten Schuss?«

»Was sagte Toni, als der Schütze auf ihn zuging?«

Der Kommissar musste getrennt von Rötheli Auskunft geben. Manchmal wurde Rötheli zu ihm ins Zimmer 2.07 geführt. Einmal wurde Baumer dann gefragt: »Leutnant Rötheli sagt, er wollte Sie aufhalten, aber Sie hätten sich seiner Anweisung widersetzt? Stimmt das?«

»Ja«, bestätigt Baumer und kochte innerlich. Er musterte Beat Rötheli verächtlich.

Am frühen Abend gab es nichts Neues mehr zu fragen. Windler wurde benachrichtigt und erschien erneut. Er hatte sich zuvor nur sporadisch für die Befragung interessiert, die in informeller Absprache mit dem Baselbieter Staatsanwalt durchgeführt wurde, und äußerst spärlich daran teilgenommen. Alle Beteiligten wurden nun im selben Raum versammelt. Windler stellte sich breitbeinig hin, hob das Kinn zur Decke. »Ich will, dass alles, was hier gesagt wurde, jetzt sauber protokolliert wird«, sprach er in die Luft, scheinbar durch die Decke hindurch Flugzeuge beobachtend, die im Himmel flogen.

Das bedeutete weitere drei Stunden, in denen Baumer präsent sein musste. Das Steno musste zuerst abgetippt werden, bevor er es unterschreiben können würde. Baumer drehte sich mit bereits halbsteifem Kreuz und blickte hinter sich. Die von Windler angesprochene Stenotypistin war ein Häufchen Elend. Sie blickte mit leeren Augen, die erzählten, dass ihr Bescheid zur baldigen Pensionierung vor Jahren verloren gegangen war. Baumer erinnerte sich an den Namen der Frau. Madame La Roselle. Er war erstaunt zu sehen, wie weit ein lebendiger Mensch versteinern kann.

»Ich will das Protokoll morgen um sechs auf meinem Tisch«, verlangte Windler von der ledigen Frau und hielt ihr seinen Zeigefinger ins Gesicht. Dann richtete sich der Chef der Basler Kriminalpolizei auf und wurde geschmeidig. »Und unserem geschätzten Herrn Kohler«, Windler machte eine bedeutende Pause und lächelte dabei mit ausladender Handbewegung den Baselbieter Staatsanwalt charmant an, »schicken Sie das Ganze per Fax, Frau Rosselle.«

Baumer wollte sagen, »La Roselle«, aber er ließ es bleiben. Auch die verhärmte Frau mit dem schütteren grauen Haar, unter dem man eine mit bräunlichen Sprenkeln durchsetzte milchige Kopfhaut sah, sagte nichts. Ihre Brille hing ihr schräg im Gesicht. Sie getraute sich nicht, sie gerade zu rücken.

Dann verschwand Windler, nicht ohne den Staatsanwalt aus dem Baselbiet überaus vergnügt zum Nachtessen in seine Stammkneipe nahe dem Spalenberg einzuladen. Punkt achtzehn Uhr dreißig waren er und seine Kumpane immer dort anzutreffen. Windler, de Wette, Vonarburg und Entourage. Man konnte die Uhr nach ihnen richten. Sie kamen unter großem Tamtam in das Lokal. Setzten sich unter dem farbigen Kristallleuchter ihrer Clique zusammen. Nahmen den ersten Schluck, dann den zweiten, prosteten sich wieder zu, lachten, und hatten endlich vergessen, dass zu Hause eine Frau und Kinder warteten.

*

Baumer hatte die Protokollierung der Schlächterei am Bahnhof über sich ergehen lassen. Er hatte dem Major von Windlers Stab knapp, aber klar, geantwortet, nur selten mit Verzögerung. Er brauchte wenige Worte. Bestätigte nochmals, was er bereits wiederholt ausgesagt hatte.

Endlich war es vorbei. Baumer durfte gehen.

Nun stand er im Hof vom Spiegelhof. Er war in Gedanken versunken. Eine Patrouille fuhr in den Hof. Baumer erkannte seinen Freund Stefan Heinzmann im Wagen, neben ihm ein Frischling. Das Auto stoppte neben dem müden Baumer. Beide Insassen stiegen aus. Heinzmann brauchte dafür nicht einmal seine Mütze zu ziehen. Er war darin geübt, seinen breiten Oberkörper so weit abzuknicken, dass sein Deckel nirgendwo anschlug und ihm entrissen wurde.

Heinzmann ging auf Baumer zu. »Andi«, begrüßte er ihn. Er sagte das in fast zärtlichem Tonfall. Jenem Ton, an dem man erkennt, wer ein guter Freund ist. »Komm, steig ein. Ich fahr dich nach Hause.«

Baumer fragte sich, ob Heinzmann schon oder immer noch Patrouille fuhr. Er fragte sich das oft, wenn er seinen Kumpel sah. Wie immer fand er zu dieser Frage keine Antwort.

Baumer ging zur Autotür, auch der Frischling wollte wieder einsteigen, aber Heinzmann blaffte ihn nur bissig an: »Geh Kaffee holen!«

Kaum hatten die beiden Freunde ihren Platz im Auto eingenommen, startete Heinzmann den Motor, fuhr los. Der Frischling blieb angewurzelt stehen. Sein Mund war offen. Er hatte vergessen zu schlucken.

Der Wachtmeister fuhr durch den Durchgang an die Straße vor dem Stützpunkt, setzte den Blinker. Einem Fahrradfahrer, der ohne Licht angeradelt kam, überließ er den Vortritt. Der war davon fast noch mehr erschrocken, als von der Erkenntnis, ohne Beleuchtung ertappt worden zu sein und nicht gebüßt zu werden. Als er sah, dass die Polizei sich nicht für ihn interessierte und in die entgegengesetzte Richtung davonfuhr, hob er zum Dank seinen Stinkefinger und spuckte den Bullen die üblichen Flüche hinterher.

Stefan Heinzmann hatte andere Sorgen. Nach einem kurzen Moment des Schweigens sprach er seinen Freund an: »Und?« Er starrte geradeaus auf die Straße.

»Was und?«

»Du weißt genau, was ich meine«, erwiderte Heinzmann, fast ein bisschen beleidigt. Er blickte weiter geradeaus, eine Hand locker am Steuer.

Als Baumer doch schwieg, drehte sich Heinzmann endlich zu seinem Beifahrer und platzte los. »Der Kerl ist ein sauberer Geschäftsmann. Trägt zum Anzug Revolver. Zum Frühstück macht er eine Schießübung. Fünf Treffer. Leert fast sein ganzes Magazin.«

»Fast.«

»Eben«, riss Heinzmann mit beiden Händen am Steuer und rutschte unruhig auf seinem Sitz umher. »Der graue Mann wusste genau, was er tat. Der hat nicht in Wut gehandelt. Sonst wäre kein Schuss übrig geblieben.«

»Nummer fünf war ein Blattschuss.«

»Ein *Blattschuss*?«

»Ein richtiger Blattschuss. Fast hätte unser Revolverheld dem jungen Toni die Knarre aufgesetzt.«

»Oh«, wunderte sich Heinzmann.

Der Kommissar öffnete seine Jacke und machte den obersten Knopf seines teuren Designerhemdes auf. Er fuhr mit seiner Hand über den Kopf. Die kurzen Haare am Hinterkopf prickelten in der Hand, als er mit ihr wieder zurückfuhr.

Dann erzählte Baumer, was ihm während der Vernehmung immer wieder durch den Kopf gegangen war. Warum war der Mann nicht geflüchtet? Mit seinem Schwert konnte Toni nur eine Person gleichzeitig bedrohen. Der Schütze hätte abhauen können, wie alle anderen Gäste. Warum blieb er sitzen? Warum schoss er überhaupt? Warum schrie er Toni nicht einfach an: Waffe weg, sonst knallt's! Warum griff er noch ein, als das Mädchen sich von Toni bereits gelöst hatte und Baumer eine echte Chance bekam, das Mädchen zu befreien?

»Vielleicht hätte ich Toni entwaffnen können«, sagte Baumer mehr zu sich als zu Heinzmann.

»Hast du Windler gesagt, was du von dem sauberen Businessmann hältst?«

»Nein. Unser Schütze ist ein Held. Befreit eigenhändig eine Geisel. Stell dir vor, ich verhöre diesen Helden. Die Presse würde uns sofort angreifen, dass wir von unseren Fehlern ablenken wollen. Du weißt, wie die Mistblätter Kampagnen durchziehen.«

»Ich weiß, wie die Mistblätter Kampagnen durchziehen.«

Stefan Heinzmann wusste es nur zu gut. Wenn ein Revolverblatt einen Neger bräuchte, würde der Chef den ungeliebten Kommissar Baumer ohne mit der Wimper zu zucken zum Abschuss freigeben.

»Der Fall ist klar«, fuhr Baumer energisch fort. »Ein Junkie teilt einen zufälligen Dummen in zwei Teile. Der Mörder wird selbst erschossen. Dass dieser Mörder ein junger Mensch ist, ist egal. Es ist ein Mörder, der hat seine Strafe verdient. Saubere Sache.«

»Für das Publikum ist das Gerechtigkeit. Ende der Durchsage.«

»Ja. Und was überhaupt das Wichtigste ist, auch für Windler ist das eine saubere Sache. Fall abgeschlossen. Deckel drauf. Jetzt geht es nur noch darum, dass keiner die Polizei ...«

»Sprich Windler«, fiel Stefan Heinzmann seinem Freund ins Wort.

»Sprich Windler«, fuhr Baumer fort, »... dass also keiner Windler doch noch irgendwie dumm anmacht und kritische Fragen stellt. Wenn dieses gepuderte Arschloch jetzt aber doch noch Druck bekommt, zieht er mir den Fall garantiert ab. Dann habe ich keine Chance mehr, mich einmal nett mit dem lieben Ballermann zu unterhalten.«

Heinzmann war über die Heuwaage gefahren und bog kurz nach dem Haupteingang des Zoos Basel in die Shell Tankstelle mit dem 24-Stunden-Laden ein. Obwohl er nicht tanken musste und obwohl es freie Parkplätze gab, hielt er neben einer unbesetzten Tanksäule an. »Bleib sitzen«, hieß er Baumer zu warten, als er den Motor stoppte und die Handbremse mit einem Ratsch anzog. Dann stieg er aus.

Heinzmann war Polizist mit Leib und Seele. Nach der gemeinsamen Militärzeit mit Baumer hatte er sich die Lehre mit der kürzesten Lehrzeit ausgesucht – Rollladenmonteur. Das hatte er gemacht, weil er immer schon zur Polizei wollte und für diese Ausbildung den Nachweis einer Lehre brauchte. In der Polizeirekrutenschule traf er seinen Kumpel Baumer wieder, der ein Vordiplom der Universität in Psychologie – damals das leichteste Studium überhaupt – absolviert hatte und damit nun ebenfalls sein Eintrittsbillett in die Polizei einlöste. Heinzmann war seither Polizist. Er war ein Macher, der die Kühle der Nacht liebte. Seit seine Frau ihn verlassen hatte – wann war das, vor 17 Jahren? – machte er nur noch Nachtschicht.

Baumer und sein Freund hatten eine ähnliche Statur. Heinzmann war ebenso wie der Kommissar sportlich geblieben. Er war aber ein wenig größer als Andi Baumer und durch seine Uniform erschien er immer auch ein wenig bulliger als der Kommissar, der nie Uniform trug und sowieso gar keine mehr besaß. Heinzmann hatte wie Baumer kurz geschnittene Haare. Seine waren hellbraun und mit feinen Silberfäden durchsetzt.

Sie sahen aus wie ein verrupfter, gesprenkelter Teppichboden. Den zeigte Heinzmann allerdings selten, denn er trug immer seinen Polizeideckel, der ihm wie auf den Kopf geschweißt festsaß und der den Blick nur auf die kurzen stoppeligen Haare um die Ohren und im Nacken frei gab.

Baumer sah durch die Frontscheibe, wie sein Freund zum Tankstellen-Shop schlenderte. Er sah noch, wie Heinzmann durch die automatische Tür in den Laden trat – ein kleiner Italo, der eigentlich Vortritt gehabt hätte, war verschreckt vor dem Polizisten zurückgewichen – dann schloss er die Augen und rutschte sogleich weg.

Er träumte den Traum, den er so oft träumte. Er stand am Fensterbrett im ilcaffè und schaute auf den Bürgersteig und die Straße vor der Kaffeebar. Er war einsam und traurig. Dann stand sie vor ihm. Die Frau aus der Tram der Linie 8. Sie schien zierlich und zerbrechlich. Die Frau sah ihn ebenso freundlich an, wie kurz zuvor in der Tram. Auf den Lippen hatte sie ein warmherziges Lächeln.

Andi strich sich mit der Zunge über die Oberlippe und leckte cremige Milchschokolade. Seine Fingerkuppen fuhren leicht durch das Fell seines Teddybären. Der Mohair küsste seine Fingerspitzen.

Steiff-Original.

Andi und die Frau sahen sich unendlich lange in die Augen. Dann lächelte die Frau und fuhr sich mit der schönsten Hand, die Baumer je gesehen hatte – eine zartgliedrige Puppenhand aus Elfenbein – durch ihre schulterlangen Haare. Zugleich warf sie den Kopf leicht nach hinten und setzte sich fließend in Bewegung. Sein ganzer Körper wusste, dass sie nur zu ihm kommen würde.

Dann sah er plötzlich seine Lieblingsgroßmutter aus Zeglingen auf dem Sofa sitzen. Ihr hellblaues Sommerkleid zierten unzählige Margeritenblüten. Sie lächelte ihn an und öffnete ihre Handtasche, die sie auf ihrem Schoß hielt. Sie nickte Andi mit großen bejahenden Augen zu, winkte zart mit dem Zeigefinger und sagte »Komm, Andi! Komm! Greif nur hinein ... Mmmhh!«

Dann sah er wieder die Frau aus der 8er. Sie kam ins ilcaffè und stellte sich eng neben ihn. Sie tat dies mit einer natürlichen Selbstverständlichkeit. Die Frau. Diese Frau.

Maja.

Andi war genau 1 Meter 82 groß und das Fensterbrett an der Front reichte ihm exakt bis zum Solarplexus. Maja war im echten Leben kleiner als Andi. Im Traum schien sie noch jünger, kleiner, herziger. Ihr ging das Brett nur bis zu den Schultern. Maja hob ihre Unterarme und legte sie parallel zur Fensterscheibe auf das Eichenholz. Ihre Hände schlug sie flach übereinander. Das Kinn stützte sie auf die sorgsam gestapelten Hände. Dafür musste sie auf den Zehenspitzen stehen. Die kleine Französin mit dem schulterlangen schwarzen Haar sah vergnügt und mit den leuchtenden Augen eines Erstklässlers am ersten Schultag durch die Scheibe hinaus.

Baumer spürte sich im Traum, wie er neben der Frau stand. Sein linker Ellenbogen war nur drei Zentimeter von ihrem rechten entfernt. Dazwischen floss ein Energiebogen von zehn Milliarden Volt. Eine brodelnde Welle aus Wärme strömte in seinen ganzen Körper und überflutete ihn wie einst das pulsierende warme Meer am flachen Strand in Kos.

Zusammen standen sie da und schauten, ohne dass einer ein Wort sprach, auf das erwachende Basel.

*

Heinzmann hatte seinen Freund schlafend vorgefunden, als er mit den Einkäufen aus dem Tankstellenshop zum Auto zurückkam. »Schläfst du?«, hatte Heinzmann so leise wie möglich gefragt. Als Antwort hatte er nur die rasselnden Geräusche einer gepressten Atmung gehört. Als er den Wagen startete, hatte Andi Baumer kurz im Sitz geruckelt, ohne aber seinen Kopf zu seinem Freund zu drehen. Also hatte Heinzmann ihn zu seiner Wohnung in der Hochstraße gefahren, ohne ihn aufzuwecken.

Dort angekommen, ging Heinzmann in die Küche und legte seinem Freund vier Früchtejoghurts, rezenten Emmentalerkäse, ein paar eingeschweißte Sandwichs, sowie drei Fläschchen mit Eistee in den Kühlschrank. Das war der gesamte Einkauf an der Tankstelle. Für sich hatte Heinzmann nichts eingekauft. Seine eigene Verpflegung geschah jeden Tag dort, wo es möglich war. Unterwegs. Zwischen zwei Einsätzen, manchmal während dieser.

Das alte Zeugs, das noch im Kühlschrank war, packte der Wachtmeister in den Mülleimer. Er öffnete auch das Gemüsefach, fand darin eine verschimmelte alte Gurke, die zu triefen begann, als er sie aufhob. Also rollte er das stinkende Ding in Plastikfolie ein und schmiss es weg.

Andi Baumer hatte seit dem Zwischenstopp an der Tankstelle kein Wort mehr gesagt. Auch nicht, als Heinzmann seinen Freund geweckt hatte und sie in die Wohnung hinaufgestiegen waren. Der Wachtmeister hatte gespürt, dass der Kommissar bereits in schwere Gedanken versunken war, vielleicht bereits Fährte aufgenommen hatte. Also hatte er ihn auch nicht mehr angesprochen, sondern war ihm wortlos in die Wohnung gefolgt. Dort hatte sich Baumer gedankenverloren seine Jacke ausgezogen und sich an den Bistrotisch gesetzt. Dieses Tischchen stand nahe bei der Balkontür, die auf seinen Mikrobalkon führte. Im Sommer würde Baumer den Bistrotisch auf den Balkon stellen und dort den Zügen zuschauen, wie sie einfuhren. Wie sie hielten. Wie sie warteten. Wie sie abfuhren.

Heinzmann kam von der Küche in Andis Wohnzimmer zurück. Baumer, inzwischen wieder eingenickt, hatte beide Unterarme vor sich auf dem Bistrotisch gekreuzt. Die Handgelenke lagen übereinander wie bei einem Verhafteten, dem Handschellen einschneiden. Der Kopf lag auf den Unterarmen. Baumer atmete außerordentlich langsam. Ein Sportler halt. Heinzmann musste sogar einen beängstigend langen Moment warten, bis er sah, dass sich Baumers Oberkörper langsam ausdehnte und mit Luft füllte. Dann strömte die Luft – unhörbar – aus, und Baumers Schultern fielen sachte ein.

Andi Baumer schlief friedlich. Zumindest war das der Eindruck, den der Oberkörper gab. Die Beine hingegen waren angespannt. Das rechte war zurückgezogen, daher angewinkelt, und auf die Fußspitze gestellt. Das linke lag mit der Ferse auf dem gusseisernen, verschnörkelten Fuß des Bistrotisches. Auch dieses Bein war angewinkelt aber griff nach vorn aus. Andis Unterkörper erinnerte an den eines 100 Meter Läufers, der sich in seinem Startblock festgekrallt hat und angespannt auf den Startschuss wartet.

Stefan Heinzmann ließ seinen Freund in dieser Position schlafen. Er wusste, dass hier Fakten geordnet und gebündelt wurden. Er wünschte sich nur, dass Andi nicht wieder an Maja dachte, weil er wusste, dass das seinen besten Freund nur unnötig verletzen würde.

Dann drehte sich der Wachtmeister weg. Er warf noch einen letzten prüfenden Blick auf die Wohnung. Schnappte sich die Jacke seines Freundes, die halb auf dem Sofa und halb auf dem Boden gelegen hatte, und hängte sie auf. Er fummelte ein paar Fuseln von ihren Ärmeln, drehte sich noch mal zu Andi. Schaute zu ihm. Dann ging er leise.

Draußen stellte Heinzmann sein Funkgerät, das er schon vor einiger Zeit ausgeschaltet hatte, wieder an. Sogleich erhielt er Meldung, dass ein Drogensüchtiger in einer Rabatte beim Waisenhaus gefunden worden war. Der habe offenbar im Gebüsch unter der Wettsteinbrücke übernachten wollen. Dort am Kleinbasler Brückenpfeiler dieser breiten Rheinbrücke, die von der edlen St-Alban-Vorstadt und dem Kunstmuseum hinabführt in das mindere Basel mit seinen Arbeiter- und Rotlichtvierteln. Bei zwei Grad Außentemperatur sei der arme Mensch ein bisschen angefroren. Heinzmann müsse da hin. Es eile aber nicht. Der Drogensüchtige habe es nicht mehr eilig.

4

Am nächsten Morgen wachte Andi Baumer gegen sieben Uhr auf. Er war in der Nacht aus der unbequemen Position am Bistrotisch aufgewacht, hatte seine Hose und sein Hemd wie in Trance abgelegt, ein T-Shirt und eine Sporthose angezogen und war ins Bett geplumpst. Noch bevor er das Duvet über seinen Körper, über seine Nase, gezogen hatte, war er wieder weg. Die restliche Nacht schlief er durch, allerdings unruhig. Am Morgen war er sogleich hellwach und stand auf, duschte geschwinder als üblich und kleidete sich schnell an. Draußen hatte es geschneit. Heberlein, sein autistischer Nachbar, hatte mit seiner Prognose, dass Schnee komme, offenbar Recht gehabt. Also entschied sich Baumer, heute einen zusätzlichen Pullover anzuziehen. Selbstverständlich entschied er sich für seinen Lieblingssportpullover von Puma. Sandfarben. Der springende Puma war mit goldenem Seidenfaden - oder war es Nylonfaden? - dick auf den Pullover gestickt. Baumer schlüpfte hinein, das Logo kam direkt über das Herz zu liegen. Er packte seinen Winterparka und war draußen.

Als er in die Stadt ging, waren die Straßen bereits vom Schnee geräumt. Auf den parkenden Autos lagen hingegen etwa zwei Zentimeter von der weißen Pracht, genug, um sie in zartes Weiß zu tauchen. Die Pendlerautos aus den höheren Lagen des Baselbiets hatten hingegen deutlich mehr abbekommen. Manche große Schlitten waren wiederum komplett schneefrei. Deren Besitzer konnten sich offenbar eine Garage leisten. Vielleicht machten sie dafür monatlich ein paar Überstunden in der Versicherung. Oder in der Chemie. Vielleicht hießen sie ihre Frauen dafür zusätzlich einen Tag pro Woche in einer Bank putzen. Baumer schaute auf. Ein blanker schwarzer Mercedes fuhr an ihm vorbei. Auch er war schneefrei. Es war einer dieser mittelgroßen Limousinen, wie man sie jeden Samstag über die

Grenze nach Weil am Rhein fahren sieht, wo sie bis an den Rand mit Raviolidosen, Spaghetti, Blitz-Teppichreiniger, Alaska-Lachs (gepfeffert), W5-Spülmittel, Bleudino-Käse, WC-Papier und dem gesamten restlichen Aldisortiment gefüllt werden.

Auf dem Weg in die Stadt ging Baumer über die Bahnhofs-Passerelle. Dort schnappte er sich alle Gratisblätter, die er packen konnte: 20Minuten, Punkt.ch, News. Er überflog sie rasch. 20Minuten machte auf mit der Schlagzeile »Amoklauf in Basel. 2 Tote«. Baumer dachte, kürzer gehe es nun wirklich nicht, und zog den Hut vor so viel werberischer Kompetenz. Der Lead, der kurze Text mit dem der Artikel eingeführt wurde, sprach von einem Drogenabhängigen, der ausgerastet sei und einen zufälligen Passanten erschlagen, dann eine Geisel genommen habe. Ein Geschäftsmann – ein Held! – habe daraufhin die Geisel befreit, indem er den selbsternannten Samurai aus Notwehr erschossen habe. Der Artikel, der dem einführenden Paragraph folgte, sagte dann nochmals das Gleiche. Mit nur unwesentlich mehr Sätzen als im Lead. Die anderen Gratisblätter berichteten im gleichen Stil. Baumer warf sie weg.

Vorn am Bistro erinnerte nichts mehr an die Tat von gestern. Andi Baumer war erstaunt, wie rasch der *Courant normal* wieder eingekehrt schien. An je einem Tischchen saßen zwei Alkis, die am ersten Bier saugten, wie Fische an Land nach Luft schnappen. Zwischen zwei Schlucken warfen sie sich grobe Satzbrocken hin und her und erzählten sich überlaut und zum wiederholten Male das halbe Leben. An der Bar drängelten sich müde Pendler und bestellten den zweiten Kaffee. Den brauchten sie dringend, sonst würden sie es nicht bis ins kaltherzige Büro schaffen.

Der Kommissar ging am Bistro vorbei, fuhr die Rolltreppe nach unten und kaufte sich am Kiosk das Käseblatt der Stadt, sowie das Käseblatt der Nation. Er setzte sich in die kleine Imbissstube hinter dem Kiosk, direkt am Gleis 4, das für den nach Paris fahrenden TGV reserviert ist. Er bestellte einen Kaffee und verdrückte sich in eine Ecke.

Die Boulevardzeitung »Blick« hatte die Fakten richtig. Baumer erfuhr auch den Namen des Mannes, der Toni erschossen hatte. Es war zu lesen, dass man den vollen Namen nur abdrucke, weil bereits einzelne Online-Medien diesen veröffentlicht hätten und er nicht mehr zu schützen sei. Der Geschäftsmann mit der Knarre hieß also Alvaro Gomez, 42 Jahre alt, Portugiese. Der mit dem Samuraischwert Getötete war Boban Stankovic, 28 Jahre alt, Schweizer.

Baumer staunte, wie es dem Blick wie immer gelang, die Fakten zu einer Horrorgeschichte zu verknüpfen. Und diese Geschichte musste er nicht einmal künstlich aufbauschen und dramatisieren. Blut war geflossen, und das reichlich. Ein Held war auch da. Er hatte die unschuldige Jungfrau befreit. Das reichte tausendmal für eine große Story.

Man hatte beim Blick wohl begriffen, dass niemand diesen Amoklauf voraussehen konnte. Also wurde der Basler Polizei auch kein Vorwurf gemacht, dass man das Blutbad hätte verhindern können. Vielleicht käme das später. Es würde auf offene Ohren stoßen. Die Öffentlichkeit fühlte sich seit längerem unsicher und wollte wieder mehr Polizei in den Straßen.

Sicherlich würden die Leute vom Blick mit Alvaro Gomez noch ein paar Homestorys machen wollen. Man brauchte diesen Helden noch, um das Blatt bis zum Ende der Woche zu füllen. Dann wäre die Geschichte ausgelutscht. An das Mädchen war der Blick zum Glück noch nicht gekommen. Das war im Kantonsspital sehr gut betreut und wurde vor der Presse abgeschirmt. Dennoch zitierte der Blick das Mädchen schamlos. In direkt indirekter Form. Das las sich so:

»Jetzt wird er mich töten«, musste das Mädchen zweifellos denken. Es spürte den kalten Stahl der Mordwaffe an seiner Kehle. Sicherlich sagte es sich: »Ich bin doch noch so jung. Ich will nicht sterben.«

Die Berichterstattung in der Basler Zeitung war so ähnlich wie im Blick. Nur einen Zacken langweiliger.

In Baumers Blickfeld tauchte plötzlich ein breites Männerbecken auf, das in einer hellblauen Gabardinehose steckte. Die

Stimme, die zu dem Mann gehörte, von dem Baumer nur einen Ausschnitt sah, sagte: »Grüezi, Herr Baumer.«

Baumer blickte auf. Zum Becken und der Stimme kamen nun noch der Oberkörper und der Kopf und der ganze Rest von Rolf Danner dazu.

»Darf ich mich zu Ihnen setzen?«

Danner setzte sich.

*

Rolf Danner war Journalist beim Blick. Seine Kleidung war immer geschäftsmäßig, doch sehr leger. Nicht wirklich dreckig, aber auch nicht wirklich sauber. Die Gabardinehose war sicherlich 15 Jahre alt. Vielleicht hatte er sie damals neu gekauft und seither oft getragen. Vielleicht hatte er auch in einem billigen Secondhand Laden eingekauft. Die Hose war auf jeden Fall schon sehr gebraucht, die Hosentaschen bereits so weit ausgebeult, dass die Innentaschen aus weißer Baumwolle herausschauten. Die Ränder der Taschen waren speckig. Sie erinnerten an tränensäckige Augen, die jedes Gesicht traurig und alt aussehen lassen.

Schlimm war Danners Brille. Die hatte er wahrscheinlich 1986 auf dem Flohmarkt auf dem Petersplatz erstanden, als er an der Uni Basel – gleich nebenan – sechs Semester Geschichte studiert hatte. Vielleicht waren es auch nur vier gewesen. Jetzt war diese Brille sein Markenzeichen geworden, das er nicht ohne Weiteres ablegen konnte. Es war eine Brille, wie sie Zuhälter in den 70er Jahren trugen. Dicke silberfarbene Bügel hielten die Gläser, übergroße Scheiben, am unteren Rand leicht getönt, am oberen deutlich dunkler. Im Augenblick war Danner mit diesem Gestell gerade mal wieder topmodern – wie etwa alle 12 Jahre, für genau eine Saison. In den restlichen Semestern jaulte seine Brille das Gegenüber an wie ein brünstiger Kater den Vollmond anheult.

»Schon gelesen?«, fragte Danner.

Baumer sagte nichts.

»Sie waren doch dabei! Was lief ab?«

Baumer sagte nichts.

»Warum haben Sie nicht eingegriffen?«

Baumer schwieg, aber ein tiefes Brummen stieg in ihm hoch. Es hätte sich wie ein Erdstoß entladen können, wie vor ein paar Jahren, als in Basel nach Geothermiebohrungen die Erde gebebt hatte, weil man eine neue Energiegewinnung testen wollte. Auch in Baumer brodelte es jetzt und die Spannung begann, sich in seinem Gesicht aufzubauen. Aber bevor sie an die Oberfläche kam, winkte Danner rasch mit einem unschuldigen Lächeln ab. »Ich weiß, ich weiß. Laufendes Verfahren. Ist mir schon klar.«

Baumer beruhigte sich. Er sagte weiterhin nichts und senkte den Blick.

»Aber«, sagte Danner verschwörerisch und beugte sich zu Baumer vor, suchte seinen Blick und schaute ihn mit leicht gesenktem Kopf wie ein treuer Hund an, »es waren fünf Schüsse.«

Baumer schwieg weiterhin, nickte dann aber ab, was Danner eh schon wusste.

Danner lehnte sich erfreut zurück. »Fünf also. Ja, das kann's geben. Meist sind es sechs, wenn einer durchdreht. Auf jeden Fall genau so viele, wie es Schüsse im Magazin hat. Selten sind es nur fünf oder drei oder vier.«

Baumer fuhr sich mit der Hand durch die Haare. »Es waren fünf«, sagte er zur Brille.

»Ja, hm, also fünf Schüsse.«

Baumer blieb cool und half Danner, dem Journalisten, nicht speziell. Er behinderte ihn auch nicht. Er respektierte die Funktion von Danner. Irgendwie mochte er Rolf Danner sogar. Dieser war drei Mal durch das Vordiplom an der Universität gerasselt. Hatte vielleicht zu oft in Mädchenbetten übernachtet, anstatt sich mit den einflussreichen schlagenden Verbindungen zu besaufen. Mit ihnen zu prahlen. Mit ihnen zu grölen. Zu kotzen. Hatte vielleicht auch zu wenig für die Prüfungen gelernt.

Hätte aber sicher bestanden, wenn er den richtigen Namen gehabt hätte. Oder die richtigen Freunde. Am besten beides. Das braucht es, um in Basel Karriere zu machen, ebenso wie ein Astronaut auf dem Mond Sauerstoff und Wasser braucht.

Baumer imponierte, dass Danner trotz der Behinderung durch die genetische Krankheit genannt Namenlosigkeit nie aufgab. Er respektierte die Lebensleistung dieses Journalisten. Der hatte sich zum Spezialisten für Mordfälle emporgearbeitet. Einfach, weil er hartnäckig Fragen stellte und den dicken Teppich umdrehte und darunterschaute. Egal, ob das den feinen Herren gefiel oder nicht. Natürlich träumte auch Danner von Anerkennung. Wie jeder Protestant, der seine Arbeit sauber und ehrlich macht. Doch am Ende des Tages, wenn er seinen Teil Anerkennung von der Gesellschaft abholen wollte, war Danner gut bedient, wenn man ihn nur ignorierte. Meist bekam er jedoch einen Haufen Neid und Missgunst in die Hand, nicht selten noch einen Schlag Verachtung obendrauf.

Dreckszürcher!

Das riefen sie ihm in Basel nach. Dann, wenn der FC Basel die Meisterschaft gegen den FC Zürich verlor. Dreckszürcher. Das spuckten sie ihm sogar noch lauter ins Gesicht, wenn der FC Basel gewann.

Baumer sah Danner an. Hinter dessen Brille sah er in die Augen eines alten Boxers, der zu viele Kämpfe durch K.o. verloren hat und der trotzdem immer wieder in den Ring steigt.

»Was willst du wissen?«, fragte Baumer trocken.

Danner hob die Augenbrauen und machte große Augen. Baumers Angebot war unerwartet gekommen. Doch Danner fasste sich schnell. »Da steckt mehr dahinter«, sagte er.

»Findest du?«, sagte Baumer.

»Es juckt mich«, meinte der Journalist.

»Mich juckt es auch.«

»Da sind wir schon zwei.«

»Drei«, dachte Baumer, aber sagte nicht, dass auch Heinzmann den Verdacht hatte, dass das Heldengemälde von Alvaro Gomez zu früh als echt bescheinigt worden war.

»Die Story sieht ganz gut aus«, sinnierte Danner. »Das Ding wird etwa fünf Tage laufen. Heute ist Dienstag. Das reicht etwa bis Samstag. Es gibt genug zu tun. Zuerst mal Bilder vom Mädchen auftreiben. Ein Interview führen. Alles eine Frage des Timings. Meist geht das nach zwei Tagen am besten. Der erste Schock ist vorbei, jetzt will man plaudern.«

Baumer fand den Journalisten wieder ein bisschen unheimlicher. Die Präzision, mit der die Medienmaschine ablief, gab ihm zu denken. Was, wenn ein Mensch nicht in diese Maschinerie hineinpasste? Wenn er zwischen die Rädchen der Medienmaschine kommt und eingeklemmt wird wie ein Weizenkorn zwischen Mühlsteinen.

»Im zweiten Gang der Story«, fuhr Danner in analytischer Manier fort, »können wir die Mutter des Samuraitypen bringen. Die wird um ihren toten Sohn trauern, obwohl das nicht so zieht. Hätte die Mutter lieber auf ihren Sohn aufgepasst, werden die Leute denken.« Danner schaute ins Leere. »Danach bringen wir die Wiedervereinigung der Jungfrau mit dem Helden. Wie sie ihm dankt, und er sagt: Ach, das war doch nichts. Saubere Sache. Runde Story.«

»Aaber?«, fragte Baumer gedehnt.

Danner war sofort wieder da. Er rutschte nach vorn. »Etwas ist faul.«

»Was ist faul?«

Der Journalist blies verächtlich durch die Nase aus, sein Mund zeigte bittere Züge. »Fünf Schüsse!«, stieß es aus dem Blick-Reporter hervor.

»Ja. Das kann's geben.«

Danner wurde erregt. »Verdammt. Ich weiß das auch. Nur ...«

»Nur ...?«

»Nur machte es peng, peng, peng, peng. Dann eine Weile nichts mehr. Dann nochmals peng?«

»Wer hat das gesagt?«

»Das hat mir der Thai von der Bretzelbar auf der anderen Seite der Passerelle gesagt. Der berichtete mir, er hätte ein peng, peng, peng, peng gehört. Dann nichts. Und dann nochmals peng.«

Baumer schwieg. Er spürte selbst, dass etwas nicht stimmte, aber konnte sich noch keinen Reim darauf machen. So viel gab es zu bedenken, zu kombinieren, zu verstehen. Und beweisen müsste man es. Das gab noch viel zu tun. Dabei hatte er noch deutlich zu wenig Kaffee intus, um richtig denken zu können. Aber selbst mit einer großen Dosis Koffein im Körper würde er noch nicht so schlau sein wie Danner.

Danner beugte sich nach vorn, stützte sich mit beiden Händen seiner angewinkelten Arme auf der Tischkante ab, als wolle er aufstehen. Dann hob er den Zeigefinger. »Ich spür's, die ganze Sache stinkt.«

»Ich muss jetzt los«, sagte Baumer missmutig.

Danner interpretierte es als eine Zurückweisung. »Ja, ja, geh du nur«, winkte er ab. »Der dumme Danner hat ja kein Hirn. Ist ein dummer Böögg, nicht wahr, Baumi?«

Baumer sah Danner nicht als Böögg an, als diesen über 2 Meter großen Schneemann aus weißem Pappmaché und Stroh, den die Zürcher Zunftbrüder jeden Frühling auf der Sechseläutenwiese am See auf einem mächtigen Scheiterhaufen verbrennen, um den Winter zu vertreiben. Für Baumer war Rolf Danner keineswegs eine hirnlose Puppe. Trotzdem war Baumer verärgert. »Du bist ein dummer Böögg, und ich bin ein dummer Bauer. Zu den Monsieurs gehören wir beide nicht.«

Danner hatte sich so schnell beruhigt, wie er sich enerviert hatte. »Baumi, du bist in Ordnung! Hältst mich auf dem Laufenden?«

Baumer stemmte sich hoch und schaute auf Rolf Danner hinunter. Der war nur 1 Meter 65 groß und sah ziemlich klein aus. Wäre er 1 Meter 95, hätte er die dritte mündliche Prüfung an der Universität Basel wahrscheinlich geschafft. Das hätte er auch, wenn er einen ehrwürdigen Namen gehabt hätte. Dann hätte er es auch als zusammengestauchter kleinwüchsiger Minizwerg geschafft, dem die Absätze abgebrochen sind. Als Danner aus Zürich-Höngg musste er jedoch um jeden Splitter Anerkennung kämpfen.

Der Journalist vom Blick rückte seine Brille zurecht. Er faltete die Hände zum Gebet und blickte so bezaubernd wie die Pietà auf einem verschwitzten Touristen T-Shirt in Rom. »Baumer, hilf mir!«

Andi Baumer sah noch einmal auf den Mann vom Blick hinunter. Er sah den Menschen hinter der Brille. Der Kommissar schnaufte tief ein. Dann schnaufte er aus und sagte: »Ich helfe dir.«

*

Die Besprechung im Spiegelhof um 8 Uhr 15 ging zügig voran. Der Chef der Basler Kriminalpolizei machte zuerst ein bisschen Tamtam. Eigenmächtiges Vorgehen Baumers. Behinderung von Rötheli durch Heinzmann. Diese Beschuldigungen warf er wie Blendgrananten in den Raum, um seine ganze Mannschaft vor ihm erstarren zu lassen. Er langweilte sich aber bald selbst an seinem eigenen Gequatsche. Insgesamt waren das ja auch nur Details. Die Geschichte sei gut vonstatten gegangen, meinte Windler. Ein zufällig Anwesender habe leider Pech gehabt. Windler senkte nicht einmal die Stimme, als er dies sagte, und er erwähnte auch nicht den Namen des Opfers. Die Situation sei bereinigt, so Windler weiter. Kein weiterer Schaden sei entstanden. Keine Zeitung werfe der Polizei irgendeine Nachlässigkeit vor. Hier konnte sich Windler ein Lächeln nicht verkneifen. Wäre es nicht vollends unpassend gewesen, er hätte sich gleich selbst auf die Schulter geklopft. Amokläufe könne es halt immer geben, da könne man nix machen. Das fügte der Chef der Kriminalpolizei mit einem absolut gleichgültigen Schulterzucken hinzu, als ob er eben vernommen hätte, dass irgendwo hinten links in China ein paar Bauern mit einer rostigen Fähre abgesoffen seien.

Dann wurden die restlichen Aufgaben verteilt. Rötheli wurde abkommandiert, um den Pressekoordinator der Polizei bei der Informierung der Journalisten von der Sonntagspresse zu unterstützen. Bis zum Wochenende wäre der Amoklauf für die Revolverblätter bereits uninteressant geworden, doch die Sonntagspresse würde weitergehend berichten. Polizeikritisch die linke Sonntagszeitung. Gesellschaftskritisch die Neue Zürcher Zeitung am Sonntag.

»Rötheli«, tönte Windler, »Sie stehen hin und sagen, dass das Dispositiv funktioniert hat. Es war ein Einzelfall. Alles im Griff. Basel ist für alle sicher.« Mit »alle« meinte Windler natürlich die Besucher und internationalen Aussteller der großen Frühjahrsmessen in Basel, der Uhren- und Schmuckmesse und der Art, der größten Kunstmesse der Welt. Diese Veranstaltungen spülten Basel einige saftige Millionen in die Kasse. Nur Rötheli war so beknackt und fragte trotzdem:»Und wenn sie wegen der Sicherheit für die Geschäftsleute während den Messen fragen?«

»Huere Mist!«, platzte es aus Windler hervor, der von Null auf Hundert beschleunigt hatte, ebenso wie der umgebaute Starfighter ohne Flügel auf dem großen Salzsee in Utah mit vollem Rohr beschleunigt. Windlers Gesicht lief rot an, und er bleckte wie ein Dobermann. »Verdammt, Rötheli«, bellte er. »Sagen Sie diesen Geiern, dass wir alles im Griff haben. Besonders während der Messe. Deshalb schicke ich Sie ja zu diesen Wichsern. Huere Mist.« Windler schlug einen Stapel Zeitungen auf den Tisch. Dann hatte er sich wieder einigermaßen im Griff. Die Backenmuskeln, die zuvor sein spitz zulaufendes Gesicht in die Breite gerissen hatten, erschlafften. Er ruderte mit ausgestreckten Armen neben seinem Brustkorb. »Muss ich denn alles wiederholen? Erzählen Sie etwas vom erprobten Dispositiv, das alle Eventualitäten abdeckt. Wir haben alles im Griff, das müssen Sie immer wieder beteuern, das wollen die doch hören. Während der Messe werden die Kontrollen natürlich intensiviert. Aber das wird gar nicht nötig sein, die Sicherheit ist auch so gewährleistet. Wir werden selbstverständlich überhaupt kein Risiko eingehen.« Er stemmte seine Fäuste in die Seiten »Irgend so einen Scheiß sollen Sie denen erzählen, Rötheli. Verdammt noch mal.«

»Und wenn sie fragen, wie viel Mann Verstärkung wir tatsächlich aufbieten?«, insistierte Rötheli wie ein Kind, das fragt, ob dem Christkind nicht kalt an den nackten Füßen werde, wenn es den Wunschzettel abhole, den es draußen auf dem schneebedeckten Balkon deponiert hatte.

»Dann sagen Sie, dass das Dispositiv selbstverständlich geheim sei, um den Einsatz nicht zu kompromittieren. Huere Mist!«

Mit diesem letzten Fluch beendete Windler die Tirade. Er hatte sich bereits zu erschöpft, um noch mal aufzukochen und wollte den Rapport jetzt rasch durchbringen. Der Starfighter ohne Flügel hatte sein Kerosin verdampft. Der Motor stoppte abrupt. Das schnellste Auto der Welt lief rasch aus.

Dann wurden die weiteren Aufgaben verteilt. Routinezeugs. Eine Abklärung, wo Toni sein Samuraischwert herbekommen habe. Ob alles legal zugegangen sei. Solche Sachen. Sonst gab es fast nichts zu tun. Die Sache war gegessen. Ende der Durchsage.

Danke.

Adieu.

Baumer hob die Hand.

Windler bemerkte es aus dem Augenwinkel heraus, während er seine Akten büschelte und wegräumte. »Herr Baumer. Sie haben eine Frage?«

»Ja. Danke, Herr Windler. Meine Frage: Wurde überprüft, ob der Schütze, also dieser Gomez, einen Waffenschein besitzt?«

Lachenmeier, ein Beamter aus der Verwaltung, reckte sich sofort und antwortete, dass Gomez einen Waffenschein habe.

»Sie haben die Waffe selbst also nicht überprüft«, sagte Baumer, der wusste, dass Lachenmeier mit dem Drehsessel im Zimmer 2.05 des Spiegelhofs verheiratet war. Dieser schien ihm angenehmer zu sein, als der, auf dem er jetzt saß, denn er rutschte von einer zur anderen Seite, als er sagte: »Eine Überprüfung musste ich nicht vornehmen. Die Waffe ist bei uns registriert.«

Windler war froh, dass seine beiden Untergebenen unwichtige Details klärten und er nicht mehr den Großen Zampano spielen musste. Sein Ausbruch hatte ihn erschöpft und er wollte nur noch Kaffee trinken gehen. Seit kurzem ließ er sich immer im dritten Stock zu einer Tasse einladen. Das hatte er früher nie gemacht. Mit Bürogummis Kaffee trinken? Pah! Seit aber eine junge Praktikantin aus Bern im Zimmer 3.22 einquartiert worden war, zog es ihn gegen neun Uhr immer magisch in den dritten Stock. Er dachte an die langen blonden Haare der Praktikantin und vor allem an ihre vollen Brüste. Windler hoffte, dass Nina auch heute ihren lilafarbenen, flauschigen Winterpullover tragen würde. Dann würden ihre Brüste noch üppiger erscheinen. Allerdings hatte er wegen dieses dicken Pullovers noch nicht herausbekommen, ob Nina kleine oder große Brustnippel hatte. Vielleicht könnte er Nina einmal versuchsweise anzündeln, sodass ihre Knospen steif wurden? Dann könnte er es sicherlich erkennen. Ob sie wohl dunkle oder rosa Nippel hätte? Er würde es über kurz oder lang herausfinden, dessen war er sich sicher. Es war für ihn keine Frage, dass diese Nina ein kleines Luder war, die Karriere machen wollte. Da war sie bei ihm ja genau richtig. Unbewusst strich er sich mit der Zunge über seine Oberlippe. Seinen zwei Polizisten hörte er nur noch knapp zu und nahm es kaum wahr, als Baumer sagte: »Vielleicht trägt dieser Revolver eine andere Nummer als die Waffe auf dem Schein.«

Baumer hatte diesen Satz in Windlers Richtung gesprochen, aber der schien mit seinen Gedanken irgendwo anders. Also sagte Baumer scheinbar nachdenklich, doch eindeutig lauter als zuvor: »Man kann bei diesen Details nicht vorsichtig genug sein.«

Windler blickte zu ihm, aber selbst jetzt sprang er noch nicht an.

Der Kommissar insistierte. »Vielleicht ist das gar nicht die Waffe, die auf dem Waffenschein registriert ist. Trägt vielleicht eine andere Nummer. Und plötzlich gibt es ein Aufsehen, nur weil wir vergessen haben, so ein Detail zu kontrollieren.«

Diesen letzten Satz sagte Baumer, der bisher unbeweglich in seinem Stuhl gesessen hatte, direkt zu Windler hin und jetzt nochmals deutlich lauter, um ihm Nachdruck zu verleihen.

Endlich reagierte der Chef. »Ja, hm, richtig. So was kann schnell unangenehm werden. Das muss alles ganz korrekt sein. Lachenmeier, überprüfen Sie die Nummer auf der Waffe von Gomez! Die ist doch noch da?«

Lachenmeier erbleichte. »Die Waffe?«, begann er kleinlaut. »Die Waffe ... hat Gomez behalten. Sie selbst sagten ...«

Windler fletschte die Zähne wie ein tollwütiger Hund und schrie Lachenmeier an. »Was sagte ich?«

Lachenmeier erstarrte in seinem Stuhl. Kein Mensch wagte, etwas zu sagen, sich zu bewegen. Nur nicht auffallen! Man konnte plötzlich das Gurgeln des warmen Wassers im Radiator unter dem Fenstersims hören. Lachenmeier saß starr da, wie ein Poilu an der Maginot-Linie, der Guderians Panzer aus dem Nebel heraus auf sich zurasen sieht.

Dann fasste er sich, versuchte die drohende Gefahr zu verwedeln und schob daher rasch nach: »Die Waffe durfte Gomez doch behalten. Es stand ja außer Frage, dass er damit geschossen hatte. Aber in Notwehr natürlich. So habe ich es verstanden. Notwehr also. Wir mussten sie deshalb nicht zurückbehalten. So schien es mir. Reine Routine.« Lachenmeiers Kopf lag jetzt schwer auf seinen Schultern. Er drehte seinen Kopf gleichmäßig zu Baumer, ebenso wie sich ein stählerner Panzerturm mechanisch dreht.

Baumer saß auf seinem Stuhl wie ein gelangweilter Kutscher auf dem Wagen. Seine Unterarme hatte er auf den mächtigen Oberschenkeln, die Hände hingen schlapp zwischen den Beinen herunter. Er fuhr ohne Anklage in der Stimme fort: »Trotzdem wäre es empfehlenswert, dass wir diese Waffe überprüfen.« Er atmete tief ein und aus und sagte dann grad so, als ob er in lauter Stimme zu sich selbst murmeln würde. »Wenn ein solches Detail nicht stimmt, dann kann das rasch zur externen Überprüfung sämtlicher Fakten führen.«

Windler versteifte seine Haltung. Er führte die linke Hand vor seinen Mund und dachte einen langen Moment nach.

»Reine Routine. Es wird alles seine Ordnung haben«, schob Baumer zur Sicherheit nochmals nach.

»Okay, Baumer«, gab Windler nach. »Checken Sie das ab und stellen Sie sicher, dass hier alles korrekt abläuft.« Dann – er wollte die 9-Uhr-Kaffeepause bei Nina nicht verpassen – an die anderen gerichtet. »Legen Sie los. Befehl! Ich will die Sache so schnell wie möglich vom Tisch haben. Ende.«

Windler zog ab und die Kollegen von Baumer – waren es überhaupt Kollegen? – bockten wie üblich. Hier ein Knurren, da ein Fluch. Das half ihnen, das zu tun, was sie meistens tun. Zeit schinden. So tun als ob. Wursteln. Beschäftigt wirken. Telefonieren. Berichte schreiben. Berichte heften. Berichte versorgen. Pflanzen abstauben. Über Kollegen lästern. Aus dem Fenster schauen. In die Zeitung schauen. Alte Zeitungen bündeln. Radio hören. Kaffee trinken. Nochmals aufs WC gehen. Alles würden sie tun, nur um nicht Verantwortung übernehmen zu müssen.

Baumer hingegen hatte zu tun. Er hatte erreicht, was er wollte. Er konnte die Geschichte untersuchen. Ganz legal, mit Segen vom heiligen Stuhl. Die Idee mit der Registriernummer war idiotisch, aber es war ihm nichts Schlaueres eingefallen. Baumer war kein Superhirn. Er war einfach ein Polizist, der seinen Job machte.

Ohne seine Intervention als Kommissar wäre der Fall des Amoklaufs auf der Passerelle hingegen zweifellos ruckzuck abgeschlossen worden. Dass es irgendwo noch offene Enden gab, ein Detail im Ablauf keinen Sinn machte, wäre dann völlig egal gewesen. Das hätte ein guter Geist in der Verwaltung gerade gebogen. Der Fall wäre unzimperlich abgeschlossen worden. Es hätte nur noch Papierkram zu tun gegeben. Windler hatte das auch perfekt orchestriert, dachte Baumer. Gestern am Tatort hatte Windler die Untersuchung geleitet. Wobei es vermeintlich nichts zu untersuchen gegeben hatte. Alles war so klar wie der Himmel über dem Thunersee, wenn ihn Hodler malte. Das Mädchen war in Obhut. Was hätte es schon beitragen können zu den Ermittlungen? Der Schütze war ein Held. Es war Zufall, dass er zum Zeitpunkt der Tat im Bistro war. Ebenso der zufällige Dumme, der in zwei Teile gespalten worden war. Pech gehabt. Einmal zu viel einem Junkie über den Weg gelaufen. Schicksal. Ende und Aus. So sah es Windler, so sah es der Offizier vom Dienst von gestern. So sah es der Staatsanwalt aus dem Baselbiet. So sah es das Publikum. Nur Baumer sah es so nicht. Also hatte er sich eingemischt und Stress gemacht.

Baumer schluckte schwer und schlug sich auf den Hinterkopf. Das schmerzte mehr, als er beabsichtigt hatte. Aber sein Hirn wurde durchgeschüttelt und ein Schuss Adrenalin spülte seinen fauligen Zorn, der ihm hochgestiegen war, zurück in die Tiefen seiner Eingeweide. »Ja. Baumer. Du lebst noch«, sagte er zu sich, und es schien ihm, als hätte eine reale Person neben ihm das gesagt und nicht nur eine innere Stimme. »Aber du bist zu blöd, um deine Fresse zu halten.« Baumer schlug grad nochmals zu, noch heftiger, sodass sein Sehfeld erzitterte und er leicht schwindelte.

»Andi«, sagte Maja, »hör auf!« Und er spürte ihre Hand, wie sie ihn behutsam berührte am Kopf. Wie sie langsam seine kurzen braunen Haare nach hinten strich. Er erinnerte sich an die elfenbeinfarbene Hand, wie sie über seinen Kopf fuhr und die feinen, aber krausen Haare legte, so wie die Hand einer Mutter die Decke über dem Körper ihres schlafenden Kindes glatt streicht. Er glaubte zu spüren, wie Maja näher rückte und ihn auf den Hinterkopf küsste. Und wie er Majas zärtliches Parfüm roch.

Wie es kam.

Wie es ging.

5

Die Erinnerung an Maja machte Baumer schwer ums Herz und er begann seine Mission, so wie man eine Reise beginnt, auf die man nie wollte. Missmutig.

Der Kommissar ging zur Dispo und erhielt dort die Adresse von Gomez. Hotel Schweizerhof. Das lag am Bahnhof Basel auf der Seite des St-Alban-Quartiers. Also piepste er sich einen freien Streifenwagen herbei. Wagen 6 war am nächsten beim Stützpunkt. Der spielte Taxi für ihn. Baumer war leise enttäuscht, dass der Fahrer des Streifenwagens, der ihn abholte, nicht Heinzmann war. Dann erinnerte er sich, dass er im Nachtrapport gelesen hatte, dass gestern ein Junkie tot aufgefunden worden war. Vielleicht war Heinzmann in dieser Sache unterwegs. Damit würde kein Kommissar behelligt. Solche Sachen wurden von Windler immer an eine niedere Charge delegiert. Warum auch einen Detektiv damit beauftragen, einen mageren Junkie zusammenzulesen? Dafür genügte ein Wachtmeister Heinzmann vollkommen. Gleich wie der Chef der Stadtreinigung keine achtlos weggeworfenen Coladosen aufliest. Dafür soll sich ein Asylant bücken.

Nach nur 8 Minuten Fahrt stand Baumer in der Lobby vom Hotel Schweizerhof und ließ sich vom Portier bei Gomez melden. Der Portier tat dies nur, nachdem er Baumers Ausweis ausgiebig gemustert hatte. Sowohl die Vorder- als auch die Rückseite. Seine ganze Körperhaltung änderte sich abrupt, als er endlich überzeugt war, dass Baumer ein echter Basler Kommissar war. Er sprach nur noch mit durchgedrücktem Rückgrat und vorgestrecktem Kinn zu ihm. Baumer war sich sicher, dass er es hinter der Theke hätte knallen hören, wenn zur Uniform des Portiers ein Paar Stiefel gehört hätten. Der Portier hob den Telefonhörer ans Ohr und schlug mit flinken Händen das stumpfe Ende eines Bleistifts auf die Tasten seines Telefons. Dann führte er die

Zunge an seine Oberlippe und verdrehte die Augen nach oben wie eine sizilianische Großmutter beim Gebet. Schließlich senkte er seinen Kopf in einer Halbspirale und sprach in die Muschel.

»Herr Gomez? Ein Kommissar Baumer möchte Sie sprechen, darf ich ihn zu Ihnen lassen?« Nach kurzer Pause. »Jawohl. Danke.« Zu Baumer gerichtet, sagte er im Tonfall eines Obergefreiten, »Sie können hinauf. Zimmer 214. Lift zweiter Stock. Gang rechts.«

Baumer nuschelte ein rumpelndes Merci und wandte sich grußlos ab. Neben dem Lift führte eine Treppe in die oberen Stockwerke. Der Kommissar sprintete den Aufgang hoch, eine alte Angewohnheit von ihm, um in Form zu bleiben. Nach einer Minute stand er vor Zimmer 214. Er klopfte. Er hörte das dumpfe »Herein« von Gomez und er trat ein.

Gomez saß in einem Lederfauteuil am Fenster. Er hatte erneut einen grauen Anzug an, der mit dem glänzenden Schwarz des Sessels kokettierte. Jetzt erst sah Baumer, dass es ein teurer Anzug sein musste, denn der edle Stoff warf das Licht von der Tischlampe perlmuttartig zurück. Gomez stand auf und kam auf Baumer zu. Seine schwarzen lockigen Haare waren perfekt gekämmt, doch war die Frisur ein wenig zu sportlich für einen Businessmann geraten. Auch die Koteletten hingen einen Fingerbreit zu tief. Vielleicht war diese Frisur der letzte Schrei in Lissabon. Das Gesicht von Gomez war fein ziseliert. Hohe Wangenknochen wie ein Slawe, aber dank des breiten Kinns insgesamt ausgeglichene Proportionen. Wache Augen unter starken, dichten Augenbrauen. Die vollen Lippen und der braune Teint, der im abgedunkelten Zimmer noch intensiver wirkte, machten aus dem Mann eindeutig einen Lusitanier.

»Guten Tag.« Gomez streckte Baumer die Hand hin. Sein Händedruck hätte einem englischen Gentleman nicht besser gelingen können. Nicht weich. Nicht hart. Fest, aber nicht unangenehm stramm. Letztlich unbestimmbar. Er war so neutral wie Henry Dunants Gesinnung. Gomez' Augen sprachen hingegen eine andere Sprache.

Baumer spürte einen Verdacht in den Kniekehlen: »Dieser Mann hat Dreck am Stecken.« Er fühlte das immer, wenn er jemanden vor sich sah, der irgendwie an einen Zigeuner erinnerte. Das hatte er seiner Großmutter zu verdanken. Vor unzähligen Jahren war ihnen einmal bei einem Spaziergang ein Fuhrwerk entgegengekommen, da hatte sie ihn bei der Kinderhand gepackt. »Andi«, hatte sie ihm so laut gesagt, dass es die Leute auf dem Wagen hören konnten, »pass ja auf! Das sind Zigeuner.« Dann, als sie der Wagen passierte, quetschte sie seine Hand so stark wie selten. Andi schaute neben der Großmutter hervor und sah die unrasierten Männer auf dem Pferdewagen, deren Gesichter den Anschein hatten, als wären sie noch nie gewaschen worden.

Zigeuner.

Dann war Andreas Baumer wieder im Hotelzimmer. Er schaute Gomez an und fragte sich, woran der wiederum dachte, wenn er ihm in die Augen blickte. Wahrscheinlich würde er Baumer als einen kleinen, dummen Schweizer Käsepolizisten klassieren.

»Guten Tag, Herr Gomez.« Baumer ließ die Hand von Gomez los. »Ich bin Kommissar Baumer.«

»Ja. Das weiß ich bereits. Der Portier hat es gesagt.« Unvermittelt schnaufte der Portugiese gepresst aus. »Schreckliche Sache. Ich bin noch ganz durcheinander.« Dann nickte er, drehte sich elegant auf dem Fuß und führte seine offene Hand höflich lächelnd zu den Sitzgelegenheiten im Raum. »Aber bitte, nehmen Sie doch Platz.«

Baumer setzte sich auf einen Hocker neben den Lehnsessel, in den sich Gomez wie in Zeitlupe fallen ließ.

»Bitte entschuldigen Sie, dass ich Sie hier empfange«, fuhr Gomez fort und schüttelte den Kopf wie ein Priester. »Aber die Presse. Unglaublich. So viele Anrufe. Einer schaffte es sogar bis vor die Zimmertür. Deshalb möchte ich nicht nach draußen.«

»Warum nicht? Sie sind doch ein Held?«

»Schöner Held.« Gomez schüttelte den Kopf energisch und presste die Lippen zusammen. »Ich habe einen Menschen erschossen. Einen Menschen!« Bei diesen Worten durchlief ein Schauder das Gesicht des portugiesischen Geschäftsmannes, seine Fäuste ballten sich, als wolle er einen trockenen Ast in zwei Teile zerbrechen. Dann entspannte er sich und sagte traurig: »Ich musste es tun. Oder nicht? Bitte sagen Sie mir, es gab doch keine andere Lösung. Wie geht es dem Mädchen?«

»Dem Mädchen geht es gut«, versicherte Baumer auf die letzte Frage. Er machte keine Anstalten, die anderen Fragen zu beantworten.

»Was hätte ich sonst tun sollen? Einfach davonrennen? Das Mädchen war in Todesgefahr.«

Baumer ging auch auf diesen Punkt nicht ein. Er wollte sich von Gomez das Gespräch nicht diktieren lassen, wollte sich nicht von seinem Verdacht ablenken lassen. Ja. Sicherlich. Gomez schien sauber. Seine Verzweiflung schien echt. Seine Körpersprache passte zu dem, was er sagte. Vielleicht war Gomez tatsächlich nur ein zufälliger Gast im Bistro gewesen, der tat, was man in solchen Situationen tun muss.

Vielleicht.

Gomez konnte durchaus sauber sein. So sauber wie es ein Geschäftsmann eben sein kann. Anständig und korrekt wie eine Nonne, die nur einmal alle zwei Jahre mit dem Abt fickt. Vielleicht tat er Gomez Unrecht. Der Mann schien wirklich betroffen zu sein, dass er ein Leben, und wenn auch nur das eines Junkies, ausgelöscht hatte.

Schien.

Baumer stand auf. »Danke Herr Gomez.«

»Ah. Sie wollen schon gehen? Aber warum sind Sie denn hergekommen?«, fragte der Portugiese, der sich ebenfalls erhob.

»Nichts Wichtiges. Routine.«

»Routine? Muss ich denn noch eine Aussage machen? Herr Windler sagte mir gestern, dass alles in Ordnung sei. Es gebe niemanden, der mich anklagen würde. Es sei eindeutig Notwehr gewesen. Ich solle mich erholen.« Gomez beugte sich nach vorn und rutschte auf die Kante des Sessels. »Ich wollte heute Abend zurück nach Lissabon. Dort kann ich sicherlich rasch vergessen.«

»Eine gute Idee«, sagte Baumer. »Übrigens ...«

»Ja?«

»Kann ich Ihre Waffe bitte sehen?«

Gomez' Schultern fielen ein klein wenig ein. Auch sein Gesichtsausdruck zerfiel. Dann hatte er sich wieder im Griff. Er erhob sich. »Meine Waffe wollen Sie sehen? Warum?«

Warum?

Baumer nahm dieses Wort wahr wie den aschfahlen Geschmack von stinkig verbrannter Luft, die im Winter in Basel in den besseren Quartieren zu riechen ist. Dann, wenn jemand verbotenerweise alte Zeitungen verbrennt im eigenen Kamin. Man sieht das Feuer nicht, nicht einmal den Rauch und weiß doch, dass jemand trotz Verbot seinen Kamin mit irgendwelchem Abfall befeuert.

»Warum ich Ihre Waffe sehen will?«, fragte Baumer zurück und blickte Gomez ins Gesicht, ohne dass er seine Augenbrauen hob oder sonst wie arrogant gewirkt hätte.

»Na ja. Ich meine. Warum brauchen Sie meine Waffe? Gestern wurde sie doch kontrolliert von einem Herrn ... wie hieß der doch?«

»Lachenmeier?«

»Ja, Lachenmeier. Er hat gesehen, dass die Waffe korrekt eingetragen ist.«

»Darf ich sie trotzdem einmal sehen?«

»Ich ... ich habe sie nicht mehr.«

Baumers innere Anspannung verflog. Er wurde urplötzlich ruhig. Bisher hatten die Zahnrädchen seines Verdachts sinnlos im Leeren gedreht. Doch jetzt fielen zwei Rädchen ineinander. Es knirschte und knackte. Dann stoppte das metallische Knirschen. Die zwei Rädchen waren korrekt verzahnt. Das eine bewegte das andere. Flüssig. Nahtlos.

»Wer hat die Pistole jetzt?«, fragte Baumer

»Niemand. Ich habe sie weggeworfen.« Gomez hielt inne.

Dann erklärte er sich und trat dabei von einem Fuß auf den anderen. »Es ist eine Mordwaffe. Ich hätte sie gar nie bei mir tragen sollen. Schrecklich. Hätte ich sie nicht gehabt, dann wäre das nicht passiert.«

Gomez presste die Lippen zusammen. Länger als es notwendig gewesen wäre, um eine Bitterkeit zu überwinden.

»Als ich entlassen wurde, sagte mir Herr Windler, dass alles in Ordnung sei. Die Waffe könne ich behalten, denn ich hätte ja aus Notwehr gehandelt. Ja. Notwehr sei es gewesen. Dann. Es tut mir leid. Ich war so aufgewühlt. Ich hatte auch schon zwei große Whiskeys getrunken. Ich bin einfach rumgeirrt. Ich fuhr aufs Bruderholz. Die Gegend und den Wald dort kenne ich. Da habe ich die Waffe weggeworfen. Aber wo genau? Wo?« Gomez verwarf die Hände und schritt wieder in den Raum. »Ich weiß es nicht mehr.«

»Wann sind Sie nach Hause gekommen?«

»Ich weiß es doch nicht mehr«, antwortete Gomez dem Kommissar und fuchtelte wild mit den Händen. »Ich war so aufgewühlt. Ich hatte mich verirrt. Irgendwann sah ich ein großes Gebäude. Ich bin dahin, es war das Spital Bruderholz. Dort konnte ich mich wieder orientieren. Ich bin dann hierher zurückmarschiert. Vielleicht weiß der Portier, wann ich nach Hause kam. Es war sicher schon sehr spät.«

Baumer hatte den Mann reden lassen. Gomez hatte aufgewühlt geschienen. Er hatte den Tod eines Menschen verursacht und machte sich deshalb Vorwürfe. Er wollte das Blut von seinen Händen waschen, warf die Waffe weg. Das war eine runde Geschichte und nachvollziehbar, wenn alles genau so abgelaufen war, wie der Portugiese erzählte.

Wenn.

Und wenn nicht? Die Geschichte klang plausibel. Ihre Teile passten nahtlos aneinander, ebenso wie die Einzelteile des neuen Kleides von Nicole Kidman, das ihr Dior für die Oscarverleihung schnitt, ein makelloses Ganzes ergeben. Jeder Dorfpfarrer hätte sein Amen dazugegeben und noch ein Gebet für die Seele des armen Sünders gesprochen. Selbst wenn Baumer die Waffe hätte suchen lassen, sie aber nicht aufzufinden gewesen wäre, was hätte das schon gezeigt? Nichts. Eine verlorene Pistole bedeutete nicht, dass die Geschichte sich nicht genauso zugetragen haben könnte, wie Gomez berichtete.

Diese Eleganz in der Geschichte und in der Haltung von Gomez gefiel Baumer jedoch keineswegs. Sein Verdacht war gewachsen, auch wenn er weniger als eine tote Fliege in der Hand hatte. Er versuchte aber, dieses argwöhnische Gefühl nicht aus seinem Magen herausquellen zu lassen. Er wollte vermeiden, dass sein Gegenüber seine Gedanken erriet. Sich keine Blöße in diesem Spiel geben. Nur nichts anmerken lassen. Wer zieht, verliert.

Baumer versuchte denn auch beiläufig und nonchalant, kurzum völlig unverbindlich, zu zeigen, dass er keinen Grund habe misstrauisch zu sein. Er hob seinen Kopf leicht angewinkelt zu Gomez. »Ich kann Sie gut verstehen. So eine Geschichte kann einen ganz schön mitnehmen. Ich verstehe, dass Sie diesen Revolver nicht mehr bei sich tragen wollten.«

Baumer sah ein ganz leises Entspannen in der Haltung von Gomez. Der Kommissar hatte genug gesehen. Also machte er deutliche Anstalten zu gehen.

Der Portugiese merkte das und öffnete ihm die Tür. Er schien erleichtert und verabschiedete sich mit einem dankbaren Kopfnicken.

Baumer war fast aus dem Zimmer heraus, als er Alvaro Gomez fragte, was er denn arbeite.

»Ich bin Angestellter der Pogimex. Das steht für Portugal Import Export. Für die mache ich Business Development.«

»Verdient man dabei gut?«

»Ja, das ist sehr gut bezahlt. Man bekommt eine Provision von jedem getätigten Geschäft. Mir geht's ganz gut damit.«

Baumer war auf dem Korridor. Letzte Worte zum Abschied wurden gewechselt. Gomez schloss die Tür. Stille umgab Baumer. Er stand da. Sagte nichts. Hatte nichts. Wusste nichts.

Der Kommissar sah auf seine großen Füße. Sie schienen ihm länger als je. Dann machte er einen Schritt vorwärts und sagte: »Gottverdammt.«

*

Vor der Tür des Hotels Schweizerhof blieb Baumer auf dem Bürgersteig stehen. Der Schneefall, der zuvor leicht eingesetzt hatte, war wieder abgeflaut und hörte jetzt gänzlich auf. Der Himmel blieb aber bedeckt und trübe, auch wenn das aschfahle Grau daraus verschwunden war und einem lichteren Grau, wie der Farbe einer vor langer Zeit geweißelten Zimmerdecke, gewichen war. Auch die Schneeluft hatte sich verzogen. Diese Luft, die Schnee ankündigt.

Diese Luft, die Andi Baumer nicht hätte erkennen können, wenn sich seine Großmutter nicht einmal, während sie seine Kinderhand gehalten hatte, tief zu ihm hinunter gebeugt und ihm ins Ohr geflüstert hätte: »Schmeckst du das, Andi? Schmeck einmal!« Und sie hatte sich wieder aufgerichtet und die Nase hoch aufgereckt. Sie sah für Klein-Andi aus wie ein Riese, der seine Nase in die Wolken schieben kann. Und Andi, das Kind, tat es ihr gleich und roch diese Schneeluft, wie sie feucht und trocken zugleich kühlt und wärmt.

Baumer schaute auf die Straße. Der Schnee taute bereits. Die Straßenreiniger würden heute nicht mehr ausrücken müssen.

Andi bekam Lust auf einen Kaffee. »Ah. L'amour toujours«, hörte er plötzlich die Stimme von Gianni in seinem Kopf und er sah Maja, die kleine große Maja, die neben ihm im ilcaffè stand. Maja. Die Liebe seines Lebens, die aus Paris zu Besuch war und die glühte vor Glück, wenn Andi sie umarmte und fest drückte, sodass sie den Vater spürte, den sie nie hatte. Maja. Die ihn bat, noch stärker zu drücken, und er sich nicht getraute, weil er sie so sehr liebte und ihr nicht wehtun wollte, aber sie drücken musste, weil sie umso glücklicher war, je mehr er sie drückte.

Das Handy brummte. Andi erschrak und wachte aus seinem Tagtraum auf. Er streckte sich und nahm ab, weil es Heinzmann war.

»Wo bist du?«, hörte er Heinzmann am anderen Ende der Leitung fragen.

»Vor dem Schweizerhof.«

»Zwei Minuten?«

»Okay.«

Es knackte. Baumer wartete. Die Erinnerung an Maja und das ilcaffè war entschwunden und Baumer nahm nur noch die Masse an Leuten wahr, die vom Bahnhof kamen, zum Bahnhof gingen. Er selbst wandte sich zur Heumattstraße, denn nur von dort konnte Heinzmann kommen. Und schon nach wenigen Minuten sah er Heinzmann auf sich zufahren. Er hielt neben ihm an, Baumer ging hinten ums Auto und stieg ein.

»Sali.« Heinzmann streckte Andi Baumer die Hand hin.

»Sali«, antwortete auch Baumer mit diesem typisch baslerischen Gruß, der vom französischen »Salut« entlehnt war. Baumer schüttelte kurz Heinzmanns Hand. Ließ sie los.

»Wo willst du hin?«

»Bring mich ins ilcaffè.«

Heinzmann sagte nichts. Kein Laut. Er wendete und fuhr los.

»Und?«, fragte Heinzmann schließlich.

»Ich weiß nicht, Stefan. Ich war bei Gomez. Scheint alles klar zu sein. Nur ...?« Baumer hielt seinen Kopf schräg und schob das Kinn nach vorn. »Nur sind es ein bisschen viele Vielleichts?«

»Wie meinst du das?«

»Verdammt. Ich weiß es auch nicht.« Baumer schlug mit der Faust an die Tür.

»Bell mich nicht an, Andi. Und lass den Karren ganz.«

Baumer schaute genervt aus dem Seitenfenster. Dann drehte er sich zu Heinzmann, ohne sich zu entschuldigen. Das musste er nicht. Andi musste das bei Stefan nie. »Verdammt. Verdammt noch mal«, fluchte er und hielt seine Faust zitternd neben sein Gesicht. »Da ist was faul. Nur was? Und wo beginnen?«

»Ich sag dir, wo«, meinte Stefan trocken.

»Wo?«

»Bei der Verbindung der Leutchen untereinander. Was hatte Gomez mit Toni zu tun? Warum knallt er ihn ab?«

Auch Baumer war klar, dass es darum ging, eine Verbindung zwischen den Leuten herzustellen. Dann würden die Taten dieser Personen einen Sinn ergeben. Ein Motiv würde erkennbar werden. Doch wozu sich in dieser Angelegenheit bemühen? Gomez hatte eine Geisel aus den Händen eines Amokläufers gerettet. Das war das offensichtlichste Motiv überhaupt, und Windler und die Presse hatten das gefressen. Selbst wenn Baumer jetzt noch irgendeine Verbindung zwischen Gomez und Toni finden würde, dem Portugiesen würde daraus kein Schaden entstehen. Er könnte sich immer auf die nachvollziehbare und bereits von oben abgesegnete Begründung berufen, in Notwehr eine Geisel befreit haben zu müssen.

Zu müssen? Genau das hatte Gomez nicht. Baumer war sich sicher, dass Gomez nicht in Notwehr gehandelt und ein anderes Motiv dafür hatte, Toni mit Blei vollzupumpen.

»Ich beginne mit Toni. Toni ist mein Mann«, sagte Baumer schließlich.

»Warum nicht mit dem Erschlagenen?«

»Boban Stankovic? Der kann warten. Ich halte es nicht für unmöglich, dass der Mann wirklich nur zufällig von Toni in zwei Teile geschnitten wurde.«

»Eigentlich waren es gar keine zwei Teile. Der war nur ein bisschen angeschnitten.« Beide brachen in lautes Gelächter aus. Sie sahen sich an, wollten das Lachen unterdrücken und prusteten gleich nochmals los. Andi schlug sich mit beiden Händen auf die mächtigen Oberschenkel. Heinzmann schlug auf das Steuerrad. Zwei junge Rekruten im alten Peugeot vor Avignon im Pfingststau.

»Aiaiai«, schob Heinzmann seine Mütze aus der Stirne und versuchte, ein weiteres Lachen zu unterdrücken. Es gelang ihm ebenso wenig wie Baumer.

»Samurai-Toni ist mein Mann« sagte Baumer schließlich, immer noch vergnügt, weil sich auch in ihm ein wenig Ärger und auch Furcht gelöst hatte, weggebrochen war wie ein Felsbrocken an der Gotthardroute, der lange gedroht hatte und dann urplötzlich heruntergestürzt war.

»Okay. Beginn mit Toni!«, ermunterte ihn Heinzmann, der keinen Zweifel daran hatte, dass Andi wusste, was er tat.

Heinzmann war schon am Theater Basel vorbeigefahren, und wartete vorn am Steinenberg, weil er eine Tram vorbeilassen musste, die Richtung Bankverein hochkroch, vorbei am Tinguelybrunnen. Viele der Schrottmaschinen dieses Brunnens, die sich sonst fröhlich drehten und Wasser verteilten, liefen nicht, denn sie frieren bei Minustemperaturen ein. Dickes schweres Eis hatte sich auf die Figuren gelegt und die Mechanik blockiert.

Während die beiden Polizisten warteten, erzählte Heinzmann nüchtern, aber nicht abgeklärt vom Drogentoten von gestern. »Keine schöne Sache. Der Typ hatte eine Überdosis geschnupft. Lag in der Rabatte. Unförmig verkrümmt.« Heinzmann kratzte sich am Kinn. «Komisch. Normalerweise finden wir die Drögeler auf der Toilette oder zu Hause im Bett.«

»Wer war er?«

»Mirko Stamm. Ihm gehörte eine kleine Werbeagentur auf dem Warteck-Areal. Fahr schon, fahr schon, verdammt!« Die letzten Worte hatte er zur Tram gesagt, die die Straße blockierte. Endlich war sie vorüber, Heinzmann fuhr an, erzählte weiter, was er gestern gesehen hatte. »Stamm war 36. Sah gepflegt aus. Überhaupt nicht mager.«

»Was hatte er an?«

»Was er anhatte?« Heinzmann blickte zu Baumer. »Warum willst du das wissen?«

»Nur so.«

Heinzmann war mittlerweile beim ilcaffè angelangt. Er wendete den Wagen, um direkt vor der Bar anzuhalten.

»Der Stamm war gut gekleidet. So ein typischer Werbehengst. Teurer Anzug, vielleicht Boss. Ja, Boss war's. Weißes Hemd mit schwarzen Manschettenknöpfen, keine Krawatte. So, Monsieur, da sind wir.«

»Was machst du jetzt?«

»Ich fahre zum Atelier von Stamm. Mal ein bisschen rumschauen.«

»Okay. Ich komm mit.«

»Du kommst mit?«, fragte Heinzmann seinen Freund verblüfft. Der sagte nichts, sondern schaute geradeaus. Heinzmann insistierte nicht, er war sich sicher, dass Andi Baumer etwas plagte, wenn er darauf verzichtete in seinem Lieblingscafé eine Pause zu machen. Also wendete er erneut, fuhr Richtung Warteck.

Auf der Fahrt zum Gelände, wo verschiedene Bürogemeinschaften und Werkstätten angesiedelt waren, sagte Heinzmann nichts mehr, denn Andi sah stur nach vorn. Er war angespannt, blickte zugleich traurig. Heinzmann spürte, dass er an sie dachte. An sie.

An Maja.

*

Das Warteck war früher eine alte Brauerei in Basel. Ihr Betrieb war 1990 eingestellt worden. Die alten kupfernen Braukessel waren demontiert und nach China – oder war es Indien? – verscherbelt worden. Das Gebäude wurde an Kleingewerbetreibende verschenkt. So sparte sich der Besitzer der Brauerei die Abrisskosten. Seither bevölkerten allerlei Kunsthandwerker, Schreiner, Designer und Werbeagenturen das Warteck. Das Grafikatelier WildStamm war im 2. Stock einquartiert. Das Büro gerade 60m2 groß. Heinzmann ging voraus, mit Andi Baumer im Schlepptau. Durch die Glasfassade hindurch wurden sie von zwei Leuten entdeckt, die in den Büros an übergroßen Arbeitstischen saßen, auf denen riesige Monitore prangten. Der Mann und die Frau erhoben sich.

»Herr Heinzmann?«, fragte der Mann, als er den beiden Polizisten die Tür öffnete.

»Ja. Wachtmeister Heinzmann«, gab sich Stefan Heinzmann zu erkennen. Er betonte den Wachtmeister nicht. Es war nur eine Formsache. Der Wachtmeister gehörte zu ihm wie das Flohhalsband zu einem sauberen Hund.

Heinzmann zeigte auf seinen Freund. »Das ist Kriminalkommissar Baumer«.

Baumer sagte nichts.

»Guten Tag. Ich bin Mattias Wild«, stellte sich der schlanke Mann vor, die Polizisten mit einer knappen Geste hereinbittend.

Mattias Wild war offensichtlich die übrig gebliebene Hälfte von WildStamm. Er war circa 40 Jahre alt. Ebenfalls in schönem Anzug ohne Krawatte. Das Hemd mit weiten Kragenschößen, die ihm deutlich über den Sakko hinausragten. Das musste wohl die Arbeitsuniform von WildStamm sein.

Dann wurden sie von der Frau begrüßt. Sie war auch etwa 40, auch in der Uniform von WildStamm. Von Weitem hätte man nicht unbedingt erkannt, dass sie eine weibliche Person war. Sie trug eine Frisur wie ein Börsenmakler. Der Sakko fiel ohne Ausbuchtung über ihre Brust.

Baumer schaute kaum um sich. Er stand da. Schwieg.

»Wir möchten Sie nur kurz sprechen«, sagte Heinzmann zu Wild und bemühte sich, unaufdringlich in den Raum zu blicken.

»Ja. Kein Problem. Ich verstehe das. Mirko war mein Geschäftspartner. Ich verstehe.« Dabei ging sein Blick hin und her. Er spielte unablässig mit seinem Kugelschreiber. Offenbar ein Tick. Wild konnte ihn in seiner Hand der Länge nach wenden, ohne ihn zwischen Zeige- und Mittelfinger rotieren zu müssen.

»Nahm Herr Stamm Drogen?«, feuerte Heinzmann den ersten Schuss ab.

»Ähh ... nun ja.« Wild klackte mehrmals mit dem Kugelschreiber. »Wer tut das nicht in unserer Szene?«

»Was nahm er?« Zweiter Schuss.

»Ich ... ähh. Keine Ahnung!«, wurde Wild laut. Seine Begleiterin schwieg.

»Woher bekam er das Zeugs?«, ballerte Heinzmann gnadenlos weiter, wie damals, als er als Grenadier in der Rekrutenschule in Losone mit seiner Maschinenpistole eine Mannscheibe mit Dauerfeuer aus der Hüfte zerfetzt hatte.

»Was weiß ich über Drogen. Ich habe keine Ahnung«, sagte der Grafiker genervt und wich dem Blick von Heinzmann aus. Sein Kugelschreiber machte klack, klack, klack.

»Und Sie?«, schoss Heinzmann auf die Frau.

»Ich ... Ich weiß es nicht. Wirklich. Wir haben nie gefragt. Wollten es gar nicht wissen.«

Dann sprach Baumer. Leise. Aber es hatte eine Wirkung, als wenn eine Artilleriegranate mitten in eine fröhliche Tanzgesellschaft eingeschlagen hätte. Er fragte: »Starb er hier?«

Diese Bombe traf die Kommunikationskonzepter völlig unvorbereitet inmitten ihrer spärlichen Designereinrichtung. Sie standen wie unter Schock. Selbst Heinzmann machte große Augen, als er mitten in seinem Infanterieangriff von dieser gewaltigen Artillerieunterstützung überrascht wurde.

»Ob er hier starb?«, fragte der Grafiker schließlich kleinlaut. Vor Angst vergaß er mit dem Kugelschreiber zu klacken. Man hörte, wie die Frau die Luft scharf einzog.

»Ja. Hat er hier zuviel geschnupft?«, schlug die zweite schwere Granate von Baumer ein. Auch sie explodierte berstend.

Der Frau verschlug es den Atem. Wild wiederum stand da wie ein Schuljunge, der von einer Lehrerin beim Onanieren im Abstellraum entdeckt wird. Dann nickte er. Langsam. Oder senkte er nur den Kopf? Die Frau hingegen schüttelte den Kopf. Doch es war kein Zeichen für ein Nein. Es war mehr ein Zeichen des Erstaunens über sich selbst, eine Geste des Mitleids für den Eigengebrauch.

»Ich will Ihnen nichts Böses«, sprach Baumer zum Parkettboden vor seinen langen Füßen. Seine Stimme tönte jetzt wie das verebbende Donnergrollen eines weit entfernten Blitzschlags. »Es ist uns bewusst, dass Drogen schon fast ein Grundnahrungsmittel in Ihrer Branche sind. Wir können das verstehen.«

Die Frau fasste sich ein wenig. Wild begann wieder mit dem Kugelschreiber zu spielen. Er musste Nervosität abbauen.

»Ich will Ihnen wirklich nichts Böses«, sagte Baumer scheinbar empathisch. Um seine Worte zu unterstützen, hielt er seinen Kopf schräg. Die zwei Grafiker waren ihm allerdings egal. Wenn er Anteilnahme heucheln musste, um an sein Ziel zu kommen, dann würde er es tun. Er wusste, dass er kein Extraschlauer war. Diese kleinen psychologischen Spielchen konnte aber auch er spielen, wenn es sein musste. Er versuchte zu lächeln, sagte milde: »Ich denke, Ihr Partner hat einen Schluck zu viel Stoff erwischt. Hier. Bei Ihnen.« Dabei hob Baumer den Blick nicht, sondern redete weiter nur mit dem Quadratmeter Holz, dessen Schicksal es war, von teuren Designerschuhen abgewetzt zu werden.

Die beiden Grafiker schwiegen, aber man konnte förmlich hören, wie sie nachdachten, um eine Lösung zu finden. Dazu kamen sie aber nicht, denn Heinzmann fuhr den Mann im Anzug ohne Krawatte grob an. »Nun sag schon, Mann! Was war hier los?« Dabei richtete er sich auf und ging aggressiv auf Wild los, grad so wie eine Bärenmutter einen Angreifer stellt, der ihrem Wurf zu nahe kommt.

Wild zuckte zusammen, hob die Arme abwehrend, noch bevor ihn Heinzmann rütteln konnte, und sagte rasch: »Stamm hat eine Linie gezogen. Hier im Büro. Er machte das immer, wenn er Stress hatte. Und in den letzten Tagen hatten wir viel Stress. Wir mussten einen Pitch gewinnen.«

»Einen Pitch?«, fragte Heinzmann, der Wild umkreiste wie eine hungrige Katze, die mit einer verletzten Maus spielt.

»Ja. Einen Pitch. Das ist ein Wettbewerb, eine Präsentation beim Kunden.« Seine Augen gingen auf. »Mann. Acht Jahre krampfen und endlich die Scheiß *Swiss* an der Angel. Da mussten wir perfekt sein.«

Die Frau hatte Mitleid mit ihrem Partner, Geliebten, Chef, Bruder oder was auch immer er war, und fuhr fort. »Wir beide nehmen nichts. Wir sind die Racker. Wir müssen schaffen und funktionieren. Stamm hielt sich dagegen immer für den coolsten Kreativen. Das war er aber nur, wenn er schnupfte.« Ein zynisches Lächeln kam auf ihr Gesicht. Sie erinnerte noch mehr an einen Amerikaner.

Baumer fragte Wild, ob der große Stamm schon länger Drogen nahm.

»Ja. Aber immer nur kurz vor den Pitchs. Weil er sich nur selten Stoff reinpfiff, war es ihm nicht anzumerken. Unsere Agentur läuft nicht schlecht, und Stamm konnte sich guten Stoff kaufen, wenn er den Rappel hatte. Als er dann gestern umkippte, bekamen wir Panik.«

Wild setzte sich auf einen nahen Stuhl an einen Arbeitstisch. Seine Kollegin stand zu ihm, legte ihm die Hand auf die Schulter. Dann erzählte Mattias Wild den Rest der Geschichte. Wie sie zu Tode erschraken, als Stamm einfach leblos in sich zusammensackte. Kein Delirium, kein Schaum vor dem Mund. Nichts Derartiges. Nur kurz schnupfen, dann plumps und tot. Wie sie höllische Angst bekamen, dass man ihn hier im Büro finden könnte. Ein unerwartet verstorbener Mitbesitzer hätte die Firma nicht umgebracht. Vielleicht hätte man sogar Mitleid mit den armen Hinterbliebenen gehabt, die die Firma weiter reißen müssten. Aber ein Drogentoter hier bei ihnen zwischen Designerlampe und Le Corbusier? Das wäre an der gesamten Firma haften geblieben, wie ein indischer Bettler an einem Touristen in Bangalore kleben bleibt, der ihn dummerweise ein einziges Mal milde angelächelt hatte.

»Dann haben wir ihn halt in den Fahrradanhänger gepackt und sind losgefahren. Wir wollten nichts vertuschen. Nur finden sollte man ihn nicht bei uns.«

»Wir sind aber nicht weit gekommen«, berichtete die als Mann verkleidete Frau weiter, die, wenn es ums Geschäft ging, offenbar ebenso harte Gefühle entwickeln konnte, wie die übrig gebliebene Hälfte vom Grafikatelier WildStamm.

Baumer stand auf. Er hatte genug gehört und konnte sich den Rest denken. Wie die beiden den Toten aus dem Wägelchen geworfen, ihn in die Rabatte geschleift und sich abgemüht hatten, ihn ins Gebüsch zu zerren. Wie sie sicherlich davon überrascht gewesen waren, wie schnell ein Toter sperrig werden kann. Wie sie entweder durch a) einen Jogger, b) einen Spaziergänger, c) einen Fahrradfahrer, oder d) irgendetwas von der Art bei ihrer improvisierten Abdankungsfeier für Stamm überrascht worden waren. Wie sie noch vor Ende der Kollekte abgehauen waren. Baumer unterbrach deshalb den Sermon der zwei Arbeitsbienen, die so wenig kreativ bei ihrer improvisierten Bestattung vorgegangen waren. Er sagte: »Sie werden das alles zu Protokoll geben müssen, deshalb ...« Er wurde von der schrillen Stimme der erbleichten Frau unterbrochen.

»Aber Sie sagten doch, dass Sie uns nichts Böses wollen.«

»Das sagte ich.«

»Warum müssen wir das dann zu Protokoll geben.«

»Weil Sie Gesetze gebrochen haben.«

Jetzt heulte die Frau, wie der Wind heult, wenn er durch die Ritzen von Schloss Angenstein drückt, dort am Eingang zum

Laufental im Süden von Basel, wenn im Herbst die Nächte kälter werden und am Morgen zäher Nebel von der Birs her aufsteigt.

Wild bleckte die Zähne, seine Kiefer mahlten hin und her. Mit seinen Händen erwürgte er den Kugelschreiber.

*

Baumer und Heinzmann saßen im Streifenwagen. Heinzmann hatte zuvor kurz die Routine erledigt. Er hatte Notizen gemacht und die Personalien festgehalten. Wild Mattias. Geboren 28.4.1974, wohnhaft an der Klybeckstraße. Handynummer 078 441 und so weiter. Die gleiche Prozedur für die Frau, die weder Schwester noch Gemahlin von Wild war. Seine Geliebte schon. Das hatte man daran gemerkt, wie sich die beiden verzweifelt angesehen hatten, als ihnen bewusst wurde, dass sie nicht nur im Geschäft und in der Liebe, sondern auch im Verbrechen gemeinsam haftbar waren. Nach kurzer Erklärung Heinzmanns, wie das Prozedere weiterlaufen würde – Vorladung. Einvernahme. Anklage –, hatten die beiden Polizisten die zwei Gestalter in ihrem Elend zurückgelassen und waren gegangen.

»Mann, Mann, Baumi. Du bist eine Kanone«, lobte Heinzmann seinen Freund, als er sich zu Baumer hinüberlehnte.

Der Kommissar sagte nichts.

»Platzt einfach heraus: Starb er hier? Ich habe fast einen Herzinfarkt bekommen, Baumi. Wie wusstest du das?«

Baumer sagte nichts. Dachte nach. Dann richtete er sich auf. »Was sagst du?«

»Wie du das herausgefunden hast?« Heinzmann sah Baumer besorgt an, als dieser nicht sofort antwortete.

»Hhmm.«

»Genau. Hhmm. Verdammt. Los! Sag!«

Baumer erklärte es Heinzmann. Es war für einmal ganz einfach. Heinzmann hatte es schon richtig gesehen. Drogensüchtige sterben nicht in Rabatten. Sie sterben auf dem Klo. Manchmal auch im Bett. Selten in unbeleuchteten Hausecken. Aber sicher nicht verkrümmt in Rabatten. Halb im Gebüsch, halb mit den Füßen auf dem schneebedeckten Rasen liegend.

»Ja. Das stimmt. Das hätte ich auch merken sollen. Bin ja nicht blöd.«

»Nein. Blöd bist du nicht.«

»Nein. Blöd bin ich nicht.«

»Schön auch nicht.«

»Schön auch nicht. Aber schöner als du!« Beide lachten herzhaft. Maja lachte mit.

6

Samurai-Toni war Baumers Mann. Der musste Priorität haben. Er war, das fühlte Baumer tief unten in seinen Eingeweiden, ein Faden in diesem Netz, in dessen Zentrum eine große Spinne saß. Auf diese Spinne hatte es der Kommissar abgesehen. Also meldete er sich über Funk bei der Dispo und ließ sich die Adresse von Toni geben. Dann rief er Heinzmann an, verabredete sich mit ihm und ließ sich von ihm zu Tonis Wohnung an der Rotbergerstraße fahren.

»Kommst du mit hinein?«, fragte Baumer den erfahrenen Sergeanten.

»Soll ich?«

»Komm! Kann nicht schaden.«

Also setzte Heinzmann seinen Mercedes entlang der parkierten Autos in der Rotbergerstraße zurück und stellte ihn direkt hinter die Parkfelder ins Halteverbot. Es war Heinzmann zu dumm, viel Zeit darauf zu verschwenden, irgendwo einen freien Platz zu suchen. Der Mercedes stand sogar ein Dutzend Dezimeter auf die Kreuzung hinaus, aber das störte sowieso niemanden in diesem besseren Wohnquartier von Basel, wo allabendlich die Parkfelder mehr als rar waren.

Neben einer Klingel an Tonis Wohnhaus in der Rotbergerstraße stand der Name Toni Herzog auf einem Schildchen. Das war Tonis ganzer Name. Baumer läutete. Keine Antwort. Niemand zu Hause. Heute nicht und auch morgen nicht. Baumer versuchte es bei den anderen Bewohnern. Das Haus schien ausgestorben. Erst bei »H. Amadio-Meier« war er erfolgreich, denn nach kurzer Zeit summte der Türöffner. Baumer und Heinzmann traten ein. Sie hörten, wie im Korridor im ersten Stock ein Schloss mit dem Schlüssel geöffnet wurde und eine Türfalle gedrückt wurde. Baumer nahm die Treppe im Schwung. Die alte Holzstiege knirschte gewaltig. Oben angekommen, sah Baumer eine mit Milchglasscheiben verzierte Wohnungstür einen Spalt weit geöffnet. Eine etwa 80-jährige Frau streckte ihren Kopf hinaus. Ihre Haare waren graumeliert und durch schwarze Haarspangen akkurat zusammengesteckt. Die Tür war mit einer Kette gesichert, die sich vor dem Hals der kleinen Frau spannte.

»Grüezi«, sagte die Alte mit einer hohen Stimme als wäre sie eine 12-Jährige. »Sind Sie auch von der Presse? Ah. Halt. Da kommt ja noch ein Polizist. Also Polizei. Sind Sie von der Polizei?«

»Ja«, antwortete Baumer. »Ich bin Kommissar Baumer. Freut mich, Frau Amadio.« Dann zeigte er auf seinen uniformierten Kollegen, der hinter ihm heraufgekommen war. »Das ist Wachtmeister Heinzmann.«

Um die Sicherheitskette zu lösen, musste die Rentnerin die Tür zunächst wieder schließen, öffnete sie dann aber mit solchem Schwung, dass sie dabei fast das Gleichgewicht verlor. Jetzt ging sie rückwärts und bat mit beiden Armen gleichzeitig rudernd die zwei Basler Polizisten freundlich herein. »Bitte, kommen Sie nur, meine Herren.« Sie blieb mit leicht gehobenen Armen stehen, wie ein Kind, das seine allerersten Schritte getan hatte. Ihre Beine waren stummelig und formten einen ovalen Kreis, über den ihr Kleid spannte. Baumer zögerte nicht einzutreten, obwohl ein Besuch vielleicht verlorene Zeit war und nur das Gemüt der Frau aufheitern würde. Wahrscheinlich würden sie keine neuen Erkenntnisse gewinnen.

Nur.

Die Frau erinnerte ihn an seine Großmutter aus Zeglingen. Sie war ordentlich und sauber gekleidet, grad so wie seine Oma, wenn sie in die Stadt ging. Und mit Stadt meinte sie nicht Basel, auch nicht Liestal, die Kantonshauptstadt von Baselland. Wenn die Zeglingerin von der Stadt sprach, dann meinte sie Sissach, dieses verschlafene Kaff im Oberbaselbiet, wo vor hundert Jahren die Bauern ihre Kühe auf den Markt führten.

Baumer und Heinzmann setzten sich in ein fast nagelneues Sofa. Der Kommissar vermutete, dass Frau Amadio es von ihrem Sohn zum 80sten Geburtstag geschenkt bekommen hatte.

»Darf ich Ihnen etwas anbieten? Einen Tee vielleicht?«, fragte die Rentnerin.

»Nein. Danke. Sehr nett«, antwortete Baumer gleich für beide.

»Nicht? Vielleicht später?«

»Später vielleicht. Danke.«

Die Großmutter schleppte sich einen Stuhl vom Esstisch herbei, noch ehe Heinzmann aufspringen konnte, um ihr zu helfen, und setzte sich, indem sie einen tiefen Bückling machte und den Stuhl an ihre Knie heranzog. Dann fiel sie wie ein Mehlsack auf den Sitz.

»So«, sagte die Frau, als sie sich unter vielfachem Drehen und Winden in eine bequeme Position gebracht hatte. Ihre Unterschenkel standen dabei im 45-Grad-Winkel ab und die Füße schwebten zwanzig Zentimeter über dem Boden.

Baumer sagte nichts, schaute die Frau nur freundlich an. Sie lächelte zurück, blinzelte. Baumer strahlte.

Heinzmann hingegen bemerkte darin nur ein nervöses Zucken der Augen der Frau. Magnesiummangel, ging es ihm durch den Kopf. Er begann das Gespräch: »Frau Amadio. Mein Kollege, Kommissar Baumer, ermittelt in der Geschichte, in die Toni Herzog verwickelt ist.«

Die Frau schlug die von Gicht verknorpelten Hände zusammen wie es geistig Behinderte beim Singen tun. Aber sie war ganz und gar nicht fröhlich. »Ach, diese Geschichte. Das tut mir so leid. So ein schönes Mädchen.«

Heinzmann und Baumer tauschten einen raschen, irritierten Blick.

Die Alte sprach weiter. »Der Toni tut mir so leid. Ich kannte ihn schon, seit er ein Bub war. Und die Madi war auch sehr nett.«

»Madi?«, fragte Baumer.

»Madi. Seine Freundin.«

Heinzmann, dessen Gewicht ihn tief in die Ledergarnitur gedrückt hatte, rutschte umständlich nach vorn. »Madi. Ja?«, sagte er gepresst.

»Sie waren so ein nettes junges Paar. Wissen Sie. Nicht so wie die anderen jungen Schnösel. Klar. Laute Musik und in der Nacht Gerumpel. Junge Leute halt. Aber das stört mich nicht. Ich war auch mal jung.« Dabei hob sie ihren kleinen Schädel, der von faltiger Haut und schütterem Haar bedeckt war, zwinkerte mit ihren Augen und strahlte ihre große Jugendliebe an, die sie zum Tanz aufforderte. Dann verschwand diese Erinnerung so rasch, wie sie gekommen war. Frau Amadio, geborene Meier, fasste sich. Sie schaute wieder zu den Polizisten. »Heute morgen habe ich es dann im Radio gehört. Wissen Sie, ich war noch gestern in Rheinfelden beim Kuren. Und dann sind auch schon Reporter aufgetaucht. Einer war ganz penetrant. So ein Hallodri aus Zürich mit einer schrecklichen Brille. Der sah aus wie ein Zuhälter. Aber ich habe ihm nichts über Toni und Madi gesagt. Ich wusste schon, was der wollte.«

»Was wollte er?«, fragte Baumer.

»Was er wollte. Pah! Ich bin alt, aber nicht blöd. Ich sage nichts Schlechtes über Toni. Ich sage gar nichts. Diese Typen von den Blättern mit den großen Buchstaben schreiben sowieso nur, was sie wollen.«

Baumer betrachtete den Unterarm der Frau. Elle und Speiche traten deutlich hervor. Befleckte Pergamenthaut lag über den beiden Knochen. Darunter hingen schlaffe Muskeln. Wenn sie den Unterarm bewegte, sah es aus, als ob ein paar Deziliter Wasser darin hin und her schwenken würden.

Die alte Frau sagte: »Toni war immer nett zu mir. Einmal hat er mich sogar mit seinem Motorrad gefahren. Nur langsam natürlich, aber hui, das hat mich fast vom Sitz gerissen. Ich sage nichts Schlechtes über ihn. Dass er ausgerastet ist, kann ich gut verstehen.«

Heinzmann hingegen konnte es nicht verstehen. »Sie rechtfertigen seine Tat?«

»Rechtfertigen? Lieber Herr Polizist,« sie räusperte sich, »ich bin 84 Jahre alt. Ja. Da staunen Sie, was?« Sie lächelte verschmitzt. Dann wurde sie wieder ernst: »In meinem Alter sieht man die Dinge einen Schlag abgeklärter als junge Menschen wie Sie. Ich rechtfertige die Tat nicht. Aber ich verstehe sie.«

Keiner sagte mehr etwas. Alle drei saßen da, jeder in eigene Gedanken versunken.

Baumer richtete sich als Erster wieder auf. »Warum verstehen Sie seine Tat?« Eine simple Frage, deren Antwort Baumer möglicherweise zeigen könnte, warum ein junger Mann ein zufälliges Opfer in zwei Teile schneidet.

Die alte Frau antwortete mit klarer Stimme. »Wer würde ihn nicht verstehen?«

»Hhmm?«, sagte Baumer.

»So ein schönes, nettes Mädchen.«

Baumer sagte nichts.

Heinzmann begann mit dem rechten Zeigefinger auf sein Knie zu tippen. Er dachte: »Komm schon, komm schon, komm schon. Sag's endlich!«

Die Alte schwieg.

»Was war mit Madi?«, fragte Heinzmann, indem er sich Mühe gab, nicht drängelnd zu werden.

»Gestorben ist sie doch. Vor zwei Tagen. Das arme Mädchen.«

Heinzmanns Kinn fiel hinunter. Sein Mund stand offen. Er erstarrte. Dann – er sprach stockend – fragte er die alte Frau, was er unbewusst doch schon verstanden hatte. »Wie ist sie gestorben?«

»An einer Überdosis.«

Heinzmann schlug mit seiner rechten Faust auf seine Stirn, und ein erstaunter Fluch kam aus seinem Mund »Oh, verdammt. Madleina Brügger.« Er drehte sich ergriffen zu Baumer. »Madi Brügger. Mein Fall. Ich war da.«

»Sie waren da. Oh. Oh«, sagte die Alte, zog ihr Taschentuch und führte es an die Stelle zwischen Nase und Auge, dort wo unweigerlich dicke, salzige Tränen hervorquellen würden.

Heinzmann rapportierte Baumer: »Vor zwei Tagen ist sie in der Toilette der Bar Rouge auf dem Messeturm gefunden worden. Tot. Höchstwahrscheinlich Drogen. Das wird erst die Obduktion mit Sicherheit ergeben.«

Die Amadio begann zu schluchzen. So wie es alte Menschen tun. Nicht hemmungslos. Eher abgeklärt und anständig zugleich.

Heinzmann erzählte weiter, indem er den Kopf immerzu leicht hin und her bewegte wie ein eingesperrter Elefant. Seine Lippen zogen dabei fast schmerzhaft Richtung Kinn. »Sie war ein schönes Mädchen. So ein schönes Mädchen.« Er riss seinen Hut herunter und schluckte schwer. »Sie sah gar nicht aus wie eine Drogensüchtige.« Er hielt seine Mütze wie ein Bettler. Dann fragte er die alte Frau Amadio, so formell, wie es ihm möglich war, obwohl er die Antwort ja bereits kannte: »Hat Toni Herzog Madleina Brügger geliebt?«

Die alte Frau hatte ihr Taschentuch über die Nase gestülpt. Mit beiden Händen das Tuch haltend, schnäuzte sie ihre triefende Nase, fasste das Tuch mit einer Hand. Wischte mit dem Tuch von links nach rechts unter der Nase durch. Dann mit der anderen Hand das Tuch haltend von rechts nach links. »Ja«, bestätigte sie schnupfend. Dann zog sie die Nase hoch, nickte und sagte: »Mehr als das.«

Baumer saß schweigend da und dachte nach, versuchte diese neuen Informationen zu ordnen. Der Tod von Madleina hatte ihn nicht übermäßig hergenommen. Ein junges Mädchen. Schön war es. Jetzt ist es tot. Das kann es geben. Man liest so viel über schöne junge Tote in den Zeitungen. Irgendwann stumpft man ab. Vielleicht verdrängt man auch nur. Baumer interessierte sich auf jeden Fall nur so weit für Madleina, wie es für seine Untersuchung von Bedeutung war. Er versuchte, sich auf die Fakten zu konzentrieren. Das war bei dem Schluchzen von der alten Amadio gar nicht so einfach.

Schließlich fasste Baumer für sich die Geschichte zusammen: Tonis Freundin stirbt an einer Überdosis. Toni verkraftet den Verlust nicht. Dreht durch. Ein Unbeteiligter wird in Mitleidenschaft gezogen. Ein zufällig anwesender Geschäftsmann greift ein. Geisel befreit. Ende. Aus. Fall gelöst. Die Geschichte kann ad acta gelegt werden.

*

Auf der Straße, vor dem Haus, in dem Toni Herzog gewohnt und für Frau Amadio manchmal die schwere Einkaufstasche nach oben getragen hatte, standen zwei Basler Polizisten. Der eine trug Uniform. Der andere nicht. Beide sprachen miteinander und erörterten, was sie gehört hatten.

Heinzmann sagte zu Baumer: »Das erklärt, warum Toni Amok läuft. Was meinst du?«

»Ja«, antwortete Andi Baumer seinem Freund. »Das macht Sinn.«

»Sinn? Wer weiß. Logisch nachvollziehbar ist es allemal. Toni liebt Madleina. Madleina stirbt. Toni dreht durch. Ein zufälliges Opfer muss dran glauben.«

»Das erklärt vielleicht auch, warum Toni die Bedienung im Bistro immerzu Schatz nannte. Sie muss ihn an seine Madleina erinnert haben.«

»Das könnte hinkommen«, pflichtete Heinzmann bei.

»Könnte.«

»Was meinst du damit?«

»Ach, ich weiß auch nicht«, rumorte Baumer drauflos. »Warum hast du nicht schon vor zwei Tagen das Umfeld dieser Madleina gecheckt?«

Heinzmann wusste, dass das kein persönlicher Angriff auf ihn war. Er kannte Andi seit vielen Jahren, und die Zeit, als sie sich gemessen hatten, war lange vorbei. So antwortete er auch nicht, um sich zu rechtfertigen, sondern beantwortete einfach Baumers Frage. »Am Abend konnten wir nur die Personalien des Mädchens feststellen. Es ist um 2 Uhr 30 von der Putzequipe – zwei Serbinnen – gefunden worden. Die Tür war von innen mit dem Schlüssel verschlossen gewesen. Der Notarzt meinte, dass alle Anzeichen eindeutig auf Drogen deuteten. Keine Sau mehr in der Bar. Keine anderen Angestellten, keine Gäste, die zu vernehmen gewesen wären. Am Morgen dann bereits der Toni-Alarm.«

Baumer verstand, dass die Drogentote in der Prioritätenliste nach hinten gerutscht war. Nach alledem, was Heinzmann erzählte, würden Ermittlungen wahrscheinlich sowieso nur pro forma und ohne Schwung durchgeführt werden. Fremdeinwirkung konnte ja ausgeschlossen werden. Die Putzequipe hatte mit der Sache sicherlich nichts zu tun. Vielleicht hatte der Barmann oder ein Türsteher die Finger im Spiel. Das wäre zu überprüfen. Ebenfalls zu überprüfen wären der oder die Begleiter von Madleina, sowie Hunderte von Besuchern, die ihr ebenfalls etwas zugesteckt haben konnten. Aber wem hätte man was beweisen wollen. Und wie? Wozu auch? Madleina hatte sich selbst ins Jenseits befördert. Sie ganz allein hatte entschieden, sich in der Toilette in der Bar Rouge einzuschließen, dort im grünen Wolkenkratzer am Messeplatz, dem höchsten Gebäude der Schweiz, und abzufliegen. Niemand wäre dafür zur Rechenschaft zu ziehen. Kein Verfahren wegen irgendetwas würde eingeleitet werden. Pech gehabt, liebe Madleina. Zu jung zu viel geschnupft. Hast halt nicht aufgepasst. Und Tschüss. Wen interessierst du schon? Ja. Dem Toni hast du mal was bedeutet. Ihr wolltet mit dem Motorrad nach Griechenland. Zusammen den Sonnenuntergang bei den Windmühlen von Mykonos erleben. Euch streiten, versöhnen, Kinder machen. Heiraten. Euch ewig lieben. Doch nun seid ihr beide tot. Aber was könnte es Schöneres geben. Ihr seid vereint bis in alle Ewigkeit. Niemand kann euch je mehr trennen.

Bei diesem Gedanken fühlte Baumer sich augenblicklich schlecht. Er dachte an Maja und sah sie vor sich, wie sie ihm gegenüber an seinem kleinen Bistrotischchen saß und abrupt aufstand. Dabei drückte sie das Tischchen von sich weg und in Baumers Magen. Die Salatteller klapperten hell, aber fielen zum

Glück nicht vom Tisch. »Andi. Ich liebe dich. Aber manchmal bist du richtig böse«, hatte Maja gerufen. Sich daran erinnernd, brannten sich ihre Worte erneut in seine Seele, und er spürte die Kante des Bistrotischchens zum wiederholten Male in seine Magengrube furchen. Bitterer Schmerz paarte sich mit endloser Traurigkeit. Die tote Madleina war ihm nun endgültig egal.

Baumer kämpfte hart an gegen die Erinnerung an Maja, versuchte, sie hinunterzuschlucken. Doch immer mehr Bilderfetzen kamen hoch, die schwer zu ertragende Gefühle im Gepäck dabeihatten. Wie er Maja am Arm hatte zurückhalten wollen. Wie sie sich von ihm losgerissen hatte, als müsste sie einen Bienenschwarm abwehren. Wie sie ihm wegen der Beengtheit auf dem Minibalkon unabsichtlich die Hand ins Gesicht geschlagen hatte. Wie sie selbst erschrocken war, ihn sofort mit beiden Händen am Kopf gepackt hatte. »Entschuldigung, Entschuldigung«, hatte sie gerufen. Erneut spürte er sie, wie sie ihn liebkoste, umarmte, ihm ihre samtene Wange auf seine heiße Schläfe drückte.

Dann gab sich Baumer einen Ruck. »Nicht daran denken, du tust dir nur selber weh«, sagte er zu sich selbst, wohl wissend, dass es nutzlos war, sich das Denken an Maja zu verbieten. Er suchte irgendeine Ablenkung und beeilte sich, Heinzmann anzusprechen. »Komm, Stefan! Weiter.«

»Weiter. Wohin?«

»Einfach weiter.«

*

Heinzmann hatte Baumer im ilcaffè abgeliefert und war dann weitergefahren. Als Baumer ins Lokal trat, begrüßte ihn Gianni beinahe ebenso herzlich, wie er seinen langjährigen Lover anstrahlt, wenn sie sich treffen beim gemeinsamen Sonnenbad am Kleinbasler Rheinufer in der Nähe des Tinguelymuseums.

»Salut Baumi. Oh, das freut mich aber. Du bei uns. Das ist aber lieb, dass du um diese Zeit bei uns vorbeischaust.«

Also saß Baumer bei Gianni und trank einen Espresso. Er dachte nach. Der Amoklauf von Toni konnte erklärt werden. Immerhin so, dass er eine runde Geschichte ergab. Das sah auch er. Das eine führte zum anderen. Keine Unklarheiten. Nur. Der Film ruckelte im Kopf des Kommissars. Vielleicht waren die einzelnen Sequenzen zu grob aneinandergefügt worden, und der Film sprang, so wie ein alter 35mm-Film in einem Projektor ruckelt, wenn der Zelluloidstreifen gerissen und zu ungenau wieder verklebt worden war. Vielleicht war die Mechanik des Projektors aber auch ausgeleiert oder die Perforation im Filmmaterial korrumpiert. Der Film ruckelte. Und das störte Baumer. Er wollte einen Film ohne Kratzer und Aussetzer sehen. Nur so konnte er von der Handlung gepackt werden und sich der Illusion einer perfekt gebügelten Welt hingeben. Aber Baumers Film war nicht perfekt. Baumers Kopie des Bistrofalls war eine alte, springende Kopie. Der Film war zu ruckelig. Zu kitschig war er sowieso.

Baumer nahm einen Schluck Italianità aus dem Espressotässchen Nummer eins und entschied sich dranzubleiben. Einfach so. So wie man Pizza Napoli bestellt, wenn man geringen Hunger hat. Margherita wäre auch gut gewesen. Oder gar nichts essen. Aber an diesem Tag nimmt man Pizza Napoli. Warum man das eine gewählt hat, doch das andere nicht, weiß man nicht. Es hätte auch genauso gut umgekehrt herauskommen können. So wie eine Münze fällt. Kopf oder Zahl. Beides ist gleich wahrscheinlich. Es war wie mit den zwei Espressi, die Gianni ihm hingestellt hatte. Einer wird getrunken. Einer wird stehen gelassen. Welcher wird getrunken? Welcher wird stehen gelassen?

Baumer rief bei der Brille an. Fragte Rolf Danner, was er bisher über Toni in Erfahrung gebracht habe. Darin war Danner perfekt. Ein Spürhund, der nie lockerließ und von niemandem hinters Licht geführt werde konnte. Danner erzählte von Tonis

Rockerbande. Diese Gang hatte er besuchen wollen, war aber nicht an sie rangekommen.

Baumer ließ sich von Danner die Adresse geben. Die Garage lag an der Güterstraße. Der Kommissar notierte die Nummer.

»Was willst du dort? Warum ist das wichtig?«, fragte Danner.

»Später«, vertröstete ihn Baumer.

»Ja, ja, später ist der Danner dann ...«

Baumer unterbrach Danner und wiederholte in gleicher Lautstärke: »Später.« Er klickte Danner weg. Dann stürzte er seinen Espresso hinunter. Den von Maja ließ er wie immer stehen. Weil er den letzten Schluck zu schnell genommen hatte, bekam er einen kräftigen Teil des Kaffeesatzes in den Mund. Ekliges Geschmiere blieb in seinem Mund zurück. Er spuckte schwarze Krümel in eine Papierserviette und wischte sich Zungenspitze und Lippen ab.

Fünfzehn Minuten danach stand er vor dem schmalen Durchgang an der Güterstraße, der zur Moto Guzzi-Garage führte.

*

Baumer ging in den Hof, in dem die Garagengebäude lagen. Sie bestanden aus zwei Schuppen. Einer war als Werkstatt erkennbar, der andere, kleinere, war wohl ein Lagerhaus. Im Hof selbst standen fünf Moto Guzzis unter einem weit auskragenden Glasdach. Alle Motorräder waren in derselben Aufmachung. Egal welches Modell – sie waren alle in gleicher Art und Weise auf Heavy Metal gestylt.

»Ho, Mann«, tönte es plötzlich hinter Baumer wie aus einem verrosteten, leeren Silowagen heraus.

»Hallo«, sagte Andi ohne sich umzudrehen zu der Stimme, die von der Werkstatt hergekommen war. Er betrachtete weiter die Motorräder, die alle abfahrbereit aufgestellt waren. Sie waren mit dem Symbol einer Gang geschmückt, einem Totenkopf, der in einen Dolch mit gezackter Klinge und gelbem Griff biss. Baumer hatte es schon einmal gesehen, am Ärmel von Toni dem Schlächter. Der Name der Gang stand auf den Tanks der Maschinen: Deadly Skull's, mit falsch gesetztem Apostroph.

»Ho, Mann«, tönte es jetzt noch rauher.

Baumer drehte sich nun um, sah im Eingang der Werkstatt einen kräftigen Rocker stehen, der sich langsam auf ihn zu bewegte. Seine Haare waren lang. Wie ein Navajoindianer hatte sich der Biker ein buntes Leinentaschentuch gefaltet und um die Stirn gebunden. Seine gepflegten Haare würden darunter im Fahrtwind ebenso flattern wie die einer Rothaut auf ihrem Mustang.

»Bin ich hier richtig?«, fragte Baumer freundlich.

»Kommt drauf an, ob du von der Presse bist. Dann bist du falsch.«

Baumer zog seinen Ausweis, hielt ihn in Richtung des muskulösen Bikers.

»Schon gut. Habe ich mir schon denken können, dass hier einer von euch warmen Brüdern vorbeikommt.«

»Wollen wir nicht hineingehen?«

»Nö, Mann. Keine Zeit.«

»Keine Zeit oder keine Lust?«

»Beides, du Blödmann.« Die Stimme wurde ein wenig höher, aber schien immer noch wie aus einer dunklen Höhle herauszurollen.

»Danke fürs Kompliment«, sagte Baumer. »Darf ich Ihnen also hier ein paar Fragen stellen. Einfach so. Nichts Spezielles.«

»Hau ab, du schwule Sau«, brüllte es tief aus der Brust des Lederkerls heraus, der jetzt wie Golem auf Baumer losmarschierte.

Baumer machte instinktiv einen Schritt zurück. Er nahm die Hände aus den Hosentaschen.

»Jimmy, stop it!«, ertönte es scharf wie schwarzer Pfeffer aus der Garage, und ein verwirrend schmächtiger Mechaniker im blauen Overall kam hinzugesprungen. Seine dunklen Haare waren speckig, sein Gesicht erstaunlich bubenhaft. Er lächelte Baumer an, um Verständnis bittend. Seine Hände waren schwarz vor krustigem Öl. Der Mechaniker hatte sie gehoben und zeigte dem Golem seine Handflächen mit den gespreizten Fingern. Sie baten um Einhalt. Der Mechaniker sah aus wie Tante Jessica aus Atlanta, die beim Gospelsingen erleuchtet. »Cool down, Jimmy. Ganz ruhig«, sagte der Mann im blauen Overall und stellte sich zwischen den Golem und Baumer. Den Rücken hatte er nun Baumer zugewendet, denn von diesem schien momentan die geringere Gefahr auszugehen. Jimmy fasste er nicht an, aber schob ihn mit seinen erhobenen, flachen Händen von sich weg, wie man einen Tisch bei einer Seance bewegen kann, ohne ihn zu berühren.

Baumer weiter mit starrem Blick fixierend, zog Jimmy schließlich ab. Mit seinem Zeigefinger am ausgestrecktem Arm zeigte er genau auf Baumers Stirn. Seine Augen waren zusammengekniffen. Die Pupillen sahen aus wie Gewehrkugeln. Geiferte Jimmys Mund?

Nachdem Jimmy endlich weg war, drehte der Mechaniker sich zu Baumer. »Entschuldigen Sie bitte. Wir sind ganz durcheinander. Da können die Emotionen schon einmal hochgehen. Toni war unser Freund. Deswegen kommen Sie doch, oder? Was suchen Sie?«

Baumer schwieg.

Der Arbeiter hatte einen weißen Lappen – offenbar ungebraucht – aus einer Hosentasche gezogen und versuchte, sich die Hände zu reinigen, verschmierte den öligen Dreck aber nur noch mehr. Er trat von einem Bein auf das andere. Es war ihm bereits kalt. »Gehen wir hinein?«, fragte er.

Baumer blieb stehen. Musterte den Mechaniker. Dieser erwiderte den Blick von Baumer kühl. Zu kühl.

»Wie heißen Sie?«

»Wie ich heiße? Ist das wichtig?«, schmunzelte der Mann mit den dreckigen Händen. In seiner Stimme paarte sich eine doppelte Portion Arroganz mit einem gehörigen Schuss Verachtung.

Plötzlich lächelte auch der Kommissar. »Ist nicht wichtig.« Er schüttelte den Kopf. »Jetzt nicht mehr.«

Baumer drehte sich weg, ließ den anderen einfach stehen. Der war perplex, und erst als Baumer schon sechs Schritte entfernt war, sprang er ihm nach. Andi Baumer spürte, dass ihm der Mechaniker nachrannte, drehte er sich rasch um, weil er befürchtete, dass ihn der Overallmann mit seinen schwarz-weißen Fingern betatschen könnte.

»Cool down!«, sagte Baumer salopp. »Ich habe genug gesehen."

»Was hast du gesehen, Mann?" Der Blaue kam Baumer nun ziemlich nahe, schien ihn mit vorgestrecktem Kopf beschnuppern zu wollen.

»Was ich gesehen habe?«, erwiderte Baumer, indem er diesen Satz mit leiser Stimme in die Länge zog, wie es Bazooka Joe mit seinem Kaugummi tut.

»Ja, Mann. Spuck's aus!«

»Ihr seid echte Rocker.«

»Darauf kannst du einen fahren lassen, Mann.« Der Mechaniker schnalzte und blickte hochnäsig.

Baumer ging zwei, drei Schritte rückwärts, drehte sich dann erst langsam um, verließ den Hof. Der Mechaniker spuckte auf den Boden. Er lächelte höhnisch und knirschte: »Bullenschwein.«

Baumer hörte das nicht mehr. Aber er wusste dennoch, dass sein Kunde ihn mit solchen Worten verabschiedet haben musste. Bulle. Bullenschwein. Sau. Vielleicht Drecksau. Schwule Sau. Irgend so etwas. Er spürte diese Beleidigung aufgestempelt auf seine Schulter. Denn eines war ihm klar: Diese Leute waren keine Wochenendrocker. Es waren keine gutmütigen Papis, die vor der Sonntagslangeweile flüchten mussten, den Grillparties mit den aufschneiderischen Nachbarn oder vor der allzu fürsorglichen Frau. Vor der ganz besonders. Nein. Diese Gang bestand aus Hardcore-Kriminellen. Leuten, denen man nachts in einer einsamen Straße lieber nicht begegnen möchte. Dieser Indianerverschnitt, dieser Jimmy hätte Baumer wie eine Fliege zerquetscht und er hätte es gern getan. Vielleicht war das sein Traum gewesen, der ihn davor bewahrte, wahnsinnig zu werden, wenn er im Knast die Decke zu lange angestarrt hatte und die Wände hochging. Einmal einer Polizistenschwuchtel Eins zu Eins gegenüberstehen. Nur du und ich. Schwarz und Weiß.

Jimmy hatte sicherlich schon ein paar Totschläge auf dem Kerbholz. Und der Mechaniker hatte diesen Brutalo im Griff gehabt, ohne ihn zu berühren. »Take it easy, mein Sohn«, hatte er ihm gesagt, und der Sohn hatte dem Vater gehorcht, wie der Sohn dem Vater gehorchte, obwohl er an ihm zweifelte. Dieser kleine Schrauber schwang bei Jimmy und wahrscheinlich der ganzen Gang den großen Vierkantschlüssel. Baumer lachte innerlich. Diese Idioten würden dem Totenkopf in ihrem Emblem besser einen Schraubenschlüssel in den Mund legen. Doch dann überlegte er es sich anders und dachte, dass das schon in Ordnung gehe so. Ein Totenkopf mit einem scharfen Messer zwischen den Zähnen. Dieses Bild passte doch sehr genau zu diesen Typen. Deadly Skull's. Todbringende Totenköpfe.

*

Baumer machte sich auf den Weg nach Hause. Bis dahin war es von der Garage der Deadly Skull's aus nur ein Katzensprung.

Für heute hatte er genug Informationen gesammelt. Aber es waren bei Weitem noch zu wenig Legosteine da, um damit ein Haus zu bauen oder nur schon ein stabiles Fundament. Die wenigen Fakten bereiteten ihm bisher nur Bauchschmerzen. Sie wurden in seinem Magen durcheinandergeworfen, wie dreckige Wäsche in einer Waschmaschine.

»Kommt kein Schnee.«

Baumer erschrak, als er Heberlein hinter sich hörte. Der wäre beinahe in ihn hineingeputscht, hielt aber gerade noch rechtzeitig an und blieb dicht hinter Baumer stehen. Der Kommissar sprang überrascht herum, so schnell, wie es Rocky Horror beim Midnight Dance tut.

»Kommt kein Schnee«, wiederholte der Autist, dessen Kapuze trotz Wetterbesserung immer noch bis auf die Nasen-Mund-Augen-Öffnung geschlossen war. Die Regenjacke hing ihm schlapp über die Knie. Die Drillichhose war von Carhartt. Das war die einzige Art Hose, die Heberlein jeweils trug. Vielleicht weil man in diese Hose präzise Hosenfalten bügeln konnte? Dazu passten die klobigen hohen Winterschuhe eigentlich nicht, aber Heberlein entschied sich immer für die sichere Version. Wo andere Sandalen trugen, trug er Turnschuhe. Wo andere Turnschuhe trugen, hatte er schwere Halbschuhe an. Heute, wo schwere Halbschuhe genügt hätten, trug Heberlein Schuhwerk, das für eine Bergwanderung gereicht hätte.

Baumer gab Heberlein den Weg frei und sein autistischer Nachbar wackelte weiter wie ein mechanisches Kinderspielzeug, das an einer Schranke angestanden hatte und weiterzockelte, kaum dass die Schranke offen war. Baumer sah ihm nach. Heberleins Gang war wie immer staksig, aber zwei halbvolle Einkaufstaschen der Migros, die er an beiden Seiten hielt, gaben Halt, wie eine Stange einem Seiltänzer die Balance erleichtert.

Heberlein hatte nicht selbständig eingekauft. Dazu war er nicht fähig. Er holte nur jeweils das Material ein, das man ihm freundlicherweise einmal pro Woche in der Migros einpackte. Immer mittwochs. Immer um 17 Uhr 30. Immer die gleiche Bestellung.

Heberlein marschierte zurück an die Hochstraße, dort wo beide wohnten. Baumer trottete hinterher, folgte Heberlein wie ein müder Schatten. In Gedanken versinkend, ohne auf den Weg zu achten, folgte er seinem Nachbarn, wohl wissend, dass dieser ihn sicher wie ein Schweizer Zug auf Schienen ins Ziel führen würde. Andreas Baumer ließ sich fallen. Der Tag ging ihm noch einmal durch den Kopf. Er dachte an Toni, der um seine schöne Freundin getrauert hatte. Seine Frau war auch schön gewesen. Sie war nicht tot. Sie lebte und war doch weiter weg als ein Grab.

So zog Franz Heberlein, der Autist, Andreas Baumer, den Kriminalkommissar, nach Hause. Hätte jemand die zwei Gestalten beobachtet, er hätte wohl Mühe gehabt zu erkennen, wer von beiden der Autist war.

7

Am nächsten Tag war bereits wieder Zusammenkunft im Spiegelhof. Windler hatte seine Truppe per SMS auf 8 Uhr zur Berichterstattung bestellt. Als Baumer im großen Sitzungszimmer eintraf, saß auch Heinzmann dort. Baumer erkannte ihn sofort an seiner hohen Mütze, die er auch jetzt trug. Er brauchte sie nicht abzunehmen, denn wer hinter ihm saß, blickte sowieso nur auf hohe breite Schultern. Der Wachtmeister sah müde, aber nicht erschöpft aus und nuckelte an einem Plastikkaffee. Baumer fragte sich, ob sein Freund eigentlich nie schlafe. Er setzte sich zu ihm und wollte ein Gespräch beginnen, aber im selben Moment flog die Tür auf und Windler betrat die Bühne.

»Meine Herren. Bitte setzen!« Das sagte der oberste Chef der Kriminalpolizei zu den Leuten, die alle bereits saßen. Er selbst trat an das Rednerpult. Seine Hände fassten die Seiten des Blatthalters. Er legte los. Sehr behutsam, sehr leise.

»Meine Herren«, Windler stoppte, führte die geschlossene Hand zum Mund, räusperte sich nochmals. Er schluckte, begann von Neuem. »Wie Sie wissen ...« Er brach erneut ab, trat vom Rednerpult weg, sammelte sich scheinbar.

Baumer und Heinzmann nervte dieses Getue. Alles nur Show, um Aufmerksamkeit zu erheischen. Gelernt in einem teuren, aber schlechten Rhetorikkurs.

Endlich kam Windler zur Sache. »Wie Sie wissen, hat es zwei Tote auf der Passerelle gegeben. Zufall! Dumm gelaufen. Ein Amoklauf kann immer irgendwo passieren.« Er hielt inne und schaute in die Runde. Er zog sich mit beiden Händen ans Rednerpult, schaute auf ein imaginäres Blatt. Stieß sich wieder ab und blickte in die Runde. »Sicherlich haben Sie heute die Zeitungen gelesen. Der übliche Wurstsalat ...« Er machte eine Kunstpause und sagte dann: »... mit Käse.«

Die meisten Leute im Raum lachten. Einige aus Höflichkeit. Die meisten aus Angst. Andi Baumer und Stefan Heinzmann lachten nicht. Beide schauten drein, als könnten sie leider kein Deutsch und hätten daher den fahlen Witz gar nicht verstanden.

Windler übersah es. Er genoss die Huldigungen der Mehrheit seiner Beamten und fuhr dann fort. »Insgesamt berichten die Zeitungen, was zu erwarten war. Homestories der Opfer. Der Erschlagene hieß Boban Stankovic, 28 Jahre alt, Besitzer einer Consultingfirma für Logistik. Ausländer, noch dazu ein Serbe. Einer dieser beim Normalbürger sowieso verhassten *Yugos*«. Windler sah gelangweilt auf eine imaginäre Zeitung vor sich. Er schien mit einer Handbewegung eine Seite umzudrehen. Erzählte dann weiter, was in dieser unsichtbaren Zeitung stand. »Toni, der Mörder. Ein Junkie. Das Motiv noch unklar. Gomez. Er ist der Held, der das Mädchen befreit hat. Also genau der Bericht, der zu erwarten war.« Mit diesen Worten hob er den Blick von seinem imaginierten Blatt und schaute in großem Bogen in die Runde. Er fühlte sich wie Barack Obama, der seinen Wahlsieg verkündet und den Journalisten gnädig ein paar Fragen gönnt.

»Soweit ist also alles klar. Noch Fragen?«, sprach er seine Untergebenen an.

Diese zuckten mit den Schultern, drehten die Hände, schoben die Lippen nach vorn, rutschten auf dem Stuhl hin und her, schüttelten den Kopf. Baumer schaute in den Schoß, sagte nichts.

»Keine Fragen? Gut!«

Windler wollte bereits gehen, als Baumer sagte: »Ich habe die Registrierung der Waffe überprüft.«

Lachenmeier drehte sich sofort zu Baumer und erwartete gespannt dessen Bericht. »Und?«, wollte er von Baumer wissen und kratzte sich dabei die Oberfläche seiner linken Hand mit frisch geschnittenen Fingernägeln wund. »Ich hoffe doch, dass alles in Ordnung ist.«

»Gomez hat die Waffe nicht mehr. Er sagt, er habe sie weggeworfen.«

»Was, weggeworfen?«, stutzte Lachenmeier.

»Er hat sich in der Nacht der Tat im Wald verlustiert und die Waffe weggeworfen. Theoretisch ist das möglich.«

»Theoretisch?«, fragte Windler.

»Theoretisch kann das stimmen, was Gomez sagt«, antwortete Baumer. »Er wollte das Mordgerät loswerden, überprüft war es ja bereits.« Bei diesem Satz blickte Baumer auf Lachenmeier und er sah in ein verängstigtes Gesicht. Lachenmeiers Fingernägel der rechten Hand schürften in horrendem Tempo über seine linke. Die Bewegung des Unterarmes erinnerte an einen Pneuel einer Spielzeugdampfmaschine, die überdreht.

Windler kam Lachenmeier zu Hilfe. »Die Waffe ist überprüft worden. Waffenschein ist da. Bisher ist die Waffe bei keinem Verbrechen in Erscheinung getreten. Also wirft Gomez sie weg. Das macht Sinn. Ein bisschen unangenehm zwar. Aber was soll's. Ist ja seine Waffe.«

»Nur können wir die Registrierung jetzt nicht mehr prüfen«, gab Baumer zu bedenken.

»Scheiß Detail!«, zischte Windler seine Verachtung hervor. »Ist doch unwichtig. Gomez wirft seine Waffe weg. Na und? Detail! Gomez ist clean.«

Baumer schwieg. Heinzmann sagte auch nichts. Er schaute auch nicht zu Baumer hinüber, denn er spürte, dass Baumer momentan nichts erwidern wollte. Windler nahm das Schweigen Baumers als Einverständnis, dass der Fall abgeschlossen war. Das letzte Blatt im Bericht zum Bistrofall würde jetzt umgedreht werden. Eine letzte Seite – weiß – würde den Report abschließen und die Seite überdecken, wo ein Schreibfehler ein wenig unbeholfen geweißt und wieder überschrieben worden war.

Der Chef der Kriminalpolizei sah, dass niemand mehr zu widersprechen wagte. Eigentlich schade, dachte er, denn diesen Baumer mit seinen grausigen Füßen hätte er zu gern eingestampft. Nach allen Regeln der Kunst. Da Baumer aber bereits den Schwanz eingezogen hatte, ließ er sich einfach noch von allen Leuten berichten, was sie sonst noch erfahren hatten. Er tat das nur, um seinen Leuten die Chance zu geben, sich wichtig zu machen. Es war auch die Chance, sie für irgendwelchen Krimskrams zu loben. Windler liebte dieses Spiel, bei dem seine Untergebenen um seine Aufmerksamkeit kämpften. Das tat Windler in seiner Seele gut und er zeigte sich gnädig. Auch Baumer hieß er schließlich, mit einer aufmunternden Armbewegung, von seinen weiteren Ermittlungen berichten. Baumer folgte der Aufforderung. Er erzählte von Tonis Freundin, die an einer Überdosis gestorben war. Von Tonis kriminellen Freunden in seiner Gang.

»Na, also. Sehen Sie, Kommissar Baumer«, sagte Windler mit charmanter Stimme. »Der Mann ist durchgedreht, weil seine Freundin hopps gegangen ist. Und wenn er in so einer Gang zu Hause war, dann hat er wahrscheinlich auch die Aggressivität in seinen Genen gehabt. Klare Sache. Der Mann war latent gefährlich und dieser Schock hat ihm dann die letzte Sicherung gesprengt.«

»Ich glaube, da ist mehr dahinter«, sagte Baumer trocken.

Windler ging hoch wie eine Rakete. »Lassen Sie Ihre verdammten Drecksfinger davon«, kreischte er wie eine hysterische Frau und erschreckte mit seinem Wutausbruch die ganze Runde. Die erste Reihe bekam Windlers Speicheltropfen ins Gesicht. Baumer saß still.

Jetzt warf Windler das kleine Stehpult um. Es schepperte an die Wand. Holz splitterte. Die anwesenden Polizisten, jung und alt, Mann und Frau, waren in ihren Stühlen erstarrt wie Kinder im Kindergarten, wenn der Santaklaus an die Tür klopft. Wer nicht erbleichte, hatte natürlicherweise zu hohen Blutdruck.

Windler ging auf Baumer zu. Da dieser in der zweiten Reihe hockte und er nur bis an die erste herankam, presste er sich – ohne dass er es selbst merkte – zwischen die Oberschenkel der zwei Polizisten, die vor Baumer saßen. Diese hielten ihre Beine krampfhaft zur Seite und drückten sich weg.

Windler stieß seinen spitzigen Finger auf Baumer hinab und schäumte. »Ich sag es nur einmal. Lassen Sie Ihre verdammten Drecksfinger von diesem Fall.« Windler starrte Baumer an.

Baumer saß still, sah dann weg, schaute aus dem Fenster. Draußen rieselte leise der Schnee. Dann bewegte sich Windler endlich von der ersten Reihe weg. Drehte sich um seine Achse. Die zwei Polizisten, die er weggeschoben hatte, einer davon war der Gefreite Meier, getrauten sich kaum, wieder eine normale Sitzposition einzunehmen.

Der Chef der Kriminalpolizei streckte sich, zog am Revers seines Kittels, richtete mit beiden Händen seine silbrige Haarpracht, die auseinandergefallen war. Schließlich hatte er sich wieder eingeklinkt. Er begann zur Wand zu sprechen. »Ich will nicht, dass Sie hier Staub aufwirbeln, wo keiner ist. Der Fall ist klar. Motiv und alles ist da.« Er machte eine Pause, drehte sich um und sagte dann in einem Versuch, seinen Ausbruch zu rechtfertigen: »Der Mord an Stankovic ist bereits gerächt. Toni ist tot. Der Gerechtigkeit ist Genüge getan. Wichtig ist jetzt, dass kein Rauch entsteht, wo kein Feuer ist. Wir müssen gesamtheitlich denken.« Sein Blick strich über seine Leute, als wäre er Napoléon, der mit dem Fernrohr den Horizont in der russischen Steppe absucht. »Oberstes Gebot«, fuhr Windler fort, »ist, dass Basel keinen Schaden nimmt. Zu viele Arbeitsplätze hängen hier vom Tourismus und von den Messen ab. Die Geschäftsreisenden müssen beruhigt sein. Ich will hier keinen Trouble.«

Jetzt erst schienen die Leute im Raum zu atmen zu beginnen. Sie rutschten in ihren Stühlen herum, räkelten sich. Schauten einander an, murmelten etwas zum Nachbarn wie »Kann ich schon verstehen«, oder »Na ja, ist klar« oder nur: »Ja.«

Baumer dachte: »Nein!«

Heinzmann wusste nicht, was er dachte, weil er zu aufgeladen war. In seinem Hirn, in seinem Bauch, ja im ganzen Körper bis hinunter zu den großen Zehen rumorte es. Irgendetwas war hier faul. Heinzmann misstraute Windler.

Windler drehte sich zum Fenster. Jetzt stand er im rechten Winkel zu Baumer. Er schaute einen Radiator unter dem Fensterbrett an. Der Chef der Kriminalpolizei sprach, fast geistesabwesend, zum Heizkörper. Adressiert war die Botschaft aber an

Baumer. Der Chef von Baumer sagte leise: »Sie haben Wichtigeres zu tun. Lassen Sie die Finger von Gomez.«

Alle schauten Kriminalkommissar Baumer an. Wie würde er reagieren? Was kam jetzt? Die Truppe war gespannt. Einige bereiteten sich innerlich auf einen Kampf vor. Der Mann in direkter Linie zwischen Baumer und Windler war verängstigt und bereit wegzuspringen, um den Weg freizugeben. Die Leute links und rechts bewegten den Kopf nur einen Hauch in Richtung Baumer, aber stierten ihn mit verdrehten Augen an wie Kälber im Gatter, wenn der Metzger kommt. Heinzmann fixierte hingegen Windler. Suchte nach Hinweisen. Hinweisen auf was?

Auch Rötheli schaute Baumer nicht an, ebenso wenig seinen Chef. Stattdessen betrachtete er die Rückenlehne des Stuhls vor ihm, während er sich mürrisch das Kinn rieb. Er versuchte zu verstehen, was hier vor sich ging. Er kam zu keinem Schluss. Seine Gedanken drehten wie Kugeln beim Lotto. Wenn die Kugeln fielen, würde Rötheli auf seinen Wettschein blicken. Er würde nicht reicher sein als zuvor.

Baumer löste die Spannung im Raum mit einem knappen Satz. Er antwortete Windler: »Geht in Ordnung.«

Windler nahm es zur Kenntnis, wie eine Mutter das Geständnis ihres Kindes, das ein Bonbon geklaut hatte. Der Chef der Basler Kriminalpolizei sprach weiter mit dem Radiator und hatte jetzt ein milderes, verständnisvolleres Lächeln auf den Lippen. Seine Frisur hatte von der plötzlich ins Zimmer einbrechenden Wintersonne einen unwirklichen Glanz erhalten. »Na also. War ja nicht so schwer, Baumer. Wir alle sind ein wenig angespannt. Zwei Tote. Schreckliche Sache. Müssen das Beste daraus machen. Sie sind ein guter Mann. Ich brauche Sie.«

Das Blabla von Windler ging noch ein bisschen weiter. Er sprach von Teamarbeit, alle am selben Strick ziehen. Gemeinsame Verantwortung haben. Solchem Schmu eben. Baumer hörte nicht hin. Heinzmann hörte nicht hin. Rötheli hörte nicht hin. Lachenmeier hörte nicht hin. Meier hörte nicht hin. Der Radiator hörte nicht hin.

Dann trat Windler ab. Ein paar verlorene Gesten, ein paar aufmunternde Blicke in die Runde, gezwungenes Lächeln. Erste Schritte, um abgesprengte Sympathien wieder zusammenzukitten. Weitere würden später folgen.

Heinzmann krallte seine Hand um den Oberarm von Baumer und zog ihn zu sich. Eine unterstützende Geste, die zugleich bedeutete: »Komm!« Baumer schmerzte der Arm vom Griff seines Freundes, der härter ausgefallen war, als beabsichtigt. Er stand auf und folgte Heinzmann, der schon fast zur Tür raus war. Baumer hatte seinen Kopf noch auf Standby, dachte nichts, sondern musste sich beeilen, dem Wachtmeister hinterherzukommen, der in den Hof zu seinem Streifenwagen gegangen war.

*

Als Baumer in den Innenhof trat, saß Heinzmann schon im Auto und blickte stur geradeaus, wie der Schwiegersohn, wenn er die Schwiegermutter abholt. Andi stieg auf der Beifahrerseite ein. Noch bevor er sich angeschnallt hatte, wurde die linke Hintertür aufgerissen und Rötheli plumpste hinein.

Sogleich fuhr Heinzmann los.

Rötheli konnte es nicht lange aushalten, griff mit beiden Händen an die Kuppen der Vordersitze, zog sich nach vorn und platzte los. »Was passiert jetzt?«

Keine Antwort.

»Verdammt. Sagt schon. Was macht ihr jetzt?«

Es war Heinzmann, der reagierte. »Ich weiß noch nicht. Baumi geht um diese Zeit gern Kaffee trinken. Ich hab grad einen gehabt. Muss also nicht sein.«

Röthelis Gesicht fiel zu Boden. Dann giftete er: »Verarsch mich nicht!«

»Ich verarsch dich nicht«, meinte Heinzmann mit hochgezogenen Augenbrauen.

Rötheli blickte Baumer von der Seite an und sagte nur: »Baumer?«

Der antwortete abwesend. »Ja, Kaffee.«

Der Chef der Zivilen, kein Freund der beiden, blaffte: »Ihr heckt doch was aus. Verdammt. Das gibt Trouble.«

»Kein Trouble«, sagte Heinzmann.

»Kein Trouble«, bestätigte Baumer.

»Das glaub ich nicht. Ihr macht sicher Ärger. Verdammt.«

Jetzt gab Heinzmann seine Ruhe auf und drehte sich noch im Fahren zu Rötheli. »Und Ärger kannst du nicht brauchen. Schon verstanden, Rötheli«, spottete Heinzmann und drehte sich wieder nach vorn. Diesem alten Wachtmeister, der schon längst Major sein müsste, aber in Basel nie werden würde, konnte keiner was vormachen.

Rötheli knirschte. »Wenn ihr Ärger macht und Windler durchdreht, dann spritzt seine Galle irgendwohin.«

»Und dann gibt's für dich vielleicht eine böse Überraschung, wenn die Beförderungen am Ende des Jahres bekannt gegeben werden. Ja, ja, schon klar, Monsieur le Chef«, warf Heinzmann Rötheli vor die Füße.

»Willst du mich anficken?«, giftete Rötheli, der an seinem wunden Punkt getroffen war.

Baumer schritt schnell ein, drehte sich zuvorkommend zu Rötheli und sprach ihn mit zur Seite gelegtem Kopf und beruhigender Stimme an. »Schau, Rötheli. Du kannst ganz beruhigt sein. Der Fall ist gestorben. Ende. Aus. Es hat gar keinen gegeben. Nie. Alles in Ordnung in Basel. Wir werden sicherlich nichts mehr unternehmen. Nichts. Es gibt auch nichts zu unternehmen. Es ist kein Rauch da, weil auch kein Feuer da ist. Du kannst also ganz beruhigt sein.«

Baumer redete mit Rötheli wie der C-Juniorentrainer vom FC Aesch mit seinem 13-jährigen Mittelstürmer redet, der um sein Aufgebot für die Nordwestschweizer Auswahl bangt.

»Ihr macht also nichts?«, fragte Rötheli. Es war mehr Bitte als Frage.

Heinzmann schüttelte langsam den Kopf, sagte nichts.

Auch Baumer verneinte: »Du kannst ganz beruhigt sein. Niemand wird hier Trouble machen.« Beinahe hätte er dabei Rötheli die Hand auf den Unterarm gelegt, wie der Pfarrer von Häsingen einer adretten jungen Witwe.

Rötheli war beruhigt. Die Beförderung erneut in Sicht. Er lächelte unweigerlich. Er rutschte in den Sitz und seine Anspannung entlud sich in einem Kichern. Dann schenkte er Baumer ein dankbares Lächeln.

Ein paar Straßen weiter fragte Heinzmann Rötheli ganz nebenbei, wo er denn hinwolle. Sie waren am Voltaplatz angekommen und mussten vor einem Rotlicht dort an der ewigen Autobahnbaustelle warten.

»Lass nur«, sagte Rötheli. »Ich geh hier raus. Kann ich grad die 11 nehmen.« Sagte es und sprang aus dem Wagen. Er stand auf dem Bürgersteig und winkte den beiden Polizisten. Die winkten freundlich zurück. Baumer, zwar wie immer missmutig, zeigte Rötheli dennoch ein für seine Verhältnisse recht freundliches Schmunzeln. Baumer war prompt über sich selbst erstaunt, wie gut das noch ging. Von Heinzmann bekam Rötheli ein kollegiales, großes »Ciao« geschenkt. Beschwingt und vergnügt trat Rötheli den Weg zur nahen Straßenbahnhaltestelle an.

Die Ampel sprang von Rot auf Orange, das Orange sprang auf Grün. Heinzmann fuhr los, wartete mit dem Sprechen, bis sie um eine Straßenecke gebogen und außer Sicht von Rötheli waren. Dann sagte er: »Wohin. Buvette?«

Mit Buvette meinte er die kleine Imbissbude kurz vor St. Louis, die von Ali, dem Türken geführt wurde. Am Tag arbeitete seine Frau 12 Stunden in der Buvette, in der Nacht stand Ali 12 Stunden hinter dem Tresen. Manchmal half eine mürrische Alte aus, damit Ali und seine Frau wenigstens ein paar Stunden in der Woche zusammen sein konnten, um sich zu lieben und Kinder zu machen.

»Ja. Buvette ist gut«, bestätigte Baumer.

Heinzmann fuhr die Straße hinunter, die quer durch den Campus der Novartis führte. Die könnte bald geschlossen werden, da die Pharmafirma das ganze Gebiet für sich reklamierte, um dort besser wirtschaften und forschen zu können. Würde die Straße zugemacht, dann könnte auch Alis Buvette dichtmachen. Heinzmann tat das weh, denn in den langen Nächten kehrte er oft bei Ali ein. Er begrüßte ihn dann immer mit Merhaba, was auf Deutsch »Guten Tag« heißt. Ein kleiner Running Gag unter zwei Nachtarbeitern.

Heute war Alis Frau da. Heinzmann und Baumer nahmen je einen Kaffee. Zum Essen war ihnen nicht zumute. Sie zogen sich in das weiße Plastikzelt zurück, das Ali als Windschutz für den Winter aufgestellt hatte. Darin schnappten sie sich zwei Plastikstühle und einen Plastiktisch (Tisch Nr. 4) und setzten sich in die vom Eingang am weitesten entfernte Ecke. Es war frostig und kein zufälliger Gast würde sich dorthin verlieren und ihr vertrauliches Gespräch unterbrechen. Auch Alis Frau würde vom Baseldeutsch, das die beiden Freunde sprachen, nichts verstehen. In ihrer Ecke waren sie ungestört.

Also saßen sie auf weißen Plastikstühlen, deren Armlehnen schwarze Schlieren zeigten. Die rührten von den ölverschmierten Händen der LKW-Fahrer her, die bei Ali-Kebab Rast machten. Das weiße Tischchen, an dem die Polizisten saßen, war ebenfalls mit schwarzen Schlieren verziert und hatte einige Scharten und Hiebe. Abgelegte Zigarettenglut hatte sich uringelb verewigt. Ein erbärmlicher Anblick, der durch keinerlei Tischtuch oder Dekoration kaschiert wurde.

Dort in diesem kleinanatolischen Flecken Schweiz, beinahe in Frankreich, planten Andreas Baumer und Stefan Heinzmann die Auflösung der zwei Mordfälle. Denn Mordfälle waren es. Der eine wie der andere. In diesem Blinddarm von Basel, der bald entfernt werden würde, legten sie ihre Strategie fest, um die Wahrheit ans Licht zu bringen. Dort machten sie ihren

Schlachtplan um anzugreifen. Dort tranken sie ihren schlechten, schwarzen Kaffee bis auf den Grund des weißen Plastikbechers. Dort erhoben sie sich und machten den ersten Schritt in die Schlacht.

8

Wie plant man den Weg, wenn man das Ziel nicht kennt? Diese Frage stellten sich Wachtmeister Heinzmann und Kommissar Baumer. Sie wollten eine Tat aufdecken - welche Tat? - und mussten Schritt um Schritt vorgehen. Doch in welche Richtung? Und was würde am Ende herauskommen? Die Auflösung der Tat oder die Auflösung ihrer Arbeitsverhältnisse?

Eines war sicher. Die ganze Sache war nicht koscher. Nicht sauber. Nicht clean. Dass Windler den Fall so schnell wie möglich beilegen wollte, hatte dabei noch die geringste Bedeutung. Windlers oberstes Ziel war eine saubere Stadt für saubere Geschäftsleute. Sein Ziel war es, Dreck von seinem geliebten Basel fernzuhalten oder ihn flugs unter den Teppich zu kehren. Heinzmann hingegen war nicht Politiker, sondern Polizist. Er war es mit Leib und Seele. Baumer schließlich hatte nichts anderes zu tun. Auf ihn, wie auch auf Heinzmann, wartete niemand zu Hause.

Als sie sich im Zelt von Alis Buvette von ihren Stühlen erhoben, war alles geregelt. Jeder hatte eine Aufgabe. Heinzmann würde zu dem Mädchen gehen, das Toni als Geisel genommen hatte, und schauen, ob er präzisere Informationen über den genauen Tathergang aus ihm herausholen könnte. Groß tarnen würde er seine Bemühungen nicht müssen. Das liefe unter echter Besorgnis und Anteilnahme um das Mädchen. Baumer würde im Umfeld des Erschlagenen ein bisschen Staub aufwirbeln. War dieser Mann ein Zufallsopfer? Oder gab es doch eine irgendwie geartete Verbindung zwischen Boban Stankovic und Toni Herzog? Das wollte Baumer herausfinden.

Zusammen fuhren Andi Baumer und Stefan Heinzmann daher zurück nach Basel, den neuen Campus von Novartis hinter sich lassend. Dort wo diese Pharmafirma Millionen ausgab, um durch herausragende Architektur von Diener & Diener, Sanaa,

Peter Märkli oder Frank Gehry ihre Leute mit dem Innovationsvirus zu infizieren.

Als die beiden Polizisten über den Voltaplatz fuhren, kam ein Alarm herein. Schwerer Autounfall in der Schwarzwaldallee. Heinzmann wurde hinzugerufen und musste den Krankenbesuch bei der Bedienung des Bistros verschieben.

»Lässt du mich raus?«, fragte Baumer.

Heinzmann fuhr rechts ran, Baumer stieg wortlos aus, auch Heinzmann sagte nichts mehr, die Tür fiel zu, und Heinzmann brauste los. Er schaltete die Sirene an – Stufe 3 – und bahnte sich einen Weg durch den Mittagsverkehr. Zwei Leute in Bauarbeiterkluft drehten sich nach der Sirene um.

»Hösch, Digge«, sprach der eine in breitem Baseldeutsch zum anderen. »Der hat wohl Kohldampf.« »Riesenarschloch«, brummelte der andere, der nicht gesehen hatte, dass Baumer aus eben diesem Auto ausgestiegen war. Zwei der typischen Basler Arbeiter eben, die in keinem Reiseführer erwähnt werden.

Der Kommissar schaute Heinzmann nach, wie der sich mühsam durch die Autoschlangen drücken musste. Auch in Basel geben Autofahrer ungern den mühsam erkämpften Platz in einer Autoschlange frei. Warum auch den Weg frei machen, für diese »Schmier«, diese »Schugger«?

Baumer fühlte sich plötzlich elend. Er fand, dass diese Stadt Menschen wie Heinzmann und ihn selbst gar nicht verdient hatte. Er dachte an Zürich, das er während seiner zwei Semester als Psychologiestudent kennengelernt hatte und immer noch sehr gern mochte. Und er dachte an Paris. An die Stadt von Maja.

Maja.

Wie sie ihn umarmte. Wie er ihren Flaum auf der Wange spürte, als sie ihm die Hände liebend um den Hals legte und ihren Kopf an seinen legte. Wie ihre Brüste auf seine Brust trafen und ihn mit Energie vollluden. »Ach Maja. Ich liebe dich«, sprach er zu sich selbst und schämte und hasste und verachtete sich zugleich. Er bemühte sich, rasch an irgendetwas Negatives über Maja zu denken, aber es fiel ihm so schwer. Er liebte diese Frau unendlich. Dann sah er in Gedanken Maja vor sich stehen. Sie schaute ihn an, freundlich, oh so freundlich, und sagte: »Andi. Ich habe dich gern.« Er getraute sich nicht zu fragen, ob sie ihn nur gern habe oder ihn wirklich liebe. Insgeheim wusste er die Antwort. Er schluckte die Frage hinunter und verstaute sie im Magen. Er würde Maja erst fragen, wenn sie sich besser kennen würden.

Plötzlich erschrak Baumer. Ein Motorrad fuhr bestialisch knatternd vorbei, und ein ätzender bläulicher Dunst fuhr Baumer stechend in die Nase. Das Gas schlug ihm in die Innenseite der hinteren Schädeldecke. Baumer war sofort wieder in der Realität, in dieser Stadt mit ihrer schlechten Luft, die zu selten auffrischt. Basel war kein New York, wo ständig frischer Wind vom Meer her kommt. Es war nicht einmal ein Zürich, wo die Luft vom See und von den Bergen her in die Stadt hinein bewegt wird, oder vom Föhn oder der Bise grad ganz erneuert wird.

Andreas Baumer drehte sich weg und machte sich missmutig auf den Weg zurück in sein Büro. Dort ging er an seine Arbeit. Um einen Fall zu lösen. Oder wenigstens zu vergessen.

*

Gegen Abend hatte Andreas Baumer, Kriminalkommissar in Basel und noch lange nicht in Rente, alle notwendigen Informationen zu Boban Stankovic gesammelt. Er hatte in Erfahrung gebracht, wo Stankovic, der Erschlagene, wohnte und wer seine Eltern waren.

Diese Abklärungen hatte Baumer nebenbei gemacht. Er hatte sie auf den ganzen Nachmittag verteilt. Wenn jemand ins Büro kam, dann war er mit anderem Krimskrams beschäftigt. Akten ausmisten und wegwerfen. Blumen gießen. Tisch nass abwischen. Zeitung lesen. Immer wieder mal steckte einer der unteren Chargen seinen Kopf in Baumers Büro. Baumer hatte es nicht anders erwartet.

Die Spione von Windler wollten wissen, ob nicht doch etwas hinter dem Rücken ihres Herrn liefe. Es lief nichts. Einer war sichtlich enttäuscht, dass er Baumer beim Abstauben des Aktenschrankes vorfand. Insgeheim hatte er mehr vom Kommissar erhofft. Danner hatte zwischenzeitlich auch einmal angerufen, aber Baumer nahm den Anruf auf seinem Handy nicht an.

Als der Kommissar einmal bewusst aus dem Fenster schaute, war es draußen bereits dunkel, auch weil der Himmel immer noch bedeckt war. Also beschloss er, dass es für heute genug sei, und ging nach Hause.

In der Hochstraße angekommen, sah er vor seinem Hauseingang Frau Heberlein stehen, die Schwester des Autisten. Sie redete auf ihren Bruder ein. Der stand da wie ein Nussknacker. Die Hände eng am Körper anliegend, zu Fäusten geballt.

»Franz. Jetzt ist's genug. Komm herein! Du holst dir noch eine Erkältung«, sprach seine Schwester zu ihm.

Als Baumer näher kam, bemerkte ihn die elegant gekleidete Frau, die etwa zwei Mal pro Woche bei ihrem Bruder nach dem Rechten schaute. »Grüezi, Herr Baumer«, begrüßte sie ihn herzlich, und es schien, als fiele ihr zugleich ein Stein vom Herzen.

Baumer nickte und brummelte irgendetwas zu der Frau, die im Gegensatz zum kleinwüchsigen Heberlein in allen Dimensionen ein wenig größer geraten schien.

»Bitte, Herr Baumer, sagen Sie ihm, er soll jetzt mit hereinkommen. Er hat viel zu lange auf mich gewartet. Er ist schon ganz verfroren.«

»Kommt kein Schnee. Kommt kein Schnee«, plapperte Heberlein mechanisch.

»Ja, trotzdem kannst du dich erkälten, Franz. Komm jetzt nach oben.«

Heberlein machte keinen Wank.

Seine Schwester, die immer rührend um ihren Bruder besorgt war, sah Baumer treuherzig an, dann drehte sie sich zu ihrem Bruder, fasste ihn an beiden Handgelenken. »Du musst jetzt reinkommen, Franz. Auch der Polizist Baumer sagt dir das.« Sie sah zu Baumer und flehte ihn mit aufgeworfenen Augen still an.

Baumer sah auf den kleinen Kerl herab, der so unfähig war, sich selbst zu managen. Er hatte Mitleid mit dem Mann in der Statur eines 12-Jährigen. Er trat ein paar Schritte näher und blickte Heberlein an. Dieser schaute geradeaus ins Nichts und sagte: »Kommt kein Schnee.«

»Gehen Sie nach oben, Herr Heberlein.«

Heberlein drehte sich sofort um. Baumer erinnerte dies an die vollidiotischen Reih-um-kehrt-Übungen beim Militär. Heberlein wackelte in seiner Marionettengangart davon.

Heberleins Schwester sah Baumer erstaunt, aber nicht minder dankbar an. Ihre Augen hatte sie wie die einer Puppe aufgeschlagen.

»Merci.«

Dieses Wort sprach sie ganz leise und lächelnd. Dann packte sie ihre Tasche und ging Heberlein hinterher. An der Tür drehte sie sich noch mal um und lächelte Baumer dankbar zu. Die linke Hand, auch sie einen Zacken größer als der Durchschnitt aller Hände, hatte sie schüchtern gehoben und winkte einen winzigen Abschied zu Baumer.

Baumer nahm die eindeutigen Signale der Frau nicht wahr. Baumer dachte an seine eigenen Probleme. Wie gering sie doch waren im Vergleich zu denen Heberleins. Nahm der irgendetwas von seiner Umwelt wahr, außer, dass er den Schnee riechen konnte? Und er selbst?, fragte sich Baumer. Nahm er noch irgendetwas wahr von seiner Umwelt, jetzt wo Maja weg war? Wo sie ihm fehlte. Wo sein Herz herausgerissen war?

Baumer versuchte, ins Haus zu gehen. Er bewegte sich wie ein Greis, in sich zusammengefallen und in Zeitlupe. Es kostete

Andi Baumer unendlich viel Kraft, den einen Fuß vor den anderen zu setzen.

*

Am nächsten Morgen war Andi Baumer spät auf den Beinen. Er war in der Nacht immer wieder aufgewacht. Wahrscheinlich ließ ihn der Wetterwechsel unruhiger schlafen als üblich. Als der erste Sonnenstrahl ins Zimmer gefallen war, schreckte er auf und konnte kaum wieder einschlafen. Später packte ihn doch noch einmal eine bleierne Müdigkeit, und er fiel in komaartigen Schlaf. Um 9 Uhr wachte er gerädert auf. Er wusch sich und zog sich an.

Auf dem Weg in die Stadt telefonierte er mit Heinzmann per Handy. Er erfuhr, dass Heinzmann im Dauereinsatz stand und bisher noch keine Chance hatte, das Mädchen zu besuchen. Er würde dies nachholen, sobald seine Schicht vorbei wäre.

Als Baumer ins ilcaffè kam, bediente Gianni ganz allein. Zwei Sachen waren auffällig. Erstens. Gianni begrüßte Baumer freundlich, aber nicht überschäumend. Das allein war schon seltsam, denn meist sprühte Gianni vor Freude und Glück. Zweitens. Gianni trug eine Sonnenbrille, die Danner zur Ehre gereicht hätte. Doch er trug nie eine Sonnenbrille. Schon gar nicht im Winter in einem Innenraum.

»Was ist passiert?«, fragte Baumer, der selten mit Leuten sprach, wenn er nicht musste. Musste er jetzt?

Gianni erwiderte nichts, sondern versuchte zu lächeln. Seine Unterarme schwang er im Kreis vor seiner Brust nach außen. Er stoppte diese Bewegung so, dass es aussah, als würde er auf seinen Handflächen ein imaginäres Tablett balancieren. Er legte seinen Kopf zur Seite. Sein Mund war geschürzt.

Baumer schaute ihn an. Gianni seufzte.

Dann nahm Gianni die Brille ab. Baumer sah zwei große Tränen über Giannis Wangen rollen. Giannis rechtes Auge war dunkelblau unterlaufen. Im Weiß des Augapfels trat ein Netzwerk von roten Äderchen hervor, es sah aus wie ein roter Netzstrumpf der die weißen Beine einer Bordsteinschwalbe dekoriert.

Gianni zitterte. »Ein FCB-Veilchen. Schön. Nicht wahr? Rot ist unsere Liebe. Blau unsere ewige Treue.«

»Woher hast du das?«

»Von einem Fan von mir.« Er lachte bitter und zeigte Andi Baumer für einen ganz kurzen Moment, wie es hinter seiner Fassade aussah. Baumer spürte in diesem intimen Augenblick große Empathie für diesen Menschen. Eine Empfindung, die viele nicht mehr zu kennen scheinen.

»Was ist passiert?«, fragte Baumer verwundert und Gianni erzählte, dass er im Schützenmattpark gewesen war.

»Na ja, du weißt schon. Seit dort die Büsche abgeholzt worden sind, ist man leider ein wenig auf dem Präsentierteller. Und da war halt dieser Dicke. Bomberjacke und FC Basel Mütze. Ein freundlicher Mann.« Gianni lachte ein kurzes bitteres Lachen. »Geredet hat der nichts«, fuhr Gianni fort. »Er hat mir einfach direttamente eine abgedrückt. Das hat unglaublichen Spaß gemacht«, versuchte Gianni durch Ironie Abstand zu seinem Erlebnis zu gewinnen. »Dann ging es dem Super-FCBasler offenbar besser, denn danach hat er gesprudelt wie ein Bach und mich zugetextet. Ich wusste gar nicht, wie viele Kosenamen auf uns passen.«

Uns.

Baumer ging bis zur Öffnung im Tresen. Hinter den Tresen wäre er nicht gegangen, denn das war Giannis privater Schutzraum. Gianni kam an die Öffnung und fiel kraftlos in Baumers starke Arme. Fast knickte er ein, aber Baumer hielt ihn fest umschlungen. Gianni heulte los, schluchzte und benässte Baumers vorstehenden Kragen seines 320 Franken teuren, bestickten Versace-Hemdes. Auch bei Baumer flossen Tränen. Zusammen weinten sie um den Verlust der Welt. Der eine mehr. Der andere weniger.

Dann strich der Basler Kommissar dem Basler Barbesitzer sachte über den Rücken, ließ seine Hände auf den Schulterblättern von Gianni liegen, packte ihn dann brüderlich an beiden Armen und schaute ihm in die Augen. Beide sagten nichts. Dann lösten sie sich voneinander.

Gianni ging zum Tresen und schnappte sich eine Serviette. In diese schnäuzte er sachte. Dann nochmals, ein wenig stärker, so wie Greta Garbo sich schnäuzen würde. Schließlich zerknüllte er das Papier achtsam und warf es feierlich in den Mülleimer.

»So. Mein liebster Freund«, richtete sich Gianni wieder freundlich lächelnd an Baumer. »Was darf's sein? Zwei Espressi? Super geile Espressi? Kommt subito. Ich mach sie dir so stark wie der Vesuv in Bella Italia?« Damit ging er zur Cerrutti-Kolbenmaschine, merkte aber, dass er die Sonnenbrille abgesetzt hatte. Also packte er sie missmutig, wollte sie anziehen. Dann hielt er inne, zögerte, wollte sie aufsetzen. Betrachtete sie erneut. Nein, doch nicht. Er schmetterte sie in weitem Bogen durchs erwachende ilcaffè und rief: »C'est la vie!«

Baumer musste lächeln. Er trat ans Fenster und stützte sich auf den Sims. Nach einer Weile hatte Gianni die Espressi fertig und wollte sie Baumer bringen. Ein Gast, der gerade ins ilcaffè kam, schaute Gianni an und erschrak.

Gianni lachte herzlich. »Gell, da staunst du?«, sagte er. »So ein geiles Veilchen hat nicht jeder. Rot-blau wie mein geliebter FCB.« Damit war er bei Baumer. Während er ihm das Tablett reichte, berührte er mit der freien Hand Baumers Rücken. Zärtlich. Dankend. Baumer hätte es beinahe nicht mehr gemerkt. Er war bereits in die Erinnerung an Maja versunken.

Maja.

Wie sie einmal mit ihm stritt. Ihm sogar vorwarf, dass er sich zu wenig um sie kümmere. Wie er ihr daraufhin vorrechnete, was er alles schon für sie gemacht hatte. Wie er ihr vorhielt, dass er für sie mehr tue als die meisten Männer tun für ihre Frauen. Wie sie sagte, dass das nicht genug sei. Wie er ihr versprach, mit ihr nach London zu fliegen. Wie sie, nachdem sie ihn einen Moment zuvor noch enttäuscht angeschaut hatte, plötzlich aufsprang und jubelte und sich drehte im Kreis. Tanzend. Tanzend. Kreischend vor Glück. Immerzu drehte, die Arme weit ausgestreckt, wie eine Eistänzerin bei der Gold-Kür, den Kopf weit zurückgeworfen, die Haare flatternd, die Augen geschlossen und den Mund lachend weit offen. Baumer sah ihre vollen roten Lippen. Ihre perfekten weißen Zähne. Und er war von ihrer Anmut, ihrer Schönheit, ihrer Freude berauscht. Und wie sich plötzlich diese eine ernüchternde Frage in seinem Bauch festhakte: »Warum umarmt sie mich jetzt nicht?«

»Andi!«, sagte plötzlich jemand neben ihm. Er drehte sich um und sah Stefan Heinzmann vor sich.

»Oh, Stefan, ich habe dich gar nicht ...«

»Komm!«, sagte Heinzmann und packte ihn am Arm.

»Moment, ich muss noch zahlen.« Er ging zum Tresen und sagte zu Gianni: »Zwei Espressi.«

»Vier Franken.«

»Vier? Ich hatte doch zwei Espressi.«

»Heute bezahlst du nur einen, Herr Baumer. Den anderen habe ich heute mit dir getrunken.«

*

Heinzmanns Polizeiwagen stand auf dem Bürgersteig vor dem Mont Blanc-Laden, zwei Gebäude weiter als das ilcaffè. Baumer und Heinzmann stiegen ein. Das Auto versperrte einigen Passanten den Weg und auch die Fahrradspur neben der Tramfahrbahn wurde gefährlich verengt. Aber Heinzmann fuhr nicht gleich los. Es gab Wichtigeres zu tun. Er beugte sich zu Baumer hin und sprach in einem leisen Ton, so als ob er beobachtet würde. »Ich habe das Mädchen gesehen.«

Heinzmann blieb Andi zugewandt sitzen, machte eine Pause. Sagte nichts.

Baumer schaute ihn gespannt und eindringlich an. »Also?«, fragte er.

Heinzmann nickte mehrmals, und Baumer entdeckte ein geheimnisvolles Lächeln in seinem Gesicht. Heinzmanns Blick war intensiv.

»Verdammt, Stefan! Sag schon.«

»Also hör gut zu, mein Lieber. Ich habe das Mädchen gesprochen. Es wurde grad aus der stationären Behandlung entlassen. Es hat mir ein paar interessante Details erzählt.«

»Stefan!« Jetzt wurde Baumer langsam ungehalten und seine Haltung machte klar, dass Heinzmann endlich mit seinem Wissen herausrücken solle. Gab es eine Verbindung zwischen den Figuren im Plot oder gab es keine?

Heinzmann stützte seine linke Hand in die Seite, mit der anderen Hand machte er eine Pistole, der Daumen spielte dabei Schlagbolzen. »Stankovic und Gomez haben im Bistro am selben Tisch gesessen!«, sagte er, kniff das linke Auge zu und drückte mit dem Daumen ab.

Baumers Gesicht entspannte sich. Er spürte, ja wusste, dass es nicht Zufall sein konnte, dass Stankovic und Gomez am selben Tisch gesessen hatten. Ein erster wichtiger Hinweis war gefunden.

Heinzmann berichtete weiter. »Als Toni reinkam, war Stankovic allerdings bereits aufgestanden. Die beiden sind am Ausgang zusammengestoßen. Das Mädchen meint, dass das der Auslöser für Tonis Ausbruch gewesen sei.«

»Das Mädchen meint das?«, sagte Baumer und wollte doch seinem Freund nur zu verstehen geben, dass es vielleicht auch kein Zufall war, dass Toni mit Stankovic zusammengeprallt war.

»Mhhm«, bejahte der erfahrene Wachtmeister Baumers Kommentar im Stile einer schwarzen amerikanischen Mama aus Hollywood. »Alles ist ganz schnell gegangen. Das Mädchen hat

Toni sagen hören: Na, du Wixer!, dann Stankovic: Lass mich in Ruhe!, dann Toni: Jetzt mach ich dich kalt! So Sachen halt. Ganz sicher ist sich das Mädchen nicht.«

»Bist du dir denn sicher?«

»Ich bin mir sicher.« Fast war Heinzmann ob der Frage beleidigt. »Und du, Andi?«

»Ich bin mir sicher.«

Andreas Baumer, Kriminalkommissar von Basel-Stadt und Stefan Heinzmann, Wachtmeister aus der schönen Stadt am Rhein, waren überzeugt, dass diese fatale Begegnung kein Zufall war. Toni schien Stankovic gekannt zu haben. Sicher, im Sinne von mathematisch sicher, konnte man dabei nicht wirklich sein. Es war vorerst nur eine Sicherheit des Bauches. Juristisch gesprochen also nicht mehr als eine bloße Vermutung, denn in Basel redet man sich schnell einmal per du an, besonders in einem Streit. Aber die Aussagen des Mädchens erhärteten den Verdacht, dass sich die Akteure nicht zum ersten Mal begegnet waren. Und wenn sie sich kannten, war das so etwas wie eine erste Spur.

»Stankovic und Gomez saßen an einem Tisch. Zufall? Ja, das könnte sein«, sprach Baumer. »In einem kleinen Bistro kommt man rasch einmal neben irgendjemanden zu sitzen. Dennoch. Vielleicht war es auch eine intimere Tischrunde, die Stankovic und Gomez gebildet haben. Und Toni wiederum ist gar nicht in Stankovic geprallt. Vielleicht hat er ihn bewusst angerempelt, weil er ihn gekannt hat.«

»Natürlich könnte alles nur ein Zufall gewesen sein. Aber insgesamt müssen wir ein bisschen viele Zufälle auf einmal annehmen. Es gibt viel zu viele Vielleichts.«

»Richtig«, stimmte Baumer seinem Freund zu. »Zu viele Vielleichts. Dennoch sind es nur Vermutungen, und wir haben noch nix Handfestes. Ohne klare Beweise fällt alles zusammen wie ein Kartenhaus.«

»Wir haben auch noch nicht alle Karten gespielt.« Mit diesem Satz fasste die Pranke von Heinzmann den Zündschlüssel und drehte ihn energisch. Bei der Kraft, mit der Heinzmann den Schlüssel drehte, dachte Baumer, müsse sein Freund wohl schon einige abgebrochen haben. Der Motor wummerte los. Dann trat Heinzmann das Gaspedal durch, und Baumer wurde in den Sitz gedrückt.

9

Wenn Andreas Baumer von Maja umarmt wurde, versank er in eine unendliche Liebe. Die Zeit stand still. Manchmal kam die Umarmung wie eine Überraschung. Noch bevor er wusste, warum, hatte Maja ihn mit einer einzigen fließenden Bewegung umfasst. Er spürte ihre Brüste auf seinem Rücken, ihre Arme um seinen Oberkörper, die Haare, die Wangen auf seinem Nacken, seiner Wange, wie er im ganzen Körper erregt wurde. Selbst wenn sie ihn nicht umarmte, sondern ihm nur etwas ins Ohr flüsterte, bei einem Kinobesuch vielleicht, bekam er nur schon vom Klang der Stimme eine Erektion.

Wenn Sie Liebe machten, war es für ihn wunderschön. Zumindest redete er es sich ein. Klar. Er hatte schon mit zwei Dutzend Frauen geschlafen und es gab andere Frauen, die schärfer, heißer, geiler waren. Das interessierte Baumer aber kaum. Der Sex mit Maja war für ihn immer der schönstmögliche Sex, denn für ihn war es Liebe.

Ein Krampf war es auch. Meist begann es sehr romantisch, zärtlich. Baumer war immer sehr erregt und berauscht von Majas magischer Präsenz, trotzdem versuchte er immer, sich lange zurückzuhalten. Das war auch nötig, um Maja ein Maximum an Lust zu verschaffen. Doch nur selten gelang es ihm, Maja zum Höhepunkt zu führen.

Eigentlich nie.

Maja fand den Sex mit Andreas schön. Sie liebte es, gestreichelt zu werden, als ob es keine Zeit gäbe. Baumer streichelte sie rührend. War er ein großer Liebhaber? Wahrscheinlich nicht, und doch war er sensibler als die meisten Menschen. Er streichelte sie ausgiebig, weil er sie liebte. Er streichelte ihre Wangen, ihre Schultern, ihre Arme. Wie zufällig fuhr er manchmal über ihre

Brüste. Fuhr mit dem Handballen ganz sachte und als ob es ungewollt wäre, über ihre Brustwarzen. Streichelte ihren Bauch. Küsste ihren Hals. Streichelte ihre Füße, die Oberschenkel. Liebkoste den Bauchnabel und war, wie zufällig, sachte über ihren Venushügel gestreift.

Maja liebte diese Art des Vorspiels. Sie liebte diese zufälligen Berührungen ihrer tausend erogenen Zonen. Baumer wurde dabei nie drängelnd, sondern erkundete mehr ihren Körper, ihre Erregung, immer bemüht, ihr noch mehr Lust zu verschaffen.

Wenn er in sie eindrang, geschah dies in Zeitlupe, so als wäre die Zeit in diesem süßen Moment der Vereinigung angehalten.

Später, als sie dann zusammen geschlafen hatten, drehte sich Baumer nicht einfach weg und fiel in tiefen Schlaf, sondern streichelte Maja weiter, liebkoste sachter als je, ihre Haut, ihre Wangen, ihre Lippen, ihre Brüste.

Als sie einmal noch zusammenlagen, nackt, verschwitzt, sagte Maja, »Andi? Gehst du bitte in die Küche.«

»In die Küche? Möchtest du was zu trinken?«

»Nein.«

»Warum soll ich dann in die Küche gehen?«

»Ich möchte mich selbst befriedigen, aber ich kann nicht, wenn du neben mir liegst.«

Andi war schockiert, wollte ihr widersprechen, beugte sich zu ihr, aber sie schlug ihm ihre Hände auf die Brust, wie von ihm angewidert, und befahl ihm zu verschwinden. Baumer stand zutiefst betroffen auf, ging traurig zum Zimmer hinaus, schloss die Tür sanft. Später kam sie in die Küche. Sie hatte bereits ihren Pyjama an, machte einen vergnügten Eindruck – summte sie ein Liedchen? – und riss den Kühlschrank auf. »Jetzt habe ich Hunger. Mjam. Mjam.«

Baumer saß am Küchentisch und schaute sie an. In seinem Blick stand Betroffenheit, gepaart mit Scham. Oder war es Wut gepaart mit Liebe? Baumer erschrak, weil er neben einem undefinierbaren Schmerz auch Freude spürte. Er freute sich für Maja, dass sie endlich ihren Orgasmus gehabt hatte, und war zugleich verbittert, dass nicht er ihr diesen Genuss verschafft hatte.

Zuerst hatte er gedacht, dass es an der Länge des Beischlafs lag, dass sie keinen Orgasmus bei ihm hatte. Doch das konnte nicht sein. Andi war nicht mehr siebzehn, und so kurz war der Sex daher nicht. Und seine erste Freundin hatte mit ihm dauernd Orgasmen gehabt. Und es waren keine gespielten, denn er hatte gespürt, wie ihre Scheidenmuskeln beim Kommen zusammenzuckten und seinen prallen Penis würgten.

Maja hingegen kam selten. Wenn Baumer ehrlich war, musste er einsehen, dass Maja nie bei ihm kam. Also trank er manchmal ein oder zwei Glas Wein vor dem Sex. Dadurch konnte er noch länger durchhalten. Maja selbst begann er, vor dem Sex ein Glas Champagner zu servieren. Es half alles nichts. Wenn der gemeinsame Sex vorbei war, wurde er wieder hinausgeschickt. Er lächelte sie an, sprach leise verständnisvolle Worte und litt heimlich.

Starb.

Einmal fragte er sie, »An was denkst du, wenn du onanierst?«

»Das sage ich dir nicht.«

»Denkst du an mich?«

»Nein.«

»Denkst du an einen anderen?«

Diese Frage beantwortete Maja nicht und beantwortete sie dadurch. Das durchbohrte sein Herz wie ein Schwert. »So muss es sich anfühlen, wenn man getötet wird«, dachte er und diagnostizierte seine tödliche Verwundung, wie ein Samariter bei der Landung in der Normandie auf Omaha Beach die Triage der Schwerverletzten durchführte. Soldat Baumer gehörte in die Klasse der Hoffnungslosen. Lebt noch. Stirbt aber.

*

Am Nachmittag war Baumer bei der Mutter von Stankovic und saß im Wohnzimmer dem Opfer gegenüber. Er sah ihm aus einem Foto, das auf dem Fernseher stand, lebensfroh entgegen. Mehrere Arme, die durch den Bilderrahmen scharf abgeschnitten wurden, hielten ihn umschlungen. Ein halbes Gesicht im Profil, die Lippen zum Kussmund geformt, ragte ins Bild und suchte Stankovics Wange.

Boban Stankovic wurde geliebt, und sein Leben war ausgelöscht worden. Jetzt war er nur mehr ein Bild, das auf einem überdimensionalen Fernseher prangte. Echte Zierblumen in kleinen Tonschalen rahmten das Foto ein. Links und rechts neben dem Fernseher waren rosa und zitronengelbe Plastikakeleien aufgestellt. Das Ganze sah aus wie ein geschmückter Altar. Darüber, leicht nach links verschoben, war die Hausikone angebracht. Ein Ölbild, circa 30 auf 40 cm, direkt gemalt auf dickes, edles Holz. Es zeigte einen Mann in einem Gewand wie Jesus. Der Mann hatte einen langen schwarzen Bart. Sein Gesicht war leichenblass. In einer Schale trug er einen abgeschlagenen Kopf. Ein Kopf, der seinem eigenen identisch war. Der Stumpf des Halses war blutüberströmt. Die ganze Figur lag auf Goldgrund.

»Das ist der heilige Jovan. Unser Schutzheiliger«, sagte Frau Stankovic.

Baumer blickte von der Ikone zur Mutter, die, ganz in Schwarz, vor das Bild des Opfers getreten war und sich mit dem Blick zur Ikone aufgerichtet bekreuzte, so wie es die Orthodoxen tun. Mit drei Fingern. Das Kreuz, das die Frau schlug, war kaum mehr als solches zu erkennen. Die Hand führte vielmehr in kleinem Kreis über Hals und Brust. Die Geste war kaum lesbarer als die Schrift eines alten Arztes, der ein Dauerrezept für Voltaren ausstellt.

Baumer saß nah am Fernseher und dem lebenden Toten. Oder war es ein toter Lebender? Der Kommissar wusste, dass dieser

Boban Stankovic eingefroren war. Dort in einer Kühlbox im gerichtsmedizinischen Institut. Er war ebenfalls in diesem Bild eingefroren. Schockgefroren in einer Position des Glücks. Er würde ewig glücklich sein. Umarmt von Freunden und seiner Familie. Liebkost von seiner Mutter, seiner Schwester, seiner Freundin.

»Möchten Sie etwas trinken?«, fragte eine Stimme hinter ihm. Er schaute sich um. Nach und nach hatte sich die ganze Familie in dem kleinen Wohnzimmer versammelt, Junge und Alte, Männer und Frauen.

»Nein, danke«, antwortete Baumer.

»Was trinken Sie? Nehmen Sie ein Bier?«, stimmte die Mutter nun ein.

»Ich danke, aber ich habe gerade etwas getrunken.«

»Vielleicht Wasser? Mila, bring Wasser für den Herrn Polizisten. Und du, Dejan, du nimmst doch sicher noch ein Bier? Ja, gut. Milan? Kaffee? Gut! Kommt sofort.«

Hinter Baumer kam Bobans Schwester hervor und sagte zu ihrer Mutter: »Warte, Majka, ich helfe dir.« Dann fragte sie Baumer: »Möchten Sie ein Stück Kuchen?«, wartete seine Antwort aber nicht ab. »Ich bringe Ihnen ein Stück.«

Baumer starrte auf den rotbäckigen, jungen Mann, der ihn aus dem Fotorahmen heraus glücklich anlachte. Ein schwarz behaarter Arm kam ins Baumers Blickfeld und die Hand am Arm packte das Bild, hielt es Baumer von links dicht vor die Nase. Eine erregte rumpelnde Stimme, der man den übermäßigen Konsum filterloser Zigaretten anhörte, sagte: »Schaue du ihn an. Ja. Hier. Schaue du nur ganz genau. Das ist mein Neffe. Boban Stankovic. Tot von eine Schweizer.«

Eine andere Hand, an ebenso behaartem Arm, der selbst jetzt im Winter noch tief gebräunt war, kam von der rechten Seite ins Blickfeld, fasste auch ans Bild. »Lass gut sein, Dejan«, sagte die Person, der der Arm gehörte und der versuchte, das Bild dem anderen behaarten Arm wegzunehmen. »Der Polizist ist hier, um das Verbrechen aufzuklären.«

Der linke Arm ließ das Bild jedoch nicht los und zog es gewaltsam auf seine Seite. »Der war doch da, dieser ...« Das Wort Scheißpolizist, Wichser, Hurensohn, Gauner, Schweizer, Kuhschweizer zerknirschte er in seinem Mund zu Brei, spuckte es aber nicht aus.

Boban Stankovic wurde vor Baumer von seinen Onkeln hin- und hergezogen. Er lachte dabei wie ein Kind auf einer Schaukel.

Hin und her.

Als der Mann von rechts den Kampf für sich entschieden hatte und der glückliche Boban endlich zurück auf den Fernseher gestellt worden war, lachte der für ewig jung Bleibende noch immer und schien zu kreischen: »Hey, das hat Spaß gemacht. Noch einmal! Noch einmal!«

»Bitte entschuldigen Sie meinen Bruder, Herr Baumer«, sagte der Mann rechts von Baumer, während der Mann links von weiteren männlichen und weiblichen Händen zurückgezogen wurde.

Baumer sagte nichts.

Insgesamt waren in dieser kleinen Stube nun acht Personen versammelt. Baumer saß im größten Sofasessel, der prominent vor den Fernseher gestellt war. Die restlichen Leute, Verwandte der Familie, saßen eng aneinander gepresst auf dem Sofa, kauerten verkrümmt auf der Sofalehne, hockten auf kleinen hinzugestellten Schemeln. Der Vater Bobans hingegen war nicht anwesend. Er war seit langem tot und war nur noch als kleines Portrait präsent. Er lebte im Sonntagsanzug, nahezu schamhaft versteckt im Büchergestell, eingerahmt und vergilbt zwischen allerlei Klimbim, Nippes, Porzellanfigürchen. Bücher standen nur wenige im Regal. Sie trugen kyrillische Buchstaben. Baumer fragte sich, ob die Bücher echt waren.

»Unser Neffe ist tot. Ermordet. Bitte verstehen Sie, dass wir traurig sind. Er war so ein lieber Kerl.«

Bei diesem Satz ging ein leises Schluchzen los. Dann begann ein Durcheinander an Sätzen, die zuerst alle auf Baumer gerichtet waren, manche in gebrochenem Hochdeutsch, manche in gebrochenem Schweizerdeutsch, manche in einer Mischung aus beidem. Dann sprachen die Leute sich gegenseitig an. Jetzt immer auf Serbisch. Worte flogen durch den Raum, die Baumer nicht verstand. Diese Sprache war zu weit entfernt von seiner eigenen, als dass er einen Anhalts- oder Vergleichspunkt gehabt hätte, um nur ein einziges Wort zu verstehen.

Dobar Dan.

Das hätte er verstanden, denn es war der Titel der halbstündigen Sendung, die vor 30 Jahren immer samstags über den Bildschirm flimmerte. Dobar Dan heißt Guten Tag, und die Sendung war für die jugoslawischen Einwanderer bestimmt, die damals in Scharen ins Land kamen. Am Samstagmittag um halb zwei wurde die Sendung jeweils ausgestrahlt. Jugoslaviji, dobar dan. Baumer sah sie als Kind immer dann, wenn es regnete und er zu Hause blieb und gelangweilt zwischen Schweizer Fernsehen, ARD und ZDF – den einzigen Sendern, die sein Fernseher damals empfing – hin und her schaltete.

Die Mutter von Stankovic kam herein, auf einem Tablett trug sie Wasser und Bier. Im Hintergrund hörte Baumer das Mahlwerk einer automatischen Kaffeemaschine anlaufen. Die Messer zerschlugen die Kaffeebohnen in tausend Splitter und machten einen bestialischen Lärm. Sofort bekam Baumer Lust auf Kaffee, aber er wollte jetzt nicht mehr stören. Sowieso hätte er nur Lust auf Serbenkaffee gehabt. Der ist brutal stark, wenn er im kleinen Pfännchen aufgekocht wird, so wie es die Serben von den Türken gelernt haben.

Die Mutter stellte dem Kommissar ein Glas Wasser hin. »Boban ist hier geboren. Noch in Chur. Dort ich war Zimmermädchen im Hotel Alpina. Das war eine schöne Zeit. Kamen wir nach Basel, als Boban zwei war. Wir haben dort am Tag 12 Stunde im

Casino gearbeitet. Am Abend gab es Bankette, arbeiteten wir grad nochmals 5 oder 6 Stunden. Haben wir nichts ausgegeben. Waren wir zu müde. Haben wir nur oben im Casino in einem Zimmer geschlafe und dann wieder gearbeitet.«

»Was hat Boban gearbeitet?«, fragte Baumer vorsichtshalber den ruhigen Onkel – Rajo hieß er – aber seine Mutter antwortete geschwind, mit großem Stolz in ihrer Stimme. »Er hat eine eigene Firma gemacht für sich. Beba-Consulting. Be für Belgrad. Ba für Basel.«

»Boban hat die Handelsschule gemacht und auf dem zweiten Bildungsweg Betriebswirtschaft studiert«, erzählte Rajo, der erstaunlich gut deutsch sprach und praktisch keine grammatikalischen Fehler machte. Er war wohl schon länger in der Schweiz, vielleicht war er auch nur sprachbegabter als sein Bruder.

Als die Mutter die Getränke verteilt hatte, verschwand sie wieder in der Küche. Baumer war froh, dass sie so beschäftigt war, und es offenbar noch gar nicht richtig in ihre Seele gesunken war, dass ihr Kind tot war. Es war jemand in der Familie ermordet worden. Ja. Aber Boban tot? Ihr Boban? Nein, das sicher nicht. Bestimmt würde er bald nach Hause kommen.

Der besonnene Onkel von Boban fügte so leise hinzu, dass es die Mutter nicht hörte: »Boban hatte große Ziele. Er wollte Geld machen mit der Logistik. Ein Leben lang schuften, wie wir es mussten, das wollte er nicht. Ich verstehe gut«, sagte er milde, aber der andere Onkel fuhr dazwischen.

»Immer nur schaffe, schaffe. Und jetzt? Tot von eine faule Schweizer!«

Dann ging es los. Der eine Bruder fuhr den anderen an. Für Baumers Ohren tönte es wie »Tschutti«. Auch die anderen Personen riefen den Onkel auf Serbisch an. »Tschutti« kam es auch von ihnen. Das konnte nur so etwas heißen wie »Sei ruhig, hör auf!«, oder »Benimm dich!« Baumer freute sich, denn er hatte ein neues serbisches Wort gelernt.

Als sich der Stimmenwirrwarr, der auf die vielen Tschuttis folgte, nicht legen wollte, öffnete Rajo Stankovic eine Schublade an der Bücherwand und kramte darin. »Hier. Herr Baumer. Hier ist Bobans alter Ausweis.«

Andreas Baumer, Kriminalkommissar in Basel, nahm den blauen Pass, der goldene Lettern in kyrillischer Sprache und einen Adler auf dem Titel trug, und blätterte langsam darin. Er war auf mehreren Seiten mehrmals gestempelt. Ein paar Mal Zürich. Öfter noch Lissabon.

»Und hier ist Bobans neuer Pass«, sagte Rajo. »Er war doch so ungemein stolz darauf, Schweizer geworden zu sein.«

Baumer ergriff auch diesen nagelneuen biometrischen Pass, blätterte darin. Dieses Dokument war blutrot mit großem weißen Schweizerkreuz. Baumer schlug die erste Seite auf. Sah das Passfoto von Boban Stankovic. Er saß frontal zur Kamera, lächelte nicht, durfte nicht lächeln. Boban Stankovic, 28 Jahre, Serbe mit Schweizer Pass. In Schwarz-Weiß sah er wie ein Verbrecher aus.

Die Tochter kam herein, auf den Armen ein Tablett mit mehreren Kaffees, die Mutter im Schlepptau. Die griff bereits nach der ersten Tasse und reichte sie Baumer. »So, bitte sehr, Herr Baumer, der Kaffee. Möchten Sie Milch und Zucker? Oder, wissen Sie was? Soll ich mache eine echte Kaffee für Sie? Aufgekocht. Nur schwarz. Ganz schwarz.«

*

Als Andreas Baumer wieder vor der Tür des Wohnblocks stand, wo Boban Stankovic, seine Mutter und vier weitere Verwandte lebten, klingelte sein Handy. Das Display zeigte die Nummer von Windler, seinem Chef. Baumer schluckte schwer. Dann atmete er tief ein, nahm das Gespräch an. Mit fester Stimme, die ihm einen Klacks zu laut geriet, sagte er: »Ja? Baumer hier.«

»Herr Baumer, kommen Sie in den Spiegelhof. Treffen in meinem Büro in 15 Minuten.«

»Ich bin unterwegs ...«

»In genau 15 Minuten sind Sie bei mir«, kreischte es in Baumers Ohr.

Die Leitung knackte. Windler hatte aufgelegt. Also machte sich Baumer auf den Weg, in Gedanken versunken. Er überlegte kurz, was Windler wollte, dann sagte er sich, dass das scheißegal sei. Windler hatte seine Agenda. Dort standen bestimmte Sachen drin. Baumer hatte auch eine Agenda. Aber vor allem hatte er eine Strategie. Und zu der gehörte, dass ihm Windler scheißegal war. »Ja, Herr Windler. Nein, Herr Windler.« Das konnte Windler haben. Aber nicht, wenn Windler das wollte. Nicht, wenn der es wünschte, und nicht, wenn er es befahl. Nur wenn es Baumer selbst etwas nützte, würde er seinem Chef gehorchen. Baumer hatte sich schon lange geschworen, keine Befehle mehr von Windler entgegenzunehmen. Aber wenn es um einen Fall ging, dann würde er den Nigger Jim spielen, wenn es denn sein müsste. »Yes, Massa. Sofort, Massa. Aber das mache ich doch gern, Massa.« Aber am Schluss würde der müde, alte Jim sich erheben.

15 Minuten später war Baumer in Windlers Büro. Der stand vor seinem Schreibtisch, neben ihm Kohler, der Staatsanwalt aus dem Baselbiet, den Baumer bei seiner eigenen Vernehmung kennengelernt hatte. Windler und der Staatsanwalt scherzten und lachten. Windler war in Höchstform. Er tippte immerfort mit seinem ausgestreckten, aber leicht gekrümmten Zeigefinger in Richtung Kohlers Revers, ohne es jedoch zu berühren. Es sah aus, als würde Windler seinen Finger ausschütteln. Windler kicherte. Kohler kicherte mit.

Im Büro stand auch Baumers Freund Stefan Heinzmann. Er schwieg. Baumer nickte ihm zu, doch er stand da wie ein gezähmter, aber stolzer Indianer vor einem Drugstore in New Mexiko. Gerade und unbeweglich. Unergründlich.

Windler erzählte seine Geschichte zu Ende. Irgendetwas über eine Baselbieter Kirschtorte. Baumer verstand den Witz darin nicht. Wahrscheinlich verstand Kohler ihn auch nicht, aber er lachte artig und nicht einmal übertrieben. Baumer dachte, dass Kohler ein undurchdringliches und daher perfektes Lachen gelungen und dass er daher wohl ein guter Schauspieler sei. »Der bringt's noch mal ganz weit nach oben«, war sich Baumer sicher.

Windler genoss das kumpelhafte Lachen von Kohler. Dann drehte er sich grinsend zu Baumer. »So, Herr Baumer, was gibt es Neues?«

Baumer schwieg.

»Sie waren doch bei Stankovic, oder?« Windler wandelte sich bei diesem Satz von einem netten, lockeren Vorgesetzten in ein wildes, angriffslustiges Tier. Ein Tiger, den man mit Schlägen an die Gitterstäbe seines Käfigs wütend gemacht hatte.

Baumer selbst stand da wie ein Bulle, den das gleißende Sonnenlicht in der Stierkampfarena geblendet hat. »Welches Schwein ist mir gefolgt?«, marterte er seinen Kopf.

»Und Sie, Herr Wachtmeister!« Windler betonte das Herr und rollte die zwei R darin. Das Wort tönte dabei wie Härr und hätte diesem besonders begabten Schauspieler gut angestanden, der damals, dort in Berlin, im gleichen Stile gekrächzt hatte. »Eine Frechheit. Belästigt das arme Mädchen. Verdammt. Huere Mist!«, tobte Windler und sprang vorwärts.

Der Staatsanwalt aus Liestal zuckte zusammen, aber Windler hatte sich sofort im Griff, weil er seinen Fehler noch rechtzeitig erkannte. So redet man zu seinem Wachtmeister, aber nicht vor Staatsanwälten aus Liestal.

»Entschuldigung!«, sagte er prompt zu Kohler. »Das ist mir herausgerutscht.« Dann kochte Windler erneut über und war nicht mehr zu bremsen. Er sprach von unentschuldbarem Verhalten. Unruhestiftern. Saboteuren. Damit waren Baumer und Heinzmann gemeint. Dass beide ruhig und besonnen blieben, trieb Windler vollends zur Weißglut. »Gauner seid ihr! Kriminelle!«, geiferte er die beiden an. Den fremden Staatsanwalt vergaß Windler komplett. Der war nunmehr so wichtig wie ein Einrichtungsgegenstand im Büro, eine Lampe etwa oder ein Stuhl.

Kohler stand dabei und war erschlagen. Die Galle des Chefs der Basler Kriminalpolizei spritzte herum, und er konnte sehen, dass Windler einen echten Dachschaden hatte. Aber was tun? Ein Wort zur Mäßigung einbringen? Dazwischengehen? Das ging nicht. Windler war mächtig in dieser Stadt. Nur ein Rädchen selbstverständlich, aber ein wichtiges. Er war ein Bestandteil der Basler Machtmaschine. Wie ein Zahnrad in einer Tinguelymaschine. Würde man es herausnehmen, wäre die ganze Maschine kaputt. Sollte er ihn bitten, seinen Ton zu mäßigen? Nein, danke! Windler machte Karrieren und zerstörte sie. Und Kohler beabsichtigte Karriere zu machen. Das war sein Ziel, daraus leitete er seine Strategie ab. Deshalb konnte Windler tun, was er tat. Der Baselbieter Beamte war sich im Klaren darüber, dass er sich genauso gut vor eine vorwärts rollende Dampfwalze hätte legen können, wenn er versucht hätte, sich gegen Windler zu stellen. Adieu Erster Staatsanwalt hätte das bedeutet. Adieu Justizdirektor. Geflundert von Windler wäre seine Karriere beendet gewesen, bevor sie noch richtig begonnen hatte. Ohne Windlers Segen würde er in dieser kleinen großen Stadt höchstens noch Deutsch-Nachhilfestunden geben können oder Feldenkraismethodenlehrer werden, vielleicht (grad) noch ein befristetes Kleinpensum als Gewerbeschullehrer ergattern können. Also schwieg Kohler, denn er hatte keine Lust, seine Zukunft als Penner unter einer der vielen Brücken in Basel zu verbringen.

Auch Baumer und Heinzmann schwiegen. Allerdings aus anderen Gründen. Windler war nicht wichtig für sie. Eine unerwartete Steigung auf ihrem Weg zur Auflösung des Falls. Zwar steil, aber letztlich zu überwinden.

Endlich ging Windlers Sermon seinem Ende zu. »Ich habe Ihnen gesagt, dass der Fall abgeschlossen ist«, erinnerte der Chef der Kriminalpolizei an seine Weisung. »Alles ist in bester Ordnung. Auch der Herr Staatsanwalt« – Windler gelang ein Lächeln und eine nette Handbewegung zu Kohler – »ist dieser Meinung.« Er blickte Kohler freundlich an. »Sie sind doch auch der festen Überzeugung, dass niemand zu Schaden gekommen ist?«

Damit musste Kohler Farbe bekennen. Ihm schoss sofort prickelnde Hitze in den Kopf. Rote Flecken bildeten sich auf seinen Backen. Er schluckte. Dann räusperte er sich, um Zeit zu gewinnen. »Nun ja. Gut. Hhm«, sagte er. »Wie also schon Herr Windler sagt, also, es ist niemand zu Schaden gekommen.« Er beeilte sich, sofort in schnellem Tempo nachzuschieben, »also, natürlich, was ich meine, ist, dass eine ganz schlimme Sache passiert ist. Zwei Tote also, aber die Sache ist geklärt. Der Serbe ist von einem Drogensüchtigen im Affekt, ich betone Affekt, erschlagen worden. Dieser wiederum wurde dann in Notwehr erschossen.«

Windler bellte die beiden Polizisten an. »Und darum will ich nicht, dass Sie, Heinzmann, Ihre Nase und Sie Baumer, Ihre schäbig langen Füße in Dinge hineinstecken, die Sie nichts angehen.« Er war dicht an Baumer herangetreten, schaute mit verächtlich verzogenem Mund auf dessen übergroße Füße hinunter, dieses sichtbare Zeichen eines Ungenügens im Wettbewerb der Schönheiten. Windler sagte zu den Füßen: »Der Fall ist abgeschlossen. Lassen Sie Gomez in Ruhe. Ich verbiete Ihnen, weiter zu ermitteln.« Damit drehte er sich zum Staatsanwalt, dessen Achselhöhlen bereits nass geschwitzt waren und der fürchtete, dass man seinen Angstschweiß riechen konnte. »Sagen Sie diesen zwei Schmierlappen, dass es von übergeordnetem Interesse ist, in Basel keine ausländischen Geschäftsleute zu belästigen. Na, los, sagen Sie es ihnen!«

Kohler bekam Panik. Er fürchtete, dass man ihm seine Angst ansehen konnte. Schweißperlen bildeten sich nun auch auf seiner Stirn, dicht am Haaransatz. Er getraute sich aber nicht, sie wegzuwischen. Das wäre zu verräterisch gewesen.

Windler hatte seine eigenen Leute als Schmierlappen bezeichnet. Fettig verdreckte, alte Putzlappen. Ein übles Schimpfwort. Das war schlimm. Viel schlimmer als diese Geifereien von Windler war für den Staatsanwalt aber, dass ihm der Chef der Basler Kriminalpolizei einen direkten Befehl gegeben hatte. Zumindest hatte Kohler es so verstanden. Und damit hatte er ein echtes Problem. Formal hatte Windler ihm grundsätzlich nichts zu befehlen. Traugott Buser war sein Chef. Doch für den Staatsanwalt aus dem Baselbiet war Traugott Buser nur ein typischer Baselbieter Bauer. Eine Nuss. Ein Provinzler. Einer, der in Rümlingen oder Zeglingen angesehen war – auch wenn selbst das nicht einmal sicher war. Ihm, Kohler, konnte er längerfristig keine Karriere ermöglichen. Vielleicht konnte er ihm einmal ein größeres Büro besorgen. Wirklich weiterbringen konnte ihn hingegen nur Windler. Der hatte Beziehungen nach weit oben. Doch was tun? Man musste vorsichtig bleiben. Buser hatte genug Macht, ihm die Suppe gehörig zu versalzen, und er würde es nicht goutieren, wenn sein eigenes Pferdchen plötzlich auf Kommandos der Basler Kriminalpolizei hörte. Aber Windler nicht nach dem Munde reden, wäre auch problematisch. Kohler machte den Mund auf, wollte etwas sagen. Wusste nicht, was.

»Lissabon«, warf Baumer ein und riss Kohler damit aus seinem Dilemma.

Die anderen drei schwiegen, starrten den Kommissar an.

Windler schnalzte. »Was soll denn das jetzt?«

Baumer sagte zu seinen Füßen: »Boban Stankovic ist mehrmals nach Lissabon gefahren. Ich habe das Visum für Portugal und die Stempel in seinem Pass gesehen.«

Heinzmann konnte sich ein schadenfrohes Lächeln nicht verkneifen. Weder Windler noch Kohler sahen es, denn sie sahen Baumer an. Windler blickte giftig, Kohler hingegen erstaunt. Der Staatsanwalt machte große Augen. Windler hingegen kniff seine Augenlider zusammen und verkrampfte die Lippen.

»Was bedeutet das?«, fragte Kohler.

»Was soll das schon bedeuten?«, giftete Windler. »Ferien in Portugal!«

Doch so einfach ließ sich der Staatsanwalt aus dem Basel-Land nicht beruhigen. Er schmeckte, dass hier etwas Wichtiges geschah, und war entsprechend auf der Hut. Er sah den in sich gekehrten Baumer fragend an, aber es war Heinzmann, der antwortete.

»Das beweist, dass eine direkte Verbindung zwischen Stankovic, dem Samurai, und Gomez, dem Revolverhelden, möglich ist«, erklärte Heinzmann in Richtung von Kohler. Adressiert war es natürlich auch an Windler.

Windler schwieg, aber Kohler sagte: »Ah, ja. Und weiter?«

Dann berichtete Heinzmann, was ihm das Mädchen erzählt hatte. Dass Stankovic und Gomez zusammengesessen hatten, als Toni ins Bistro kam. »Gomez ist Portugiese. Geschäftsmann. Stankovic war in Portugal. Mehrmals. Es ist möglich, dass die zwei sich schon vorher gekannt und sich im Bistro nicht nur rein zufällig getroffen haben.«

»Und wenn schon«, schob Windler ein. »Dann haben sie sich also gekannt. Trotzdem war es Notwehr.« Er ruckte seinen Kopf, damit eine heruntergefallene Strähne seiner silbernen Haarpracht aus seiner Stirn flog.

»Warum hat Gomez uns dann verschwiegen, dass er Stankovic kannte?« Das war Baumer.

Kohler wurde elend.

Windler sah wohl, dass es dem Staatsanwalt nicht mehr gelang, seinen Mund zu schließen. Er musste handeln und pfurrte Baumer an. »Warum sollte Gomez Ihnen irgendetwas sagen? Ist doch egal, ob er Stankovic kannte. Vielleicht hatte er Angst, dass wir ihm die Notwehr nicht abnehmen, wenn wir wüssten, dass er Stankovic gekannt hat.«

»Das hätten wir auch nicht getan«, warf Heinzmann in einer Schärfe ein, dass selbst Windler sich nicht getraute zu widersprechen.

Baumer ließ dem Staatsanwalt keine Zeit zum Nachdenken, sondern schob nach. »Warum hat Gomez die Waffe weggeworfen? So, dass man sie unmöglich finden kann, wenn seine Geschichte mit der Pistole überhaupt stimmt«, erklärte Baumer.

»Natürlich stimmt sie«, bellte Windler. »Wir können alles ganz einfach erklären. Zufall. Pech. Alles ist möglich.«

Kohler hörte Baumer, Windler und Heinzmann angespannt zu. Es wurde ihm mulmig. Irgendetwas stimmte an dieser Geschichte nicht. Es gab zu viele Vielleichts. Wenn es nur ein oder zwei gewesen wären. Ja, gut. So ist es halt. Schwamm drüber. Was? Ein kleines Vielleicht hat sich noch eingeschlichen? Macht doch nichts! Ein bisschen TippEx darüber und das ist Zewa wisch und weg. Aber diese Geschichte stank. Nicht weil es Ungereimtheiten gab. Das gab es immer. Keine Geschichte ist perfekt. Aber diese Geschichte war gefährlich. Sie stank, weil Windler die Sache offenbar nicht mehr im Griff hatte. Diese saudummen Untergebenen. Baumer und sein großer Indianerfreund Heinzmann. Die hatten jetzt auch ihm selbst ein Problem angehängt. Sie hatten den großen Teppich umgedreht und den Staub darunter gefunden. Nun stand er exponiert im Gelände. Windler hatte ihn wie einen Bauern beim Schach ins freie Feld geführt. Zwei große forsche Schritte vorwärts. Jetzt stand er da. Allein, ohne Deckung und von allen Seiten bedrängt. In Gefahr, geschlagen zur Seite gespickt zu werden.

Kohler dachte an seine Karriere und an sonst nichts. Ein erschlagener Serbe. Opfer oder Täter. Das war ihm so egal, wie es ihm gleichgültig war, ob die Münze des Schiedsrichters beim Anspiel des 4. Liga Matches zwischen dem FC Birsfelden B und dem ASC Sparta-Helvetik auf Kopf oder auf Zahl fiel.

Was also tun? Weiter im Team von Windler spielen? Vielleicht könnte Windler dieses Match wider Erwarten doch verlieren. Kohler dachte, »wenn ich doch nur von Traugott Buser ausgewechselt werden könnte.« Er wünschte sich, ein Fußballspieler zu sein. Dann hätte er jetzt eine Verletzung vortäuschen können. Traugott Buser – ach wie liebte er diesen seinen Chef – würde es schon erkennen, wenn er sich an den Oberschenkel fassen und zu hinken beginnen würde. Sein Trainer würde beim nächsten Unterbruch den Schiri rufen und diesem mit um sich selbst kreisenden Unterarmen signalisieren, dass er wechseln möchte. Keine Gefahr mehr, als Versager dazustehen. Eine Zerrung muss man lange auskurieren.

»Herr Kohler?«, holte Windler den Staatsanwalt mit eiskaltem Ton in die Realität zurück. Die Anrede war Anwurf zugleich und ließ keinen Zweifel aufkommen. Windler forderte ihn endgültig auf, Stellung zu nehmen. War er für ihn oder war er gegen ihn? Der Staatsanwalt aus Liestal fühlte sich, als hätte der Sensenmann auf seine Schulter geklopft.

Kohlers Rettung kam wieder von Baumer. Dieser zählte nochmals in aller Ruhe auf: »Wieso trägt Gomez eine Waffe zur Arbeit? Warum erschießt er damit Toni Herzog? Warum richtet er ihn regelrecht hin? Warum sitzt Stankovic mit Gomez am selben Tisch? Warum verschweigt Gomez, dass er Stankovic kannte? Warum schmeißt er den Revolver weg?« Baumer tat das fast mechanisch. Es war nicht klar, ob er dies wirklich zu Kohler sagen wollte oder ob er einfach laut dachte.

Windler stand kurz vor dem Explodieren. Der Druck entlud sich aber erstaunlicherweise nicht in unflätigem Gebrüll. Auf seinem Gesicht konnte man jedoch seinen Ärger ablesen. Die Hautfarbe waberte zwischen Rot und Weiß.

Kohler entging es nicht. Sein Sensorium war geschärft und er erkannte dieses Signal einer ersten Schwäche in Windlers Konfiguration. Der Wind hatte gedreht. Das Ruder war umgelegt. Nun hieß es für ihn zurückzurudern.

»Ja. Das sind ...«, Kohler räusperte sich mehrmals, um Zeit zu schinden und seine Worte so zu wählen, dass er Windler nicht unnötig auf die Füße trat, »das sind also viele offene Fragen. Ähemm.« Er machte eine Pause, während der er vor sich auf den Boden starrte. Hätte man ihn später gefragt, ob der Boden aus Stein oder Linoleum war, er hätte es nicht gewusst. Die Hände hatte er mittlerweile vor seiner Brust verschränkt. Er schluckte. Dann führte er eine Hand langsam zum Mund, deckte ihn mit der Handfläche fast komplett zu. »Hm. Herr Baumer weist da auf einige Punkte hin. Hm. Wahrscheinlich nur unbedeutende Details.«

Pause.

»Auch Herr Heinzmann erwähnte einige Einzelheiten, wie gesagt, nur Details.«

Pause.

»Es ist also so, dass ich als Staatsanwalt, der Herrn Traugott Buser berichten muss, also die Korrektheit des Verfahrens, berichten muss.«

Pause.

»Ich bin sicher also, dass Sie, werter Herr Windler ...« Kohler zog präventiv seine Schultern zusammen und schaute auf den Boden, »... einverstanden sind, dass ich aufgrund meiner beratenden Funktion und als Untergebener von Herrn Traugott Buser, gezwungen bin. Also, dass ich zur Absicherung aller Beteiligten im Verfahren – ich betone aller – natürlich entsprechend, im Prozess des Verfahrens also, darauf achten möchte, dass das Verfahren mit der allergrößten Sorgfalt abläuft.« Damit schloss Kohler.

Windler schaute Kohler mit stechenden Augen an. Hätte er ein Messer in der Hand gehabt, hätte er es ihm in die Brust gerammt.

Kohler spürte das, und es war ihm bitter zumute. Zugleich kam in ihm auch Wut hoch. Er ärgerte sich, dass Windler es geschafft hatte, ein so einfaches Verfahren (Amoklauf, Täter in Notwehr erschossen) zu vermurksen. Windlers eigene Leute murrten. Der Führer wurde in Frage gestellt. Und ein Führer, dessen Führungsanspruch so eindeutig von den eigenen Leuten angezweifelt wurde, war nur mehr ein waidwundes Tier. Es würde nicht mehr rational vorgehen und war unberechenbar. Bald könnte es ganz erlegt sein. Kohler gefiel das gar nicht. Hier war nichts mehr zu holen, deshalb hatte er Nebelgranaten gezündet.

Windler war nicht dumm. Er hatte nach dem ersten Ärger über Kohlers Haltung schnell begriffen, dass der Staatsanwalt nur den Ball tief halten wollte. Kohler hatte kein offizielles Mandat und wollte nicht in die Angelegenheit hineingezogen werden. Das war letztlich auch in seinem eigenen Interesse. Also versuchte er zu schmunzeln und sagte: »Nun gut. Ich verstehe Sie, werter Herr Staatsanwalt. Ein Verfahren muss selbstverständlich sauber und korrekt durchgeführt werden. Dabei dürfen keine Fehler passieren. Deshalb hat Sie ja mein werter Herr Kollege Buser, den ich übrigens erst kürzlich einmal in unser kleines monatliches Kollegium vom Donnerstagabend einladen durfte, uns freundlicherweise zur Seite gestellt. Momentane kleine Unstimmigkeiten in der Analyse einiger unwichtiger Details sollten wir nicht überbewerten. Ich bin sicher, dass sich alles ganz natürlich ergeben und der Abschluss dieses Verfahrens zügig und zu unser aller Zufriedenheit ausfallen wird.«

Kohler schaute auf, entspannte sich merklich und blickte kurz - lang genug? - in die Augen von Windler. Dann schlug er den nicht-aggressiv geschlagenen Ping-Pong-Ball von Windler ebenso defensiv zurück. »Das sehe ich auch so«, sagte er. »Diese von Ihren Untergebenen vorgebrachten leichten Zweifel müsste ich natürlich in meinem Bericht erwähnen.« Er beeilte sich, den nächsten Satz nachzuschieben. »Aber natürlich nur, falls diese nicht ausgeräumt werden können. Aber ich bin doch überzeugt, dass das sicherlich bald geschehen wird und dieser Fall rasch zu unser aller Zufriedenheit gelöst werden kann.«

Das war's. Der Mist war geführt. Kohler hatte seinen Kopf aus der Schlinge gezogen. Windler hatte den Wink verstanden, mehr Druck auf seine eigenen Leute zu machen. Er lächelte Kohler erfreut an. Dann führte er das Gespräch noch ein bisschen weiter. Einfach, um Kohler zu signalisieren, dass zwischen ihnen alles im Lot sei. Mit Baumer und Heinzmann würde Windler dann schon noch abrechnen. Das war so sicher, wie die Sonne immer da ist, auch wenn es Nacht ist. Windler verriet es jedoch mit keiner Miene.

Schließlich lud der Chef der Kriminalpolizei Basel den Staatsanwalt aus Liestal zu einem Kaffee ein und er schaffte es tatsächlich, seine Worte als spontane Eingebung zu tarnen. »Wissen Sie was, ich habe Lust auf einen Kaffee. Kommen Sie doch einfach mit! Gehen wir rasch in die Kunsthalle? Ja. Sehr gut. Also los. Vielleicht treffen wir da grad noch ein paar Kollegen von mir, die Sie noch nicht kennen.«

Ganz nebenbei, in einem Nebensatz, entließ Windler seine zwei Untergebenen, Baumer und Heinzmann. Gab es eine Ermahnung, einen Befehl, an diese, was zu tun sei? Nein, nichts. Sie wurden einfach entlassen, mit einer leichten Handbewegung weggewischt, als wären sie Fliegen.

*

Baumer und Heinzmann waren nach unten gegangen und standen beim Kaffeeautomaten im Parterre. Heinzmann warf Münzen hinein. Drückte auf die Taste, die mit »Latte macchiato mit extra Zucker« beschrieben war. Der Automat rumpelte an. Ein weißer Plastikbecher wurde hinuntergeworfen und vor die Düse gehalten. Irgendeine Turbine im Automat beschleunigte und begann, immer lauter zu pfeifen. Dann stoppte das Pfeifen und ein pulsierendes Pumpen kündigte die Zubereitung von Kaffee an. Zuerst pumpte der Automat schaumige Milch in den weißen Becher. Baumer sah dem Strom der Flüssigkeit zu, wie sie den Becher langsam füllte. Schließlich stoppte die Maschine. Dann begann sie erneut zu rattern und schwarzer Espresso floss in den Schaum hinein. Hinter dem weißen Plastik konnte man die dunkle Farbe des Kaffees nur sehr vage erkennen.

Baumer fragte Heinzmann. »Willst du nicht mit mir ins ilcaffè kommen? Einen richtigen Kaffee trinken?«

»Keine Zeit. Muss bald in die zweite Schicht.«

»Zweite Schicht? Willst du nicht einmal Pause machen?«

»Pause. Ja, die mache ich, wenn ich tot bin.«

»Übernimm dich nur nicht, Stefan?«

»Ich? Übernehmen? Na, das sagst gerade du«, höhnte Heinzmann und führte seine Faust in die Furche zwischen Brust und Schulter von seinem Freund Andi. »Wer soll denn sonst dem Gefreiten Meier beibringen, was wichtig ist im Leben eines Polizisten?«

»Kaffee aus dem Automaten ist es jedenfalls nicht.«

»Doch. Der hält wach!«

»Ja, weil er scheußlich ist!«

»Genau. Was meinst du denn, warum ich ihn trinke? Weil er mir schmeckt?«

Beide lachten herzlich. Dann funkte Heinzmann den Gefreiten Meier an. Baumer wartete noch, bis Meier im Spiegelhof aufkreuzte und zusammen mit Heinzmann über den Innenhof abzog, wo das Polizeiauto geparkt war. Baumer seinerseits verließ den Spiegelhof zu Fuß durch den Haupteingang.

Andreas Baumer und Stefan Heinzmann hatten nichts Weiteres mehr besprochen. Ihre Strategie war schon lange klar. Sie würde durchgezogen, ob Windler eine Kuh oder Kohler oder beide melken würde. Oder auch nicht. Alvaro hatte Toni erschossen, der Boban mit dem Samuraischwert erschlagen hatte. Zwei Morde. Die galt es aufzuklären. Ob sie den Auftrag von Windler & Co hatten oder nicht, ob Windler und seine Kumpane etwas dagegen hatten oder nicht. Der Kommissar und der Wachtmeister würden ihre Pflicht erfüllen, denn Baumer und Heinzmann spielten nicht nach den Regeln der Gesellschaft, bei der Windler den Ton angab. Dieser einen speziellen Basler Gruppe von Männern und deren enger Welt in der Innenstadt. Diesem Bermudadreieck, begrenzt durch die Restaurants Kunsthalle, Sperber und Safranzunft. Weiter reichte deren Welt nicht. Im Hotel Drei Könige, das nur Hundert Meter weiter am Rheinufer lag, mussten diese Figuren dann selbst anstehen, wenn die wirklich Mächtigen ein Dinner in diesem Sechs-Sterne-Hotel hielten. Vielleicht war deshalb die Welt von Windler so gefährlich für Baumer. Diese Leute hatten vieles und wollten doch immer mehr. Auch sie wollten dabei sein, Anerkennung von noch Mächtigeren bekommen und sie taten alles, um das zu erreichen. Wer ihnen unvorsichtigerweise in den Weg stand, war ein leckes Schiff im Bermudadreieck bei aufkommendem Sturm.

Windler und seinen Kumpanen bot dieses Gebiet in der Innerstadt jedoch Schutz. Diese knapp einen Quadratkilometer große Zone verließen sie nur einige wenige Male im Jahr. Während der weltbekannten Basler Fasnacht gingen sie durchaus einmal ins Kleinbasel, zu den einfachen Leuten. Aber da ist man kostümiert und trägt eine Maske vor dem Gesicht. Diese Larve zieht man im minderen Basel nicht ab, man könnte sonst mit dem Pöbel in Kontakt kommen. Ansonsten geht man nur für die Messen über den Rhein ins mindere Basel. Dann, wenn Art ist, die größte Kunstmesse der Welt. Oder wenn die großen Uhrenmarken ihre Prunkpavillons in der Basler Messe aufstellen und Uhren- und Schmuckmesse feiern. An diesen wenigen Tagen im Jahr, wenn die Reichen und Schönen in Basel sind und die allerletzten Hotels ausgebucht sind, sodass man die Rheinschiffe in Basel anlandet und zu schwimmenden Hotels umfunktioniert. Nur dann ging man freiwillig über den Rhein. Dann, wenn man im Rhein erhöhte Mengen an Kokain nachweisen kann. Das Kokain der Models und der Manager, die es im Urin ausscheiden und es auf eine vergnügliche Reise nach Holland schicken. Nur dann sieht man die Bermudadreieckler im kleinen Basel das Cüpliglas heben und den Mann von Welt spielen und auf Zürich hinunterschauen.

Baumer und Heinzmann hingegen war diese Welt eine Gefahr. Sie trieben in kleinen Nussschalen in diesem Teufelsdreieck. Sie hatten einen schweren Windlersturm überstanden, weil sie sich aneinandergeklammert hatten. Zu zweit ging es besser. Und immerhin waren sie bereits auf dem Radar von Kohler, vielleicht sogar von Traugott Buser aufgetaucht. Ihr Untergehen würde nicht ganz unbemerkt bleiben.

Aber wer dachte schon ans Untergehen? Heinzmann nicht. Und Baumer auch nicht. Ihr gemeinsames Ziel war die Auflösung der zwei Morde, denn zwei Morde waren es. Der erste war bereits erklärbar. Toni war wegen seines Mädchens durchgedreht. Das lag auf der Hand. Es war eine Tat im Affekt. Der zweite Mord war hingegen kein Affekt. Fünf Schüsse! Gomez hatte dem jungen Toni in den Kopf geschossen, und Tonis Kopf war explodiert wie ein Wasserballon. Diese Tat war kaltblütig durchgeführt worden. Baumer und Heinzmann würden sie aufklären. Sie hatten die Fährte aufgenommen und würden sie unerbittlich verfolgen. Immerhin hatten sie bereits wichtige Anhaltspunkte. Stankovic und Gomez hatten am selben Tisch gesessen, das war ein Fakt. Toni kannte möglicherweise Stankovic. Das war hingegen nur eine Vermutung, aber eine sehr plausible.

Diese Spur war nicht heiß. Aber sie war auch nicht kalt. Vielleicht würde sie einige Grade heißer, wenn Baumer sie unter die Lupe nehmen würde. Vielleicht würde das Brennglas die Spuren aufheizen. Deshalb rief er, als er vom Spiegelhof auf die Straße getreten war, als Erstes im Hotel Schweizerhof an. Dort logierte Gomez, und Baumer wollte ihm auf den Zahn fühlen und nachfragen, warum er nicht angegeben hatte, dass er Stankovic kannte. Gomez würde sich früher oder später in Widersprüche verwickeln.

»Herr Gomez ist heute abgereist.« Das erfuhr Baumer, als er die Rezeption des Hotels Schweizerhof erreichte. Gomez hatte sich mit dem Taxi zum Flughafen bringen lassen. Nach einem weiteren Telefonat mit einem Kollegen am Flughafen stand fest. Gomez war bereits abgeflogen, zurück nach Portugal. Das durfte er tun. Niemand konnte ihn ohne begründeten Verdacht – Verdacht für was? – festhalten. Diese Spur war tot.

Baumer war nicht sonderlich erstaunt. Irgendwie hatte er so etwas erwartet. Gab es irgendetwas anderes zu tun, irgendeinem anderen Verdacht nachzugehen. Ja, das gab es.

Baumer blickte hoch zu der barocken Uhr, die am Wohnhaus an der Schifflände die Zeit anzeigte. Bereits 17 Uhr 50. Wenn er sich beeilte, würde er den »Professor« noch erreichen. Der Professor war Dr. Regazzoni, ein Gerichtsmediziner in Basel. Auf seinem Schragen hatten die Leichen des Bistrofalls gelegen. Sie hatten ihm nicht widersprochen, als er sie untersuchte.

*

Baumer traf nach achtzehn Uhr im Gerichtsmedizinischen Institut Basel ein. Nur mit Mühe konnte er die Sekretärin von Dr. Regazzoni, die erstaunlicherweise noch das Vorzimmer hütete, davon überzeugen, ihn durchzulassen.

»Der Herr Doktor wünscht keine Störung«, hatte die Sekretärin gesagt, die elegant gekleidet war und prächtigen Schmuck trug.

»Es ist wichtig.«

»Das sagen alle. Aber der Herr Doktor wünscht keine Störung«, wiederholte die Frau, die ihren Angebeteten während der Arbeit im Institut selbst nach dreiundzwanzig Jahren Beziehung immer noch mit Herr Doktor ansprach.

»Melden Sie mich an.«

»Nein«, sagte die heimliche Geliebte von Regazzoni, die er am Morgen jeweils drei Häuserblocks vor dem Institut aus dem Wagen schmiss, um den Schein nach außen hin zu wahren. Sie musste dann ein paar Minuten nach ihm zu Fuß ins Institut kommen. Am Abend dann das Gleiche in umgekehrter Reihenfolge. Sie ging zu Fuß davon. Er folgte ihr nach ein paar Minuten mit dem Wagen, las sie drei Häuserblocks weiter auf. Dies ging seit Jahren so, und beide waren überzeugt, dass niemand ihre heimliche Beziehung entdeckt hatte. Natürlich wussten alle davon.

Baumer ließ die Sekretärin, die für ihr Gehalt einen deutlich zu teuren Brillantring trug, schimpfend zurück und trat ins Büro des Doktors. Der las in einem wissenschaftlichen Artikel.

»Ich sagte doch, dass ich nicht gestört … Ah, Sie sind es, Herr Baumer.«

»Ich muss Sie sprechen.«

»Alle wollen mich immer sprechen. Und immer dann, wenn ich endlich mal eine halbe Stunde Zeit hätte, die neueste Literatur zu lesen.«

Baumer sagte nichts, während der Doktor tatsächlich seine Fotokopien – einige Stellen waren mit gelbem Leuchtstift markiert – aus der Hand legte und seine hochgelegten Füße vom Tisch nahm.

Doktor Regazzoni trug einen Anzug mit Krawatte. Baumer konnte sich nicht erinnern, ihn je in anderer Kleidung getroffen zu haben. Das Hemd gefiel Baumer. Fein gearbeitete weiße Baumwolle. Kein Designerstück, aber immerhin ein Markenhemd. Die Krawatte hingegen zu langweilig. Eintöniges Dunkelblau ohne Textur und Musterung. Immerhin passte sie zum schieferfarbenen Anzug. Der Gerichtsmediziner verräumte eine Zeitung, die er auf den Tisch gelegt hatte, damit seine Bally-Halbschuhe das teure Tischblatt nicht zerkratzten. Baumer sah ihm nach, dass er ab und an seine Füße hochlagern wollte, schließlich stand er oft stundenlang über kalte Leichen gebeugt. Noch ein paar Jahre, dann würde er zusammen mit ein paar Globus-Verkäuferinnen im Wartesaal eines Venendoktors sitzen und sich anstellen, um einen freien Termin für die notwendig gewordene Operation seiner Krampfadern zu bekommen.

Der Doktor setzte sich aufrecht in den Sessel. Die Arme hatte er auf dem Tisch, die Hände gefaltet. »Also?«, fragte der Doktor, den alle Professor nannten, auch wenn er diesen Titel gar nicht tragen durfte. Irgendwann war es ihm aber zu mühsam geworden, immer darauf hinzuweisen, dass er kein Professor sei.

»Sie haben die Toten der zwei Bistromorde untersucht?«

»Morde?«, horchte der Doktor auf und zog eine Augenbraue hoch.

Baumer fuhr fort, so, als ob er sich eben nur versprochen hätte. »Diese zwei Toten. Was können Sie mir über sie sagen?«

»Das können Sie in meinem Bericht lesen. Der wird morgen ins Reine getippt.« Regazzoni, der nur wenig älter als Baumer war und dessen dunkle Haare seine südliche Herkunft verrieten, drehte sich im Stuhl. Er wollte seine Photokopien der neuesten wissenschaftlichen Literatur greifen.

»Ich frage Sie jetzt.«

»Ah. Sie fragen mich jetzt.«

»Ja.«

Der Mediziner drehte seinen Stuhl zurück. »Nun gut. Baumer. Weil Sie es sind. Ich habe großen Respekt vor Ihnen. Sie sind intelligent. Das findet man nicht oft bei der Polizei.«

»Windler ist intelligent.«

»Ja. Sicher. Aber diese Art von Intelligenz meinte ich nicht.«

»Reden wir nun über Intelligenz oder über die Toten, Professor? Ich dachte, Sie wollen noch ein paar Publikationen lesen«, sagte Baumer ungeschickt.

Regazzoni war denn auch sofort eingeschnappt. »Dass Sie immer gleich so zickig sein müssen. Ich mache Ihnen ein Kompliment, und Sie blaffen mich an.« Er griff sich ans Revers und richtete sein Jackett.

Baumer sagte nichts.

»Also. Hhm. Ich sehe, Sie sind nicht sehr gesprächig heute. Nun, das sind Sie ja nie.« Damit war es zur Abwechslung Regazzoni, der nichts weiter sagte. Erst nach einer Weile beugte er sich wieder über den Tisch zu Baumer hin.

»Was wollen Sie wissen?«

»War Toni süchtig?«

»War das der Erschlagene oder der Erschossene?«

»Der Erschossene. War er süchtig?«

»Ja.«

Baumer notierte diese Information in seinem Gehirn. Dieses Ja bestätigte die Vermutung, die die Zeitungen und Windler aufgestellt hatten. Toni war also süchtig. Sein Amok hätte also durchaus eine spontane Auswirkung seiner Sucht sein können. Vielleicht war Stankovic doch nur zufälliges Opfer von Toni Herzog, der einen »Affen« hatte und unter Entzugserscheinungen durchdrehte? Vielleicht hatten er und Heinzmann nur Gespenster gesehen. Gab es doch keine Verbindung zwischen Toni und Stankovic?

»War Stankovic süchtig?« fragte Baumer, um genau das herauszufinden.

»Stankovic? Der Krüppel? Also pardon, der Erschlagene?«
»Ja, der Erschlagene. War er drogensüchtig?«
»Nein.«

Ende.

Ende der Durchsage. Ende des Falls. Ende einer möglichen Verbindung zwischen Stankovic und seinem selbsternannten Henker. Stankovic war nicht süchtig. Eine Drogensucht konnte daher unmöglich das verbindende Element zwischen den beiden sein. Nicht süchtig. Das tönte fast gleich wie »nicht schuldig«.

Der Doktor sah einen enttäuschten Baumer vor sich stehen. »Sie sehen nicht gerade glücklich aus«, sagte er. »Scheint mir fast, als fänden Sie es schade, dass Stankovic nicht drogensüchtig war.«

»Ich weiß nicht. Die Sucht hätte vielleicht einen Link zwischen ihm und Toni hergestellt«, sagte Baumer und informierte den Mediziner über seinen Verdacht, die ganze Bistrogeschichte könne kein Zufall sein. Der Gerichtsmediziner erkannte es als Vertrauensbeweis an und nickte Baumer zu.

Baumer wusste, dass Regazzoni und Windler das Heu nicht auf derselben Bühne hatten und der »Professor« gut stillhalten konnte. Der Gerichtsmediziner würde zu allerletzt Windler erzählen, was Baumer ihm anvertraut hatte.

Regazzoni war aus dem Tessin nach Basel gekommen. Für einen dieser »echten« Basler war Regazzoni deshalb ein halber Italiener. Selbst seine Abkömmlinge würden es wahrscheinlich bis in die vierte Generation hinein bleiben. Für einen Professorentitel an der Basler Uni waren das miese Voraussetzungen.

Regazzoni sah Baumer an, dass der enttäuscht darüber war, dass Stankovic nicht drogenabhängig war. Er versuchte, den Kommissar aufzumuntern. »Sie haben Pech, Baumer. Dieser Stankovic ist anscheinend die große Ausnahme. Als junger, dynamischer Manager hätte er durchaus Drogen nehmen können. Die sind bei einigen dieser Typen ja schon fast Grundnahrungsmittel. Kein Wunder, kann man während der Uhren- und Schmuckmesse im Rhein ohne Probleme erhöhte Mengen von Kokain nachweisen? Wussten Sie das?«

»Ja, das wusste ich.«

»Das macht man mit der HPLC-Methode, die ... Aber lassen wir das. Ich will Sie nicht mit Details langweilen.«

Baumer stand schwerfällig auf. Fährte 1, Gomez, war abgebrochen, weil der Portugiese schon entwischt war. Fährte 2, die Verbindung Herzog-Stankovic war kalt. So kalt wie der Winter in Basel. Baumer reichte dem »Professor« die Hand. »Danke.«

»Danke wofür? Dass Sie mich vom Lesen abgehalten haben?«

»Für das Kompliment.«

»Danke auch für Ihr Vertrauen.«

Auch Baumer wollte seine Schroffheit, die er dem Gerichtsmediziner gegenüber zuerst gezeigt hatte, vergessen machen. Im Gehen versuchte Baumer deshalb einige Sätze Small Talk. Versuchte für einmal, eine Spur Interesse auch für den Alltag und die Problemchen eines Mitmenschen zu zeigen. »Müssen Sie heute noch lange arbeiten?«, fragte Baumer.

Ein völlig unverfänglicher Satz. Regazzoni hätte antworten können: »Ja«. Vielleicht hätte er auch sagen können: »Ja, ein Weilchen muss ich noch bleiben.« Dann wäre Baumer draußen gewesen. Adieu. Sorry für die Störung. Ciao. Tür zu.

Aber Regazzoni sagte nichts dergleichen, sondern kratzte sich an der Schläfe seiner immer kurz geschnittenen Haare. »Es gibt noch ein Problem, das ich gern lösen möchte. Aber ich komm einfach nicht drauf. Kürzlich habe ich eine Drogentote untersucht. Armes Ding. Starb an einer Überdosis. Das verwirrte mich ein bisschen.«

»Was verwirrte Sie?«, fragte Baumer.

»Die Werte stimmten nicht.«

»Die Werte stimmten nicht?«

»Na ja. Sie hatte eine Überdosis geschluckt. Wissen Sie, das geschieht leider häufig. Aber hier ...«

Baumer hörte zu, ohne zu unterbrechen. Dann fuhr der Arzt fort.

»Ich maß bei dem Mädchen eine zwanzigfache Dosis dessen, was man normalerweise misst.«

Baumer schwieg und ließ Regazzoni reden, der sich noch intensiver am Kopf zu kratzen begann, seine zweite Hand stützte sich derweil in die wenigen, aber hartnäckig präsenten Speckröllchen an seiner Hüfte.

»Die Werte sind einfach viel zu hoch.«

»Vielleicht ist Ihre Maschine kaputt«, sagte Baumer.

»Vielleicht ist die Erde eine Scheibe? Was, Herr Baumer?«, frotzelte der Mediziner leicht verärgert. »Nein, nein, Baumi, meine Maschine stimmt schon. Die habe ich persönlich geeicht. Aber dann ...«. Der »Professor« hielt inne, griff sich ans Kinn und schüttelte ungläubig den Kopf. »Gestern kam schon wieder einer auf den Tisch. Und wissen Sie was, zum Kuckuck. Schon wieder viel zu hohe Werte.«

*

Es war bereits nach sieben, als Baumer sich von Dr. Regazzoni verabschiedete. Er ging an der Sekretärin vorbei, die immer noch da war und ihn ostentativ ignorierte. Das fiel ihr leicht, denn sie schaute penetrant in einen Schminkspiegel, strich sich ihre Lippen und machte sich für ihren Geliebten bereit.

Als Baumer vor dem Institut in der Pestalozzistraße 22 auf die Straße trat, war es dunkel. Ein Fahrradfahrer fuhr vorbei, dessen Dynamo wie ein Traktor ratterte. Auch ein Autofahrer fuhr nach Hause. Nur knapp geschwinder als die erlaubten 30 Stundenkilometer. Dann kam ein frisiertes 50ccm-Moped mit einem etwa 17-Jährigen. Mit bestialischem Lärm raste der Jugendliche an Baumer vorbei. Seine Geschwindigkeit lag deutlich zu hoch. Hinten am Moped des Jungen sah Baumer ein gelbes Nummernschild. Die Ziffern verrieten, dass das Moped in Frankreich registriert war. Als der Junge schon um die Ecke gebogen war und die Metzerstraße hinauf Richtung Flughafen Mulhouse raste, stiegen Baumer die Abgase des Motorrads in die Nase. Sie schmeckten nach Flugbenzin.

Baumer entschied, dass es genug sei für heute, und ging nach Hause. Den Weg nahm er zu Fuß in Angriff. Er würde etwa 30 Minuten brauchen, bis er in seiner Höhle im Gundeli wäre, dort hinter den Gleisen. Bis dahin könnte er den Fall – war es ein Fall? – in Ruhe durchdenken.

Als er bei sich zu Hause ankam, hatte er nochmals überschlagen, was er gehört hatte. Tonis Freundin, dessen große Liebe, starb an einer Überdosis. Das musste ganz einfach die Drogentote sein, von der Dr. Regazzoni gesprochen hatte. Angesichts eines solchen Todes kann einer schon mal spontan durchdrehen. Da hat fast jeder Verständnis für Tonis Amoklauf. Aber Baumer störte sich an dem Ablauf dieses Films. Denn Regazzoni hatte von zwei Toten gesprochen, beide an einer Überdosis gestorben. Der zweite war Mirko Stamm. Ein begnadeter Designer. Auch er war ein Opfer. Auch er hatte das Recht, dass man herausfand, was hier schieflief.

Diese ganze Geschichte, wie Windler sie erzählen wollte, war so falsch wie die Werbefilme von Basel Tourismus, die man in fremden Städten zeigt. Man sieht zwar Basel. Das Münster, die hölzernen Rheinfähren, der Tinguelybrunnen, das Basler Tanzballett, die Altstadt, die Mittlere Brücke. Aber diese Postkartenidylle war nicht Baumers Basel. Er ging nie ins Theater. Und beim Tinguelybrunnen war er einmal auf dem Eis ausgerutscht, das sich gebildet hatte, weil das Wasser vom Brunnen über die Ränder verweht worden und dort zu Klareis gefroren war. Selbst die mittlere Brücke war für ihn nicht der idyllische älteste Rheinübergang zwischen Bodensee und Nordsee, wie er den Touristen präsentiert wurde.

Er wusste, dass im Mittelalter die alten Herren von Basel dort Ehebrecherinnen die Hände und Füße zusammenbanden, sie mit Gewichten versahen und die Frauen dann beim Käppelijoch, der kleinen Kapelle in der Mitte der Brücke, in den Rhein stießen. So verfuhr man vor Jahrhunderten mit den Frauen, die nicht spurten. Die edlen Herren luden sich schon damals nicht voll Schuld, wenn sie aufräumten. Sie ließen ihren Opfern immer eine echte Chance. Wenn sich eine Frau unten am St. Johann oder am Matthäusquartier noch ans Ufer hätte retten können, wäre sie begnadigt worden.

Dies geschah nie.

»Aber die Fähre liebst du doch«, sagte Maja plötzlich zum verbitterten Andi.

»Ja, die Fähre liebe ich«, antwortete Baumer.

Maja schaute ihn an, treuherzig, mit großer Vorfreude. Er umarmte ihren zierlichen Körper. Ihre Brüste spürte er nicht, denn sie hielt die Arme überkreuzt vor ihrer Brust, die Hände zu kleinen Fäusten geballt. Er drückte sie.

»Encore, encore!«, sagte Maja, und Baumer drückte sie noch fester und sah in ihr Gesicht, wie sie die Augen geschlossen hielt, wie ihr Mund aber lachte und sie glücklich war.

»Encore, encore!«, hauchte sie, und Baumer drückte fester und fester, bis er selbst fast keine Luft mehr bekam vor Anstrengung, aber es war ihr immer noch nicht genug.

Als er Maja schließlich losließ, fiel sie wie aus einem Traum. Sie riss die Augen auf, sah ihn, zog sich wie ein Kind hoch zu ihm, fiel ihm um den Hals. »Das war schön«, sagte sie, »so schön.«

Sie küsste ihn ausgiebig, dann stieß sie sich mit den Händen von seinen Schultern ab. Weil er sie um die Hüfte hielt, bog sie sich wie ein junger Baum im Wind zurück. »Hey, weißt du was? Wir gehen heute ins Picobello. Das liebst du doch, oder?«

Ja, Baumer liebte das Picobello. Diese kleine Pizzeria, fast direkt neben dem Hotel Drei Könige. Dort wo man auf harten geflochtenen Korbstühlen saß. Die Vorderkante der Sitzfläche drückte Baumer immer brutal in seine großen Oberschenkel. Aber das machte ihm nichts aus. Man hätte ihm glühende Kohlen auf seinen Stuhl legen können. Er wäre mit Freuden draufgesessen, nur um mit Maja zu sein und ihr zuzuschauen, wie sie sich am reichhaltigen Salatbuffet bediente. Wie sie dann ihren Kopf bewegte und sich mit der Hand durch die langen braunen Haare fuhr. Wie grazil sie sich bewegte. Ein hohes Gras, das sich im milden Herbstwind bewegt. Maja hatte den schönsten Körper, den er je gesehen hatte. Von Göttern gemacht, nur für ihn.

Für ihn? Bei dieser Erinnerung durchfuhr ihn ein Schlag. Seine Schritte wurden schwach, beinahe knickte er ein. Er fühlte einen stechenden Schmerz in seine Unterarme fahren. Es war ihm, als hätte jemand seine beiden Hände abgeschlagen, wie man einem Dieb im fernen Arabien die Hände abschlägt. Unbewusst hob er seine Arme, als wären es nur noch blutende Stümpfe.

Baumer schleppte sich nach Hause. Er fühlte sich elend. Die Erinnerung an Maja marterte ihn. Zu Hause angekommen, öffnete er mechanisch den Briefkasten, überflog die Post uninteressiert und wollte die Treppe hinauf, als gerade die Schwester von Heberlein herunterkam. Wahrscheinlich hatte sie nach Heberlein geschaut.

»Grüezi, Herr Baumer.«

Baumer antwortete mit einem Heben des Kopfes. Seine Augen mussten große Traurigkeit ausgedrückt haben.

»Oh, geht es Ihnen nicht gut? Sie sehen so bleich aus.«

»Schon gut«, versuchte Baumer sie zu beruhigen.

Abzuwimmeln.

»Sie sehen aber gar nicht gut aus? Sind Sie erkältet?«

Baumer hörte kaum hin, antwortete wie ein Roboter. »Nein. Schon in Ordnung.«

»Passen Sie nur gut auf sich auf im Winter. Da holt man sich schnell was, wenn man nicht auf sich acht gibt.« Dabei zog sie sich selbst den Kragen an ihrem Wintermantel enger zu.

Baumer schaute auf den Boden, dachte an nichts. Nicht an Maja. Nicht an ihren Freund, der nun glücklich mit Maja war. Heute. Jetzt. Mit seiner Maja. Immer.

Heberleins Schwester sprach zügig weiter. »Wissen Sie, mein Bruder hat sich auch erkältet. Der Dummkopf« – nur sie allein durfte ihren Bruder so nennen – »hat wieder hier draußen stundenlang auf mich gewartet. Ich habe ihn vor einer Stunde aufgelesen. Völlig verfroren.«

Baumer hätte sagen können: »Das tut mir leid.« Er sagte nichts.

»Er war vor Kälte schon fast verwirrt. Hat dauernd nur gestammelt: Kommt kein Schnee, kommt kein Schnee. Ich habe ihm eben heißen Tee gemacht. Bin extra nochmals in die Apotheke, um Erkältungstee zu holen. Der ist besser als der vom Konsum.«

»Ja«, bestätigte Baumer und wusste doch nicht, was er bestätigte.

»Wenn Sie möchten, mache ich Ihnen auch gleich eine Kanne voll. Beutel sind noch genug da. Möchten Sie? Ich kann Ihnen den Tee bringen.« Die Frau weitete ihre Augen, lächelte. Für Baumer sah sie aus wie eine zu prall aufgepumpte Sexpuppe.

»Nein. Danke«, sagte Baumer rasch und bewegte sich an der fürsorglichen Schwester von Heberlein vorbei. Murmelte noch etwas wie »geht schon«, »nicht so schlimm«. Er hörte kaum, was er sprach. Die Frau schaute ihm nach, besorgt. Aber sie insistierte nicht, ihm helfen zu wollen.

Als die Wohnungstür hinter Baumer zufiel, schleppte er sich an den Bistrotisch. Dort begann er zu weinen. Weinte hemmungslos. Später fiel er in einen tiefen Schlaf.

10

Am nächsten Morgen wurde Baumer von den üblichen Bahnhofsgeräuschen geweckt. Er setzte sich im Bett auf, rieb sich den Sand aus den Augen. Dann schob er seine Beine über die Bettkante und stand auf. Mit noch ungelenkem Gang trat er an die Balkontür. Unter sich sah er weißen Flaum auf den Schotterbetten liegen, die die Schienen trugen. Auch auf den Dächern, die die Fahrsteige überdeckten, lag eine weiße Decke, als wären sie mit Styropor bestückt worden. Nun war also doch noch ein wenig Schnee gekommen, Heberleins Gespür war demnach nicht untrüglich.

Baumer schrieb sofort nach dem Aufstehen eine SMS an Heinzmann. Sie lautete: »Noch wach? Was Neues?« Dieser antwortete »Bin immer wach. Nix Neues.« Also duschte Baumer und zog sich an. Beim Anziehen erinnerte er sich daran, dass die Schwester von Heberlein etwas von Erkältung gesprochen hatte. Also zog er sich einen Schal um den Hals und packte sich wärmer als üblich ein.

Während er dies tat, lüftete er die Wohnung. Von den Lautsprechern des Bahnhofs ertönte die Stimme der Ansagerin: »Eine Mitteilung an die Reisenden. Einfahrt des Interregios aus Bern heute auf Gleis 14 statt 10. Interregio aus Bern. Einfahrt auf Gleis 14 statt 10.«

Es war 6 Uhr 54.

Baumer schloss die Fenster und sah den Zug aus Bern unter seinem Balkon einfahren. Die Fenster der Wagen waren beschlagen, nur hier und da war ein Guckloch frei gewischt, durch das man schemenhaft Leute sah. Einige standen bereits auf. Das waren die Pendler, die einen Anschluss erreichen mussten und wie immer an den Ausgängen drängeln würden.

Ein paar Minuten später ging Baumer die Treppe hinunter. Er war hungrig und freute sich darauf, sich einen der großen Buttergipfel einzuverleiben, die es im ilcaffè gab.

Vor dem Eingang sah Baumer Heberlein stehen. Der Kommissar wunderte sich. Heberlein schon auf? Der Autist war doch sonst nie so früh unterwegs. Wenigstens war er heute besser eingepackt als gestern. Auch Heberlein trug ein Halstuch, aber seine rote Nasenspitze zeigte an, dass er fror.

Baumer ging auf den Autisten zu. Dieser legte sofort los. »Kommt kein Schnee. Kommt kein Schnee.«

»Ja, kommt kein Schnee. Herr Heberlein. Gehen Sie hinein, bitte.«

»Muss zur Migros. Muss zur Migros.«

»Vielleicht später. Aber jetzt sollten Sie hineingehen. Sie erfrieren ja noch.

»Kommt kein Schnee. Kommt kein Schnee.«

»Trotzdem können Sie sich erkälten.«

»Muss zur Migros. Muss zur Migros.« Damit spazierte Heberlein los.

Baumer gab es auf. Wenn der Autist unbedingt in die Migros will. Bitteschön. Dort ist's auch warm. Soll er doch mit ein paar alten Damen Kaffee trinken gehen. Baumer wollte ins ilcaffè und dort spüren, dass er noch lebte. Wenigstens in der Erinnerung. Mindestens für ein paar Minuten. Wollte nicht daran denken müssen, ob es irgendeinen Sinn gab, einen nächsten Schritt zu tun. Wie jeder Schritt ohne Maja, würde es ohnehin nur der Schritt eines lebenden Toten sein.

Endlich im ilcaffè angelangt, lebte er für einen Moment auf. Ja, er verspürte sogar so etwas wie einen Hauch Freude, als Gianni um ihn tänzelte und ihn mit Worten, Gesten, und – ja! – kleinsten Berührungen umschwärmte. Baumer biss herzhaft in ein großkalibriges Croissant und trank seinen Espresso. Heute trank er ihn schwarz. Er brauchte die Bitterkeit und Schärfe des Getränks wie ein Boxer das Riechsalz. Den zweiten schob er unbewusst ein klein wenig weiter weg als sonst. Baumer stand am

Fensterbrett, aber hatte sich ins ilcaffè hineingedreht. So merkte er nicht, als Heinzmann gegenüber, halb auf dem Bürgersteig, halb auf der Straße, anhielt und zu ihm in die Kaffeebar kam. Der Gefreite Meier stieg ebenfalls aus dem abgestellten Mercedes, ging aber durch das Pfluggässlein in Richtung Freie Straße mit ihren mondänen Uhrenläden.

Als Heinzmann ins ilcaffè trat, wurden die Gespräche der wenigen Gäste nur unmerklich leiser. Polizisten werden wie überall nicht geliebt, aber gegenüber undemokratischeren Gegenden Europas werden die Basler Polizisten doch einigermaßen respektiert. Zumindest von den Schweizern. Basel ist klein. Sowieso. Vielleicht ist der Polizist, von dem man kontrolliert wird, der Freund eines Freundes. Oder man sieht sich an der Generalversammlung des Fußballvereins wieder.

Heinzmann trat zu Baumer. »Sali, Baumi.«

»Sali.« Baumer ließ sich seine Überraschung nicht anmerken.

Beide Polizisten informierten sich kurz über den Stand der Dinge. Es sah aus, als führten sie ein normales Gespräch unter Freunden. Ab und an achteten sie darauf, dass ihre Stimmen nicht gehört werden konnten. Gianni hatte die Musik ein paar Stufen lauter gedreht. Das vereinfachte die Geheimhaltung.

Stefan teilte Baumer mit, dass er, wie sie bei der Buvette von Ali abgemacht hatten, ein Auge auf Tonis Rockerfreunde hielt. Er hatte sie vorsichtig aus der Distanz beobachtet um zu sehen, wo sie überall unterwegs waren. Wer weiß, vielleicht bekam er einen Hinweis darauf, ob Toni und seine Freunde ihre Finger in schmutzigen Geschäften hatten. Prostitution? Raub oder etwa Erpressung von Schutzgeld? Drogen?

»Es sind insgesamt etwa 10 Nasen«, berichtete Heinzmann. »Ein paar fahren die schweren Maschinen noch, aber viele haben sie abgestellt. Vielleicht haben sie Angst, dass der Schneematsch ihren Motorrädern schadet. Das Salz tut dem Metall nicht gut.«

»Was machen sie den ganzen Tag?«

»Sie sind selten unterwegs. Sie bleiben in der Garage an der Güterstraße. Dort schrauben sie an den Maschinen. Über Mittag bleiben sie im Quartier und gehen zu Fuß zum Essen ins Migros-Selbstbedienungsrestaurant. Das liegt gleich neben ihrer Garage. Ist denen wohl zu blöd, einen längeren Fußmarsch zu machen, um in ein richtiges Restaurant zu kommen.«

»Vielleicht haben sie auch Hausverbot in den anderen Beizen.«

»Das kann ich mir gut vorstellen. Unter den Typen scheint es mehr als einen großen Fisch zu geben.«

»Momentan wollen sie aber wohl eher unverdächtig erscheinen.«

»Momentan sind sie es auch«, meinte Heinzmann lapidar.

Dann informierte Baumer im Gegenzug seinen Freund über seine eigenen Erkenntnisse. Heinzmann hatte in der Zwischenzeit einen Eistee ohne Eis bestellt. In den hatte er zusätzlich zwei überhäufte Löffel Zucker hineingerührt. »Der Kaffee hier ist mir zu stark«, entschuldigte sich Heinzmann.

»Das kommt nur, weil du immer diesen Plastikkaffee trinkst.«

»Und du legst Schwimmringe zu, wenn du immer diese fetten Crossaints isst«, foppte Heinzmann seinen Freund, weil er schon das zweite überdimensionierte Croissant in sich hineinstopfte.

»So spare ich Zeit. Brauche kein Mittagessen.«

»Wie du willst. Aber ich komme nicht zu deiner Beerdigung, wenn du wegen Herzverfettung abkratzt«, höhnte Heinzmann.

So ging es einige Minuten weiter. Richtig Freude kam bei beiden über dieses Gelaber nicht auf. Es verdeckte auch nur das Problem, das beide hatten. Sie wussten, dass etwas faul war. Madi Brügger war tot, Toni erschossen, Mirko Stamm ebenfalls hinüber. Vielleicht war alles noch viel schlimmer. Die beiden Polizisten rochen ätzenden Rauch, aber konnten den Ursprung des Gestanks nicht fassen. Es war, wie wenn eine Maus irgendwo hinter einer Zimmerwand verreckt ist. Die ganze Wohnung stinkt, aber die Maus bleibt verborgen.

Immer offensichtlicher schlich sich Bitterkeit ins Gespräch ein. Jede konkrete Spur war verschwunden, wie Fußabdrücke am Sandstrand verfließen, wenn das Meer darüberspült. Lohnte es sich, noch weiter zu forschen? Niemand schien sich mehr für die Geschichte zu interessieren. Dann sah Baumer das Mädchen im Bistro vor sich. Wie es mit der Klinge am Hals auf seinen Tod wartete. Wie das Mädchen vor ihm zusammenbrach und sich an seinen Körper klammerte. Wie es Baumer brauchte, so wie ein entkräfteter Rheinschwimmer im reißenden und kalten Rhein einen Rettungsring braucht. Andreas Baumer war sich bewusst, dass das Mädchen genauso gut auch Maja hätte sein können. Dass Maja hätte getötet werden können. Unbändige Angst packte ihn, und er schauderte ganz real.

»Ich mach weiter«, sagte Baumer.

»Ich helfe dir«, sagte Heinzmann.

»Ich helfe dir auch«, sagte Gianni, der zu den beiden Polizisten kam. »Am besten geht es mit Joggen und viel Trinken. Das Joggen verbrennt die Fette und das Wasser putzt den Körper durch. Mein lieber Freund, du musst aufpassen, sonst fliegst du mir noch aus dem Rahmen.«

Heinzmann lachte und forderte Gianni auf, nur schön gut auf Andi Baumer aufzupassen. »Sag's ihm nur, Gianni. Der Mann braucht endlich mal einen richtigen Tritt in den Arsch.«

»Das mache ich gern. Aber auf meine ganz spezielle Art und Weise. Von dem Tritt erholst du dich nicht so schnell, mein Freund.«

»Ich verschwinde lieber.« Baumer war es leid.

»Ja, geh nur, mein Freund«, knirschte Heinzmann. »Ich zahle gern für dich. Wie viele Croissants waren's denn, Herr Kommissar? Fünf?«

»Pass auf, Heinzmann«, blaffte Baumer Heinzmann mürrisch an.

»Was? Sechs waren es?«

Baumer winkte verächtlich ab und ließ seinen Freund und den verdutzten Gianni stehen. Er war ganz einfach ebenso verärgert wie Heinzmann, weil sie bisher keinen entscheidenden Schritt vorangekommen waren. Andreas Baumer und Stefan

Heinzmann wussten, dass es einmal Spuren gegeben hatte, aber Frau Holle hatte ihre Betten ausklopft und dichter Schnee war gefallen. Eine dicke weiße Decke lag jetzt über dem schmucken Basel. Noch keine Fußspur war in den frischen Schnee gestapft. Kein Mensch hatte die Postkartenidylle entweiht.

*

Baumer ging geradeaus zur Hauptpost, als er aus der Kaffeebar herausgetreten war. Der imposante Bau aus rotem Sandstein lag nur 50 Meter weiter Richtung Marktplatz. Er trat in die hohe Schalterhalle mit einem Dutzend Schaltern und zog eine Nummer am Ticketautomaten. Eine Anzeigetafel zeigte ihm an, dass er erst in acht Minuten bedient werden würde. Sollte er warten, um die Einzahlung der Stromrechnung vorzunehmen? Diese war gestern mit der Post gekommen, und er hatte den Einzahlungsschein am Morgen eingepackt. Sollte er gehen und ein anderes Mal wiederkommen, wenn weniger Verkehr da war?

Baumer stand da. Unschlüssig. Seine Entscheidung hätte genauso gut auf die eine wie die andere Seite fallen können. Schwarz anstatt Weiß. Er entschied sich dafür zu warten. Einfach so. An einem anderen Tag hätte er entschieden, nicht zu warten. Warum er das eine tat, aber das andere nicht, hätte er selbst nicht sagen können. Dass es entscheidend für die Lösung des Falles war, konnte er da noch nicht wissen, denn Baumer lebte in der Vergangenheit, kaum in der Gegenwart. Die Zukunft würde sich ihm erst noch erschließen, und erst dann würde er alle Fakten beieinanderhaben und alles verstehen können.

Er setzte sich auf einen freien Stuhl in den beiden Stuhlreihen, die für die Wartenden aufgestellt worden waren. Mehrere Leute saßen dort. Einige sahen aus, als warteten sie schon seit Äonen auf ihren Aufruf. Alle starrten auf die Digitalanzeige, die

die Nummern der Kunden aufriefen. Ihre wettergegerbten Gesichter erinnerten an Mumien.

Die Schalterhalle war vollgestellt mit Werbereitern. Auf mehreren Regalen wurden allerlei Büroutensilien – Klebebänder, Stifte, Radiergummis, *et cetera*) angeboten. Andere Gestelle offerierten verschiedensten Krimskrams für Reisende. In einer Ecke lagen gelbe Musterpakete gestapelt. Sie zeigten den Kunden die Größe aller Pakete an, die es als Faltkartons zu kaufen gab. Verschiedene Monitore zeigten Werbung. Das Bild wechselte periodisch.

Jetzt wurde in drei Bildern der Wetterbericht angezeigt. Auf den Grafiken für das Wetter heute und morgen erkannte Baumer große weiße Wolken. Aus ihnen fielen weiße Punkte. Die Punkte waren fett und dicht gedrängt. Es wurde starker Schneefall angekündigt.

Starker Schneefall.

Ein älterer Mann, der neben ihm saß – seinen Hut hatte er nicht abgesetzt – versuchte, mit Baumer ein Gespräch zu beginnen. Es war vielleicht sein einziges heute, das der pensionierte Mann, dessen Kleidung von zu wenig Erspartem und ungenügender Rente erzählte, mit einem Menschen führen könnte.

»Ja, ja, kommt verdammt viel Schnee auf uns zu.«

»Was sagen Sie?«, stutzte Baumer.

»Verdammt viel Schnee. Schauen Sie.«

Baumer hatte den Blick nicht vom Monitor gelassen. Er schaute auf die Grafik.

Und schaute.

Dann schlug er sich mit der linken Faust an die Stirn und es entfuhr ihm ein »Oh«.

»Da werden die Leute von der Reinigung einiges zu tun haben«, suchte der alte Mann erneut Kontakt. Sein Arm zeigte immer noch in Richtung des Monitors. »Kommt ein richtiger Schneesturm.«

Aber Baumer antwortete nicht. Sein Mund war offen geblieben, und mit der Hand an der Stirn starrte er ins Leere. »Aber ja doch«, murmelte er leise.

Den Rentner freute es, dass sein Mitmensch etwas redete, egal was, und antwortete geschwind. »Ja. Der Schnee kommt dieses Jahr in Massen.« Freundlich nickte er Baumer zu und ließ seinen Arm in Zeitlupe sinken.

Der Kommissar antwortete nicht. Er sprang urplötzlich auf und stürzte aus der Hauptpost, den einsamen Mann enttäuscht zurücklassend.

Vor der Hauptpost wurde der Kommissar von einer Hand an seinem Oberarm abrupt aus seinem Schwung gerissen und herumgedreht. Baumer erschrak, er sah in die Augen einer Fliege. Es war Danner, dessen Augen im fahlen Winterlicht hinter den dunklen Brillengläsern völlig verborgen waren. Es sah aus, als inspiziere er mit zwei riesigen Insektenaugen seine Umwelt.

»Hallo, Baumer«, freute sich Danner.

»Keine Zeit jetzt«, blaffte Baumer zurück.

»So, so, das ist ja mal was Neues«, machte sich Danner lustig. Den Griff um Baumers Arm ließ er nicht locker. »Du denkst doch hoffentlich ab und zu an mich.«

»Ich denk an dich«, brummte Baumer und versuchte den Journalisten abzuschütteln. Der klebte an ihm wie die stacheligen Knöpfchen einer Klette am Fell eines Bären.

»Gibt's was Neues, Baumer?«, insistierte der Blick-Journalist und ließ sich vom Basler Kommissar, der sich Richtung Barfüsserplatz bewegte, mitziehen. »Uns gehen langsam die Homestorys aus. Tote Serben sind nicht so sexy, und das Mädchen wird vor uns immer noch abgeschirmt. Los sag. Was läuft?«

Baumer blieb stehen, drehte sich zu Danner.

»Hör zu. Danner. Ich denk an dich.«

»Das freut mich.«

»Ich denk an dich, Danner«, wiederholte Baumer und trat nah an den Journalisten, der sich immer noch so kleidete, als wolle er zum dandyhaftesten armen Studenten der Universität Basel gewählt werden. »Hör zu, Danner. Bald gibt's News. Du erfährst es als Erster.« Dann drehte er sich um, rauschte ab.

Danner blieb stehen. Ein wenig erstaunt. Irritiert. Er wusste nicht, ob er sich freuen oder ärgern sollte. Baumer hatte ihn noch nie angelogen. Er vertraute Baumer. Bald würde es News geben. Doch wie ein Reflex kam ein Schmerz aus seinen Eingeweiden wieder hervorgekrochen. Es war der Schmerz desjenigen, der zu oft angefeindet und hinters Licht geführt wurde. Ein Schmerz, der immer ausstrahlt und alles Vertrauen vergiftet. Rolf Danner sah dem Kommissar nach, rief ihm hinterher: »Verarsch mich nicht!«

Baumer hörte es nicht mehr. Er lief eilig die Falknerstraße hinauf, vorbei am ilcaffè. Als er sah, dass Heinzmanns Wagen nicht mehr da war, lief er weiter zum Barfüsserplatz. Vorn am Brunnen, direkt nach dem Marronistand, warteten Taxis. Er stieg ins Erste ein und befahl: »Migros Gundeli! Schnell.«

Der Taxichauffeur legte seine Zeitung, die er gelesen hatte, sorgfältig zusammen und schaltete den Taxameter an.

»Los, Mann! Gib schon Gas!«, forderte Baumer unwirsch zur Eile.

»Weiß ich scho, was muss ich tun.«

Baumer dachte: Der redet wie die Serben. Nimmt das Verb zuerst, dann das Subjekt. So tönte es wie eine Frage. Muss ich gehen. Aber das war keine Frage. Es war ein korrekter Satz. Genau in dieser Art hatte auch Heberlein geredet. Muss in Migros. Es war keine Frage, es war eine Aussage! »Muss in Migros« bedeutete: »Ich muss in die Migros.« Vielleicht meinte Heberlein damit auch: »Du musst in die Migros.«

»Muss in Migros. Muss in Migros.« Dieser Satz von Heberlein pochte in Baumers Kopf. Er war sich jetzt sicher, dass Heberlein damit ganz einfach sagen wollte: »Baumer. Komm mit mir mit in die Migros!«

*

Zehn Minuten später hatte Baumer die Gelegenheit, den Autisten zu fragen, ob er die Zusammenhänge richtig gesehen hatte. Im Gundeldingerquartier angekommen, hatte er sich ins Migros-Einkaufszentrum begeben. Vor dem Eingang zum Restaurant blieb er stehen. Er spähte vorsichtig in den Raum, sodass ihn keiner, der drinnen saß, sehen konnte. Der Raum war zu sechzig Prozent gefüllt. Hinten, nahe den Fenstern, saßen die Rocker, so wie es Heinzmann schon berichtet hatte. Einen davon kannte Baumer. Es war der Gorilla, der ihm in der Garage von Tonis Gang an die Gurgel gewollt hatte. Mit ihm saßen vier weitere Mitglieder der Gang zusammen. Auf den Lederjacken derjenigen, die ihm den Rücken zudrehten, sah Baumer den von einem Dolch mit gelbem Griff durchstoßenen Totenkopf prangen. Darüber krümmte sich der Namenszug der Gang in Runenschrift. Deadly Skull's. Der falsch gesetzte Apostroph leuchtete in Rot und sah wie ein mit Blut verschmierter Krummdolch aus. Um die fünf Skulls herum gab es eine Art Niemandsland. Die Tische nahe den Rockern waren unbenutzt. Niemand wollte diesen Typen in die Nähe kommen. Am nächsten von ihnen saß eine verkümmerte Alte, deren breites Kinn wie das von Popeye dem Seemann bis an ihre Nase reichte. Lange schwarze Haare sprossen aus zwei großen Muttermalen am Kinn. Auch ein graues war dabei. Nahe am Eingang, leicht von der Zahlstation mit Kasse und Geschirr verdeckt, saß Heberlein kerzengerade in der kleinen Nichtraucherecke, die Hände vor sich auf dem Tisch akkurat nebeneinandergelegt. Die Arme bildeten zur Tischkante einen rechten Winkel.

Baumer drückte sich in das Restaurant, im selben Augenblick, als ein paar Rentner vor die Kasse traten um zu zahlen. Sie waren zwischen ihm und den Bikern und so konnte er sich von ihnen unbemerkt hinter der Kassenstation zu Heberlein schleichen. Er setzte sich tief in den Stuhl und zeigte der Bande nur seinen Rücken.

Heberlein saß da und sagte nichts. Dass plötzlich jemand bei ihm am Tisch saß, veranlasste ihn zu keiner Reaktion.

Auch Baumer sagte nichts und schaute Heberlein an. Der bekam rote Bäckchen. Begann er zu lächeln? Wahrscheinlich bildete Baumer sich das nur ein.

Eine ältere, ziemlich robuste Kassiererin trat hinzu und sprach Baumer rabiat an. »Grüezi, kennen Sie diesen Herrn?«

»Ja, wieso?«

»Sind Sie sicher?«

»Aber ja, wird sind Nachbarn. Ich wohne in der Hochstraße, Herr Heberlein wohnt über mir.«

»Ah, ja. Dann. Ich bitte um Entschuldigung«, sagte die 60-Jährige mit der Figur eines Panzernashorns plötzlich ganz liebenswürdig. »Wissen Sie, Franz kommt öfters hierher und wir passen ein bisschen auf ihn auf. Dass ihn niemand belästigt.«

»Das ist nett von Ihnen.«

»Ich kenne seine Schwester gut. Ich treffe sie jeden Donnerstagabend beim Roten Kreuz.«

»Aha«, sagte Baumer. »Nett, dass Sie nach ihm schauen. Kann ich einen Kaffee bestellen?«

»Bestellen? Hier ist Selbstbedienung.«

Heberlein begann plötzlich die Menükarte von oben her herunterzubeten. »Kalte Getränke. Coca-Cola, 2 dl, 2 Franken 50. Coca-Cola, 3 dl, 3 Franken 50. Sprite, 2 dl, 2 Franken 50. Sprite, 3 dl …«

»Lass nur, Franz. Franz! Lass gut sein. Der Herr weiß schon, was er will.« Und zu Baumer gerichtet. »Bleiben Sie nur sitzen.« Sie drückte Baumer ein Stück warmes Fleisch – ihre Hand – auf den Unterarm. »Ich hole Ihnen schnell einen Kaffee. Das mache ich gern.« Damit ging sie zur Kaffeemaschine und ließ Baumer einen Kaffee heraus. Kurze Zeit später brachte sie ihn an seinen Tisch, Crème und Zucker hatte sie beigelegt. Dann ging sie zur

Zahlstation zurück. Dort drückte sie sich umständlich in die kleine Box mit der Kasse, wo sie eine Gruppe der Rentner bediente, die geduldig in Reih und Glied angestanden waren und ohne zu murren gewartet hatten.

Baumer schaute auf Heberlein. Der saß wie zuvor da. Sein Oberkörper war aufgerichtet. Sein Kopf lag mittig auf den Schultern. Baumer hatte keinen Zweifel, dass auch unter dem Tisch, der restliche Körper von Heberlein akkurat gerichtet war. Im Gesicht hatte der Autist ein zierliches Lächeln. Oder war das erneut nur eine Einbildung von Baumer?

Baumer rutschte in seinem Stuhl nach vorn. Er suchte den Blickkontakt zu Heberlein. »Sie hören alles, was man sagt. Richtig?«, sagte Baumer.

Heberlein sagte nichts. Blinzelte er mit den Augen? Zog er seine Mundwinkel ganz kurz nach oben?

»Sie verstehen alle Gespräche hier im Raum. Richtig?«, insistierte Baumer und versuchte, in Heberleins Mimik und Gestik zu erkennen, ob der Autist seine Frage mit ja oder nein beantwortete. Es war unmöglich. Heberlein gab keinerlei Anzeichen für eine Antwort. Wahrscheinlich wusste er gar nicht, wie man durch seinen Körper redet. Also sagte Baumer schließlich: »Herr Heberlein. Ich weiß, dass Sie mich verstehen. Ich bin sicher, dass Sie alle Gespräche hier im Raum gleichzeitig verfolgen können. Sie haben diese besondere Begabung.«

Der Automat schwieg.

»Sie können die Gespräche von allen Leuten zur gleichen Zeit wahrnehmen. Egal, ob die laut oder leise sprechen.«

Heberlein blinzelte. So wie jeder Mensch mit den Augen ab und zu blinzeln muss.

Baumer ließ sich nicht irritieren. »Sie haben die Gang da hinten, diese Typen mit Lederjacken, reden gehört. Richtig?«

Keine Antwort von Heberlein.

»Ich habe Sie jetzt verstanden, Heberlein«, sagte Baumer zum Autisten. »Die Typen dahinten sind Drogendealer.« Er wollte ihn am Unterarm berühren, getraute sich aber nicht.

»Kommt kein Schnee. Kommt kein Schnee«, plapperte Heberlein.

Dieser Satz versetzte Baumer in Erregung. Also doch. »Ja, Heberlein, ich verstehe. Es kommt ein Riesenschneesturm auf Basel zu, aber es kommt kein Schnee heute.«

Heberlein schlug seine Hände, die er zuvor akkurat vor seinem Bauch parallel zueinander auf dem Tisch geparkt hatte, schnell gegeneinander. Da er die Handflächen in rasanter Folge, aber nur um jeweils einen Zentimeter hin- und herbewegte, entstand kein Klatschgeräusch. »Kommt kein Schnee, kommt kein Schnee«, repetierte er.

»Sie haben es gehört, wenn Schnee kam und verteilt werden musste. Richtig?«

Heberlein schwieg wieder, aber sein lautloses Klatschen ging noch einen Moment weiter.

Baumer wusste, dass sein autistischer Nachbar ihm zustimmte. »Ich nehme an«, fuhr er fort, »dass diese Typen Kuriere sind. Die bringen den Stoff, der hier in Basel umgeschlagen wird, per Motorrad in die Provinz.«

Heberlein stimmte zu. Baumer sah es nicht, aber er war sich sicher, dass es einfach so sein musste.

»Sie haben versucht, mich darauf aufmerksam zu machen. Sie hatten deren Gespräche hören können. Ich kann es nicht. Es gibt hier viel zu viele Geräusche und die Typen sitzen zu weit weg. Aber Sie haben diese Fähigkeit« – beinahe hätte Baumer Krankheit gesagt – »alles ungefiltert aufzunehmen.«

Heberlein stimmte zu. Musste zustimmen. Wie hätte Baumer es erkennen können? Er konnte es nicht erkennen.

»Vor fast einer Woche kam eine Fuhre Kokain an. Richtig?«

»Kommt Schnee, kommt Schnee«, sagte Heberlein.

»Dieser Schnee war hochkonzentriert. War vielleicht ein Versehen. Offenbar war er noch nicht verschnitten.«

Wieder erkannte Baumer keine Reaktion in Heberleins Mimik. Darüber hatte die Gang wahrscheinlich nicht gesprochen. Doch Baumer war sich sicher, dass er die Geschichte nun zusammen hatte. Regazzoni hatte von viel zu hohen Messwerten gesprochen. Das musste ein Teil des ganzen Puzzles sein. Aus irgendeinem Grund war hochkonzentrierter Schnee nach Basel geliefert worden. Irgendwie war dieser Teufelsstoff zu früh in den Handel gekommen und hatte die Katastrophe ausgelöst. Baumer redete weiter, damit er sich selbst reden hören konnte. Er wollte die Geschichte zu Ende erzählen, bevor sie in seinem Kopf wieder auseinanderbrach.

»An diesem hochkonzentrierten Kokain starb ein Geschäftsführer eines Grafikbüros. Auch die Freundin eines dieser Rocker starb daran. Dieser Rocker nahm dann Rache und erschlug einen Zwischenhändler, einen Ex-Jugoslawen.«

»Stankovic. Stankovic«, papageite der Autist.

Baumer zuckte zusammen. Also doch! Es war Stankovic, der die Rocker mit Stoff aufmunitionierte, den sie dann verteilten. Nach Zürich. Nach Bern. Vielleicht sogar bis Genf. Aufgehalten würden sie auf ihren Touren nicht. Von Polizisten schon gar nicht. Die hatten Schiss vor diesen Rockern. Diese Typen kontrollierte man nicht ungestraft. Die Gang hatte sich einen Freiraum erobert, den kein Polizist zu betreten wagte. Baumer hatte das am eigenen Leib erfahren, als er in ihrer Werkstatt geschnüffelt hatte und der Gorilla fast auf ihn losgegangen wäre. Selbst sein Polizeiausweis hatte ihn nicht davon abgehalten, eine Schlägerei mit ihm anzetteln zu wollen.

Baumer schaute dem Autisten tief in die Augen und blickte in seine Seele. Heberlein blickte Baumer ebenfalls an. Im Gesicht Baumers konnte eine normal begabte Person ohne Anstrengung die große Befriedigung ablesen, die der Kommissar spürte. Aber Baumer wusste, dass Autisten massive Probleme haben, menschliche Regungen zu entziffern. Heberlein würden seine Gefühle daher wohl entgehen. Also erklärte er ihm klar und deutlich: »Ich bin sehr glücklich. Sie helfen uns, den Fall aufzulösen. Danke.«

Ob Heberlein ihn verstehen konnte, wusste Baumer nicht. Es schien ihm, als redete er mit einem Computer, der nur auf ganz bestimmte Inputs hin zu rechnen begann.

Dann stellte Baumer noch eine Frage. »Haben Sie den Namen Gomez schon einmal gehört?«

Heberlein schwieg, seine Hände ruhten still. Das schien ein Nein zu sein.

»Ein Portugiese? Sprechen die Rocker manchmal von einem Portugiesen?«, drängte Baumer

Keine eindeutige Antwort von Franz Heberlein.

Die Kassiererin war plötzlich da und fragte Baumer. »Wollen Sie etwas essen? Bald kommen die Heinis aus den umliegenden Büros angerauscht, dann gibt es eine große Schlange.«

»Nein, danke, ist nett von Ihnen. Aber im Moment nicht.«

»Und du Franz. Hast du schon Hunger? Nein. Ist ja auch noch nicht halb zwölf, gell. Wart noch ein paar Minuten, ich bringe dir dann den Kartoffelsalat mit Wienerli.« Sie drehte sich zu Baumer. Weil sie in ihrer Fülle ziemlich unbeweglich war, stellte sie in tippelnden Schritten ihren ganzen Körper zu ihm hin. »Wissen Sie, das ist sein Mittagessen. Das bringe ich ihm immer. Einmal habe ich ihm drei Wienerli gebracht anstatt zwei. Ich wollte ihm eine Freude machen. Hui, das Theater hätten Sie sehen sollen.«

Die Kassiererin ging, Baumer bemerkte, dass er seinen Kaffee noch überhaupt nicht angerührt hatte. Er wollte die Tasse zum Mund führen, setzte sie aber nochmals ab und wendete sich wieder Heberlein zu. Fragte den Autisten nochmals. »Pogimex. Portugal Import-Export? Sagt Ihnen das etwas?«

Nichts. Heberlein schwieg.

Gab es also doch keine Verbindung zwischen Stankovic, der die Rocker mit Stoff bediente, und Gomez, dem Portugiesen? Das schien fast unmöglich. Baumer war sich sicher, dass Stankovic nur ein Mittelsmann war, aber Gomez im Hintergrund die Fäden zog. Stankovic' Firma war nur Schein. Aufgezogen als Fassade, um in aller Ruhe reisen und dreckige Geschäfte tätigen zu können. Stankovic war mehrmals in Portugal gewesen. Dort traf er Gomez. Und er traf Gomez im Bistro auf der Passerelle. Vielleicht außer Fahrplan und in Not, weil die Drogen zu konzentriert in Umlauf gekommen waren. Wahrscheinlich war das Treffen im Bistro eine Art Krisenkonferenz. Eine Krisenkonferenz, die von Toni, dem Schlächter, ein bisschen aufgemischt wurde.

Baumer versuchte es ein letztes Mal.

»Gomez. Alvaro. Portugal. Geschäftsmann. Pogimex?«

Baumer schaute auf den Autisten. Sah in dessen Augen, die er leicht gesenkt hatte. Seine Augenlider zuckten noch einmal, aber das müssen Augenlider immer mal tun. Seine Hände hielt er vor sich auf dem Tisch, als ob er Schreibmaschine schreiben wollte. Sie bewegten sich nicht. Der ganze Mensch bewegte sich nicht. Kein Hinweis auf irgendetwas.

Baumer versuchte nachzudenken. Es fiel ihm schwer. Er sah in seine Kaffeetasse. Nahm endlich einen Schluck. Der Kaffee tat seine spirituelle Wirkung sofort. Baumer machte einen tiefen Atemzug. Dann fuhr er sich mit beiden Händen übers Gesicht, wie wenn er ein Waschtuch darüberführen würde. Er dachte nach. Auf Gomez reagierte Heberlein nicht. Das war überraschend, aber letztlich verständlich. Wahrscheinlich hatte die Gang nie von Gomez gesprochen, weil er sich nobel im Hintergrund gehalten hatte. Das erklärte auch, warum Toni, nachdem er Stankovic erschlagen hatte, nicht auch noch auf den Portugiesen losgegangen war. Er hatte ihn ganz einfach nicht gekannt.

Baumer machte Anstalten aufzustehen. Er saß mit dem Rücken zur Kasse und abgewandt zur Gang der Deadly Skull's. Er hatte über einen kleinen Spiegel an der Wand die Truppe immer im Auge behalten. Sie saßen dumpf da, hin und wieder hörte man einen lauten Fluch von einem der Typen. Soeben standen ein paar miteinander auf und kamen in seine Richtung. Offenbar wollten sie Essen holen und mussten dazu an der Kasse vorbei. Zum Glück trat zugleich die füllige Kassiererin zu Baumer und begann ein kurzes Gespräch. Sie hatte sich von hinten über Baumer gebeugt und verdeckte ihn mit ihrer Körperfülle vor dem Blick des Gorillas. Zwei Mitglieder der Gang bemerkten Baumer zwar, als sich die Kassiererin verschob, aber sie kannten diesen Gast nicht und hatten keine Ahnung, dass er ein Polizist war.

Plötzlich sagte Heberlein: »Nachtzug Lissabon-Basel. Zwischenstationen in Madrid-Lyon-Genf. Basel an 8 Uhr 22.«

Baumer war hellwach. »Was haben Sie gesagt?«

»Nachtzug Lissabon-Basel. Zwischenstationen in Madrid-Lyon-Genf. Basel an 8 Uhr 22.«

»Jetzt kann er auch noch den Fahrplan auswendig«, staunte die Kassiererin, die in einem Dialekt mit berndeutschem Einschlag sprach. »Was er nicht alles kann. Ein richtiges Wunderkind. Lissabon. Ja. Da möchte ich auch einmal hin. So viele Blumen. Da ist es sicher wunderschön im Sommer.«

*

Baumer nutzte die Gelegenheit zum Verschwinden, als der Gorilla und seine Kumpels sich an der zweiten Buffetstation – Schweinskotelett, Bratkartoffeln, Tagesgemüse – bedienten und ihn nicht beachteten. Der Kassiererin hatte er noch einen Fünfliber in die Hand gedrückt, sich bedankt und hatte sie gebeten, gut auf Heberlein aufzupassen. Dann verdrückte er sich. Vor der Migros rief er per Handy Heinzmann an.

»Wo bist du?«, fragte er seinen Freund.

»Ich schlafe«, antwortete Heinzmann gedehnt.

»Du schläfst?«

»Ja. Im Spiegelhof. In deinem Büro. Danke für die Matratze.«

Baumer fragte sich, welche Matratze sein Freund wohl meinte. Im Büro hatte er doch überhaupt keine. Endlich begriff Baumer, dass Heinzmann ihn foppte. Dann sagte er, den Spruch von Heinzmann ignorierend: »Hör zu. Wir treffen uns heute Abend um sieben bei Ali.«

»Bei Ali. Um sieben. Verstanden.« Heinzmann gähnte und fügte dann hinzu: »Gibt's was Wichtiges?«

»Erfährst du alles heute Abend. Bis dahin kannst du schlafen. Brauchst du einen Wecker?«

Als Heinzmann verneinte, verabschiedete Baumer sich und legte auf. Dann rief er Danner an. Der musste Baumers Nummer offenbar gespeichert haben, denn er sprach den Kommissar sofort direkt mit dessen Namen an. »Baumi. Nett, dass du mich anrufst. Was läuft?«

»Hast du ein Auto? … Ja? Gut. Dann triff mich mit deiner Kiste im Parking unter dem Bahnhof SBB. Punkt halb sieben.«

»Warum sollte ich das? Danner ist ja nur ein Zürcher Böögg, den kann man ja ...«

Baumer unterbrach Danner schroff. »Ich habe News für dich.«

»Okay, ich komme. Halb sieben. Richtig?«

»Halb sieben. Parkhaus Bahnhof SBB. Aber nur unter einer Bedingung, Danner. Nur du kommst und sonst niemand. Und du sagst keiner Sau irgendetwas davon.«

»Halb sieben. Parkhaus SBB«, bejahte Danner und wollte sich verabschieden, doch Baumer insistierte.

»Hör zu, Danner, mein Freund. Um halb sieben. Aber nur, wenn du meine Bedingung akzeptierst. Sonst nix Parkhaus. Nix News.«

»Ich bin mit deiner Bedingung einverstanden, Baumer.«

»Sag, dass du keiner Sau etwas verraten wirst.«

»Ich werde keiner Sau etwas verraten.«

»Okay, bis später«, beendete Baumer das Gespräch.

»Bis dann«, verabschiedete sich Danner schwungvoll, und es klickte in der Leitung.

Baumer telefonierte weiter, während er in Richtung seiner Wohnung ging. Das nächste Gespräch war ebenso kurz und knapp gehalten, wie das zuvor. Die Person, die er erreichen wollte, musste von ihrer Arbeit weg ans Telefon geholt werden. Sie war über die Unterbrechung ihrer wichtigen Tätigkeit ein wenig ungehalten und ließ Baumer das auch wissen. Der ließ die spitzen Bemerkungen über sich ergehen und sagte, was er sagen musste. Dann war auch dieses Gespräch beendet.

Mittlerweile war er zu Hause angekommen. Während des ganzen Weges hatte ihn ein seltsames Gefühl sacht umschlungen gehalten. Jetzt packte es ihn kräftig in der Magengegend. Baumer fühlte sich beobachtet.

Um ein Haar hätte der Kommissar sich umgedreht und die Straße abgesucht, ob ihn jemand im Visier hatte, aber er konnte diesen Drang gerade noch unterdrücken. Baumer passierte den Eingang an seinem Wohnhaus, leerte den Briefkasten, ging hinauf in die Wohnung. Er sah dabei ganz unbekümmert aus. Oben in der Wohnung angekommen, öffnete er die Fenster und ließ frische Luft herein. Er schaute nicht auf die Straße, sondern blickte in den wolkendichten Himmel, der aussah, wie die bewegte Nordsee bei Nacht. Es roch nach Schnee.

Baumer dachte unweigerlich an seine Großmutter, wie sie sich erst zu ihm hinuntergebeugt, ihm ins Ohr geflüstert hatte. Er sah sie sich dann wieder aufrichten. Sie reckte die Nase in den Himmel. »Schmeckst du das, Andi? Schmeck einmal!« Und er hatte sich aufgerichtet wie sie. Hatte die Luft tief eingezogen, damals in Zeglingen, als der Wind den Schnee ankündigte. Auch jetzt richtete sich Andi Baumer auf, sog die Luft tief ein und spielte den Unwissenden für den Mann, der ihn von der Straße her beobachtete.

Rötheli.

Andreas Baumer hatte ihn nicht gesehen, aber er hatte ihn gespürt. Es musste Rötheli sein. Konnte nur Rötheli sein. Der Chef der Zivilen und Wachhund von Windler. Eben würde er seinem Chef berichten, dass Baumer zu Hause sei. Ruhe sich wahrscheinlich aus. Windler würde Rötheli fragen, ob Baumer weiter rumgeschnüffelt habe. Er würde bei dieser Frage sicherlich den Ausdruck »dieses Arschloch von Baumer« benutzen. Rötheli würde melden, was er gesehen hatte, seitdem er den Auftrag gefasst hatte, Baumer zu beschatten. Er würde berichten, dass er Baumer, wie zu erwarten war, heute morgen im ilcaffè gefunden habe.

Dass sich Baumer aber weder mit irgendjemandem aus dem Umfeld von Stankovic getroffen habe, noch habe er Kontakt mit der Rockergang aufgenommen. Über Mittag sei er auf einen Kaffee ins Migros-Restaurant gegangen. Kontakt zu der Gang habe es aber keinen gegeben. Es sei wahrscheinlich Zufall gewesen, dass Baumer zugleich mit den Rockern in diesem Migros-Restaurant gewesen sei. Es liege ja auch sehr nah an seiner Wohnung in der Hochstraße. Dort sei er jetzt auch eingetroffen. Wahrscheinlich habe er es aufgegeben, weiter Staub aufzuwirbeln.

So würde Rötheli an seinen Vorgesetzten, Windler, den Chef der Basler Kriminalpolizei, berichten. Und genau so trug es sich zu. Rötheli berichtete telefonisch und Windler hörte aufmerksam zu. Als Rötheli schloss, lobte Windler seinen Wachhund. »Gut beobachtet, Rötheli. Bravo. Ich sehe, ich habe richtig entschieden, als ich Sie zum Chef der Zivilen machte. Es steckt noch viel Potential in Ihnen.«

Bei diesen Worten richtete sich Rötheli unweigerlich auf und nahm sogar Haltung an.

Windler fuhr fort: »Bleiben Sie dran. Ich will wissen, ob dieses Arschloch noch mal bei Stankovic aufkreuzt oder Trouble bei der Pogimex macht.«

»Verstanden«, beeilte sich Rötheli, den Befehl zu quittieren. Der Chef der Zivilen nickte auch noch, als ob Windler das hätte sehen können. Er legte vergnügt auf. Zu seinem eigenen Unterhund, der neben ihm stand, sagte er: »Bleib mir ja dran. Ich will sofort Bericht, wenn Baumer das Haus verlässt. Das hier ist extrem wichtig.« Dann versuchte er, Windler nachzumachen, und sagte zu seinem Untergebenen: »Wenn du deinen Job gut machst, dann liegt vielleicht eine Beförderung für dich drin.« Er machte aus seiner Hand eine Pistole, schob den Zeigefinger auf die Brust des Untergebenen und lächelte schief. Mit dem Daumen drückte er ab, während er blinzelte und zugleich mit der Zunge schnalzte.

Die Augen von Röthelis Unterhund – Grollimund hieß er – leuchteten auf. Eine Beförderung würde heißen, nie mehr nur sieben Tage Super Last Minute auf Mallorca. Bald würde er sich zwei Wochen Ferien leisten können, und erst noch an einem Ort, der seinem Status würdig war. Nie mehr mit den verfetteten Proleten um einen Liegestuhl am verchlorten Pool vom Zweisternehotel kämpfen müssen. Bald hieße es für ihn 14 Tage Malediven. All-inclusive! Heute würde er deshalb so gut aufpassen wie nie zuvor. Keine Maus würde seinen Adleraugen entgehen.

Sein Blick blieb starr auf Baumers Wohnung gerichtet. Jetzt waren die Fenster wieder geschlossen. Man sah in allen Zimmern Licht. Von hinten schlug ihm Rötheli aufmunternd, unterstützend, anspornend, Besitz ergreifend und hart auf die Schultern. Grollimund fühlte sich wie der wichtigste Mann auf der ganzen Welt.

11

Als es bereits dunkel war, stand der Gefreite Grollimund weiterhin in der Bruderholzstraße und beobachtete Baumer von der Ecke zur Hochstraße aus. Das heißt, er beobachtete nur das, was er als Auswirkungen von Baumers häuslichem Treiben wahrnehmen konnte. Daraus schloss er auf die Anwesenheit Baumers. Ab und an war in einem Zimmer das Licht aus-, dann wieder angegangen. Momentan sah er hinter einem Fenster gedämpftes Licht. Da war wahrscheinlich das Wohnzimmer von Baumer. Der Fernseher war eingeschaltet, er überstrahlte bei hellen Fernsehbildern die weiche gelbliche Beleuchtung mit kühlem bläulichem Licht. Bei raschen Bildwechseln blitzte der fahle Schein in Baumers Zimmer, als ob es im Raum gewittern würde. Grollimund dachte: »Der sitzt jetzt gemütlich vor dem Fernseher. Legt die Füße hoch, dieses Arschloch, und ich muss hier frieren.«

Zu genau dieser Zeit, als Grollimund über den Kommissar lästerte, verschwand dieser aus seiner Wohnung und machte sich auf den Weg zu seinen Freunden. Den Fernsehapparat hatte er laufen gelassen. Den Stecker der Stehlampe im Wohnzimmer hatte er in die Buchse einer Zeitschaltuhr gesteckt, die in unregelmäßigen Abständen das grelle Licht der Lampe ein- und ausschalten würde, um Leben in der Wohnung vorzutäuschen.

Um das Wohnhaus sicher verlassen zu können, musste Baumer noch ein schwieriges Problem lösen. Er musste unerkannt an seinem Schatten vorbeikommen. Baumer war sich sicher, dass vor dem Haus einer stand. Hinten raus war ebenfalls riskant. Es war zwar unwahrscheinlich, dass die Hinterseite überwacht wurde, denn die Häuser dockten direkt an das hinterste Gleis – ein Kommunikationsgleis – des Bahnhofs an. Jedoch hätte er Schienen überqueren müssen, und das wäre gefährlich gewesen, weil Bahnangestellte oder auch Wartende auf den Perrons wahrscheinlich ein Riesengeschrei losgelassen hätten, wenn sie einen Mann in Zivilkleidung über Gleise hätten springen sehen. Das hätte seine Bewacher alarmieren können. Doch gerade diese spezielle Architektur der Häuser, die nahtlos an die Gleise gebaut waren, ermöglichte Baumer das unbemerkte Entwischen. Denn jeweils zwei Häuser dieser Zeile waren im Keller miteinander verbunden. Das war von der Feuerpolizei vor langer Zeit so eingerichtet worden, um Bewohnern eine Flucht zu ermöglichen, falls eine Feuersbrunst den Vorderausgang blockiert hätte. Diesen unterirdischen Gang nutzte Baumer nun, um ins Nachbarhaus zu gelangen, ein Geschäftshaus mit einem Nebeneingang. Baumer schlich dort die Kellertreppe hoch.

Jetzt kam der schwierigste Teil. Er musste durchs Entree, ohne dass er von draußen Aufmerksamkeit erregte und innen von einem Bewohner gesehen wurde. Baumer schaute daher übervorsichtig in den Eingangsbereich. Dieser lag im Dunkeln. Er wartete. Wenn das Licht anginge, wäre es aus.

Draußen war bereits deutlich geringerer Verkehr, als noch zur Rushhour herrschte. Nur vereinzelte Autos fuhren durch die Straße. Plötzlich hörte Baumer das schwere Dröhnen eines großen Busses, das langsam näher kam. Dann zog der Bus behäbig vorbei, ein Reisecar, der Touristen an den Bahnhof führte. Baumer nutzte diesen Moment und schlüpfte rasch aus seinem Versteck am Kelleraufgang, schlich sich geschmeidig wie eine Katze durch den Raum und blieb hinter einem großen Ficusstrauch stehen. Der Raum war noch immer in Dunkelheit getaucht.

Baumer war sich sicher, dass sein unerwünschter Schatten, der irgendwo draußen Wache hielt, ihn nicht gesehen haben konnte. Dessen Blick war sicherlich auf seine Wohnung gerichtet. Auch würde ihn das Licht der Autos und der Straßenlampen blenden. Es war ganz einfach unmöglich für seinen Bewacher, von der Straße her irgendjemanden in diesem obskuren Entree zu erkennen.

So war es auch.

Der Kommissar, hinter seinem Ficus für Blicke unsichtbar wie eine Schlange im Urwald von Brasilien, entdeckte Grollimund auf der anderen Straßenseite, etwa 40 Meter entfernt. Er stand abgewandt zu Baumer, spienzelte um die Ecke und schaute hin zur Wohnung im 2. Stock. Das Entree des Geschäftshauses, wo Baumer sich versteckte, interessierte Grollimund kein bisschen. Jetzt bewegte sich der junge Zivile zurück, entspannte sich. Baumer sah, wie sich sein Wächter von ihm wegdrehte und ihm den Rücken zukehrte.

Grollimund begann mit den Füßen zu stampfen und hüpfte von einem Bein auf das andere. Er stieß wattige Nebelwolken in die Luft, während er beide Hände rieb und mehrmals die Arme um seinen Körper schlug, um warm zu werden. Dann drehte Grollimund sich wieder um, blickte in die Hochstraße. Gegenüber lag der Eingang eines Geschäftshauses. Er war derzeit hell erleuchtet. Grollimund sah, wie sich die Eingangstür hinter einem Geschäftsmann langsam wieder schloss, der nun zum Lift trat und einen Knopf drückte. Offenbar wurde in diesem Haus noch länger gearbeitet.

Der junge Zivilpolizist blickte wieder zu Baumers Wohnung. Der Schein des Fernsehers blitzte manchmal auf. Grollimund schaute auf die Uhr. Es war 18 Uhr 15. Dann lief immer RTL Explosiv. Das schaute er so gern, während seine Frau das Essen vorbereitete, falls sie nicht wieder vergessen hatte einzukaufen. RTL Explosiv war eine seiner Lieblingssendungen. Das waren echte Nachrichten. Da gab es immer viel Polizeizeugs. Und Autoverfolgungsjagden. Die hatte er besonders gern, aber noch mehr liebte er bewaffnete Banküberfälle. Hui! Bewaffneter Banküberfall im Bottrup! Das wäre was. Bei so einer Aktion wäre er endlich auch gern mal dabei. Zu dumm nur, dass er die Geiselnahme auf der Passerelle verpasst hatte. Drei Jahre schon bei den Polypen und immer noch keine richtige Geiselnahme erlebt. Seine Kumpel, die dabei gewesen waren, schauten seither auf ihn herab und begegneten ihm, als wäre er eine faule Gurke. Nun hatte er eine Chance, in der Hierarchie wieder Boden gut zu machen. Diese Chance würde er sich nicht entgehen lassen.

Grollimund drückte sich an die Häuserwand und brachte sich in Stellung. Mit seinem Daumen und Zeigefinger ahmte er eine Pistole nach. Er lugte um die Ecke und zielte über seinen Zeigefinger auf einen imaginierten Geiselnehmer. Grollimund fühlte sich groß und stark.

Baumer hingegen hatte Grollimunds Unachtsamkeit, als der sich warm gehoppelt hatte, genutzt und war aus dem Entrée geschlüpft. Beinahe wäre er mit einem Geschäftsmann zusammengestoßen. Überrascht hatte er »Pardon« gesagt und hätte ihm aus Höflichkeit beinahe noch die Haustür aufgehalten. Aber alles war gut gegangen. Baumer war bereits hinter ein paar Autos verschwunden, als sich Grollimund nach seinem Versuch, sich warm zu hoppeln, wieder herumgedreht hatte. Baumer lachte innerlich, als er ihn von weitem sah, wie er mit seiner Fingerwaffe im Anschlag angespannt um die Ecke schaute.

*

Der Kommissar überquerte am Ende seiner Wohnstraße die Münchensteinerbrücke. Das kupferne Stellwerk der Stararchitekten Herzog und de Meuron und der Betrieb auf den Gleisen blieb von ihm völlig unbeachtet. Er schritt zügig aus, denn er wollte so schnell wie möglich an das östliche Ende des Bahnhofsgebäudes gelangen und dort ins Parking hinabtauchen.

Unten in der Tiefgarage wartete schon Rolf Danner, der Blick-Experte für Mordfälle. Auf dessen Nase thronte seine Fliegenaugenbrille. Obwohl das Parkhaus weitläufig angelegt war, entdeckte der Basler Polizeikommissar den Journalisten sofort, weil dieser sich so positioniert hatte, dass er alle Abgänge im

Auge behalten konnte. Ohne Worte auszutauschen, schüttelten sie ihre Hände, gingen zu Danners Wagen und stiegen ein. Danner startete den Motor, setzte aus der Parkposition zurück und fuhr los.

»Scheiße, vergessen zu zahlen«, war das Erste, was er bemerkte. Also hielt er nahe am Ausgang und ging zum Kassenautomat, während der Motor weiterlief. Am Automat kam ihm eine junge Frau mit Kind zuvor. Er musste sich anstellen. Es dauerte einen Moment, dann hatte er gezahlt und stieg wieder ins Auto. Baumer hatte in der Zwischenzeit den Zündschlüssel zurückgedreht. Er hatte den Gestank der Abgase geschmeckt. Danner ließ den Wagen kommentarlos wieder anlaufen und fuhr auf den Ausgang zu.

Rolf Danner behielt auch im Auto sein Markenzeichen auf. Baumer fragte sich, ob der Blick-Journalist seine Brille nie abnehme, selbst hier in dieser dunklen Einstellhalle nicht. »Nimmst du nie deine Brille ab?«, fragte er prompt und ohne Scham.

»Nein. Warum?«, sagte Danner geistesabwesend. Er war an der Ausfahrt angekommen und schob die Quittung ein. Die Schranke öffnete sich, und Danner fuhr die Rampe hoch, die ihn aus dem Parking führte. »Also jetzt, wohin?«

»Oben rechts.«

»Das weiß ich, dass ich oben rechts muss. Das ist der einzige Weg hier«, sagte Danner gehässig.

»Wir fahren zuerst zum Voltaplatz, dann am Campus vorbei Richtung St. Louis.«

»Okay, mach ich. Und jetzt? Erzählst du mir, was Sache ist.«

»Wenn wir da sind, sonst muss ich alles zweimal erzählen.«

Danner insistierte nicht. Wozu auch versuchen, mit diesem Baumer ein Gespräch zu führen. Der war schon ein spezieller Kerl. Einsilbig. Große Füße! Aber eigentlich ganz okay. Danner mochte Baumer. Er mochte ihn, weil er ihm in gewisser Weise seelenverwandt war. Baumer war – wie er selbst – einer, der bei den Großen keine Chancen hatte. Sie waren für diese Leute unangenehm, weil sie nicht allen Mist mitmachten. Zwar wurden sie von den Großen insgeheim dafür bewundert. Aber auf gleicher Höhe durften sie sich nicht bewegen. Also wurden sie von denen zuerst erniedrigt und dann verlacht. Und weil es eigentlich wenig zum Herunterputzen gab, suchten sich diese Leute andere Angriffsflächen. Danner war ein Dreckszürcher. Da Baumer weder schwarz noch schwul und auch kein Zürcher war, mussten eben seine Füße herhalten. »Baumer hat große Stinkfüße! Ha, ha, ha!«, riefen sie krachend, wenn sie böse oder nur eifersüchtig waren. Aber wenn es gefährlich wurde, schob man diesem Schugger die Arbeit zu. Dann waren diese Großen froh, wenn sie den Kopf einziehen konnten und ein anderer seinen Schädel hinhalten musste. Danner dachte dabei an diese Geiselnahme vor vier Jahren nahe der Messe.

Damals war ein Mann aus Malaysia durchgedreht, hatte wild um sich geschossen. Aus Verzweiflung? Krank im Kopf? Niemand wusste es. Es war auch egal. Der Mann hatte aus seiner Wohnung heraus auf Passanten geballert und zwei Leute schwer verletzt. Danach nahm er seine eigene Frau als Geisel. Und dann wurde Baumer an die vorderste Front geschickt. Der redete beruhigend auf den Amokläufer ein. Ja, da konnte Baumer reden. Schließlich gewann Baumer das Vertrauen des Spinners. Schlüpfte sogar in dessen Wohnung. Selbstverständlich unbewaffnet. Der Chef der Einsatztruppe hatte beinahe eine Herzbarracke bekommen, weil er nun nichts mehr riskieren konnte, ohne auch den eigenen Mann zu gefährden. Fieberhaft wurde nach Mikrofonen gesucht, die man in Stellung bringen wollte um abzuhören, was drinnen vor sich ging.

Gerade als sie angebracht und verkabelt waren, rief Baumer von innen, »Achtung. Ich bin's. Baumer. Ich komme jetzt raus. Nicht schießen.« Dann öffnete er die Wohnungstür und trat hinaus. In der Hand hatte er die gesicherte Pistole des Amokläufers. Dann sagte er: »Ihr könnt jetzt hereinkommen«, und hielt seinen Kollegen die Tür auf.

Als die Einsatzkräfte in die Wohnung gingen – einer putzte sich vor der Tür sogar noch artig die Füße ab – saß die Frau drinnen mit erschüttertem Gesicht auf dem Sofasessel. Sie weinte ganz sachte. Tränen kullerten unablässig ihr Gesicht hinunter, aber sie war ganz still. Ihr Mann sagte ebenfalls nichts. Er saß bewusstlos auf dem Sofa, den Kopf zur Seite geneigt. Der Zeigefinger seiner rechten Hand steckte im Henkel einer Espressotasse, die wiederum auf dem Sofa lag. Der Inhalt der Tasse war zum größten Teil auf die Brust des Mannes verschüttet. Der Rest war auf das Sofa getropft und bereits vom gerippten Manchesterstoff des Sofas aufgesogen. Die linke Hand des Amokschützen lag auf dem linken Oberschenkel. Die Finger der nach oben gedrehten Hand waren gekrümmt. Die Hand erinnerte an die einer thailändischen Tänzerin.

»Leck mich am Allerwertesten«, dachte Danner, der diesen Film vor sich gesehen hatte, als wäre es gestern gewesen. Baumer hatte es doch in der Tat geschafft, den Malaysier zu einem Kaffee zu bequatschen. Zusammen hatten sie dann – Danner konnte es immer noch kaum glauben – gemütlich einen Kaffee getrunken, den die Frau des Malaysiers zubereitet hatte. Der Malaysier war stolz gewesen, dass ein Schweizer seinen faden, aber umso bittereren Kaffee gemocht hatte. Er hatte die Waffe vor sich auf den Sofatisch gelegt und das Glas gehoben, um seinen ersten Schluck zu genießen. Den Handkantenschlag von Baumer, der ihn brutal im Genick traf, hatte er kaum und viel zu spät kommen sehen. Als ob jemand die Sonne ausgeknipst hätte, hatten den Geiselnehmer urplötzlich Schwärze und Bewusstlosigkeit überfallen und ihn niedergestreckt.

»Weißt du noch, vor vier Jahren, der Malaysier?«, fragte Danner.

»Tempi passati«, antwortete Baumer. Vergangene Zeiten.

»Mir ist nichts vergangen, Baumer. Es ist mir, als wäre es gestern gewesen. Du hast damals ...«, sprach Danner.

»Tempi passati«, erhöhte Baumer die Stimme. »Dieses Mal ist es nicht so einfach.«

»Schon klar, Baumi, aber ...«
»Nix aber«, sagte Baumer kurz angebunden.
Danner schwieg.

*

Als sie bei der Buvette ankamen, war Ali da. Ali, der Türke, von dem niemand den Nachnamen kannte, weil nie jemand gefragt hatte. Der Schnauzbärtige wurstelte in seiner kalten Bude und schien die neuen Gäste kaum wahrzunehmen. Wahrscheinlich schlief er noch zur Hälfte und musste sich erst in seiner Buvette zurechtfinden, die ihm während der nächsten zwölf Stunden kalte Heimat sein würde. Baumer und Danner gingen sofort in das kleine Zelt neben der Imbissbude. Dort saßen bereits Heinzmann und der Professor.

»Schön, dass Sie kommen konnten, Professor«, begrüßte Baumer den Gerichtsmediziner Dr. Regazzoni.

»Sie haben mich am Telefon so höflich darum gebeten, da konnte ich nicht nein sagen.«

»Ich hoffe, Ihre Sekretärin hat Verständnis, dass ich Sie ihr ausgespannt habe.«

»Meine Sekretärin? Was hat denn die damit zu tun?«, argwöhnte der Professor.

»Nichts.«

»Ja. Das will ich doch meinen.«

Baumer zog einen Stuhl heran und setzte sich zu Regazzoni und Heinzmann an den Plastiktisch. Heinzmann war, ganz unüblich, in zivil gekleidet. Seine Kleidung passte ihm wie ein Fasnachtskostüm, das man 20 Jahre nicht getragen hatte, aber zufällig im Keller wiedergefunden hatte.

Danner stand noch und wollte sich eben setzen, als er von Regazzoni angemacht wurde. »Was wollen Sie denn hier?«

»Grüezi, Herr Doktor, freut mich auch.«

»Mich freut es nicht«, antwortete dieser kalt und schaute auf die andere Seite. Ohne seinen Oberkörper zu bewegen, schwenkte er seinen Kopf zum Kommissar und schaute ihn böse an. »Was soll das?«

»Ist schon gut so«, bedeutete der Kommissar.

»Gut so?«, tönte Regazzoni zynisch und hob das Kinn zum Journalisten wie ein distinguierter Graf zu seinem faulen Diener. Zu Danner gewandt sagte er: »Nehmen Sie eigentlich nie Ihre Brille ab? Ich vertraue keinem Menschen, dem ich nicht in die Augen sehen kann.«

Danner, der sich gesetzt hatte, zog die Brille sofort und ohne irgendeine Widerrede ab und schaute den Professor an. »Gut so?«, fragte er treuherzig.

Regazzoni musterte den Blick-Journalisten. Dann nickte er, ein wenig steif.

Danner setzte die Brille wieder auf.

Ali kam aus der Buvette und nahm die Bestellungen auf. Vier mal Kaffee. Einmal zusätzlich Cola light.

»Ohne Eis!«, sagte Danner.

»Ali scho weiß«, sagte der Türke, der zu Hause in Anatolien, wenn er einmal im Jahr dort zu Besuch war, nur »der Schweizer« genannt wurde. Er verschwand, um die Getränke zu holen.

»Also dann«, legte Baumer los.

Die anderen Teilnehmer am Tisch versuchten, möglichst uninteressiert zu tun, obwohl die Spannung förmlich greifbar war. Regazzoni musterte die Fingernägel seiner linken Hand, Danner zog die Brille doch nochmals von seiner Nase ab, untersuchte die Gläser auf Staub. Heinzmann saß einfach still da und schaute geradeaus, doch der goldene Ehering, den er am Ringfinger seiner rechten Hand trug und der tief in seine Haut furchte, klapperte unablässig auf den Plastiktisch.

Dann endlich rückte Baumer mit der Sprache heraus. Er sagte: »Wir haben es mit Mord zu tun. Ganz sicher.«

Heinzmann entspannte sich, er frohlockte. Nur ein bisschen, aber er frohlockte. Jetzt war gewiss, dass sein Bauchgefühl etwas wert war. Danner setzte die Brille wieder auf, aber Baumer hatte zuvor das Interesse in seinen Augen deutlich aufblitzen gesehen. Regazzoni schnaufte tief, blies dann die Luft aus und sagte: »Hat hier jemand eine Zigarette?«

Danner zog eine Packung aus der Jackentasche und reichte sie gedankenverloren dem Gerichtsmediziner.

»Danke. – Feuer?«

Danner ruckte aus seinen Gedanken hoch, zog auch das Feuerzeug hervor, beugte sich damit zu Regazzoni. Dieser hatte sich von seinem Stuhl leicht erhoben und sich ihm weit über den Tisch entgegengestreckt. Weil es zugig war, erlosch die Flamme am Feuerzeug. Regazzoni umfasste Danners Hand sanft mit seinen Händen und ließ sich Feuer geben. Beide schauten sich lange in die Augen.

»Danke«, nuschelte Regazzoni, blies den Rauch des ersten Zuges genüsslich aus und sagte endlich: »Also Mord.«

Baumer nickte.

»Welcher der beiden?«, fragte der Professor

»Alle beide«, antwortete Baumer. »Der erste sowieso. Stankovic, das war ein Mord im Affekt. Toni hatte einen Affen und drehte durch. Der zweite Mord …«

Heinzmann zuckte mit dem Zeigefinger und deutete mit einer leichten Kopfbewegung in Richtung der Buvette. Deren Seitentür war aufgegangen und Ali kam heraus. Als der Türke sich ins Zelt bewegte und der Gruppe die Getränke hinstellte, hörte er Heinzmann plappern. »So eine Weihnachtsfeier muss natürlich gut geplant sein. Sonst ist die Überraschung für unsere Kollegen dahin. Also einen Weihnachtsbaum kann ich selbst organisieren. Wer von euch könnte denn für eine angemessene Dekoration ...«

Ali war wieder in seiner Buvette verschwunden. Baumer fuhr fort. »Der zweite Mord ist der an Toni.«

»Das ist erst eine Vermutung von Ihnen, oder?«, schaltete sich Danner ein, der Baumer in Anwesenheit des Professors siezte.

»Keine Vermutung«, bemerkte Baumer bestimmt.

Danner schürzte die Lippen und stieß einen Pfiff aus, der mit hohem Ton begann und dann langsam leiser werdend in eine tiefere Tonlage glitt.

»Beweise?«, fragte Regazzoni abgeklärt. Ein Schauder durchzuckte ihn. Er fröstelte in seinem Anzug. Darüber trug er nur einen dünnen Regenmantel von Joop. Er fasste sich mit der freien Hand an die Aufschläge und verengte sie.

»Keine Beweise«, erwiderte Baumer ausdruckslos.

Heinzmann, der bisher ganz aufgestellt war, fiel ein klein wenig zusammen, hatte er doch gehofft, dass Baumer die Morde bereits hieb- und stichfest nachweisen könnte.

Baumer sah die Enttäuschung im Gesicht seines Freundes. »Keine verwertbaren Beweise bisher«, wiederholte er. »Leider.«

Dann erzählte er von seinem Nachbarn, Franz Heberlein. Wie dieser autistische Mann ihm vom Schnee erzählt hatte, der kommen würde. Wie Heberlein der Motorradbande im Migros-Restaurant zugehört hatte, als diese Kriminellen zu unvorsichtig gequatscht hatten.

»Ja, Autisten können das, die nehmen alles ungefiltert ...«, begann der Professor zu dozieren.

»Weiter, weiter«, unterbrach ihn Danner und erntete einen bösen Seitenblick von Regazzoni. Jetzt wurde es Regazzoni warm.

Baumer fuhr fort in seinem Bericht und erzählte, wie Heberlein ihm heute gesagt habe, es komme kein Schnee. Kein Schnee, wo doch intensive Schneefälle angesagt waren. Da erst habe er begriffen, dass Heberlein Schnee als Codewort für Kokain benutzte.

Heinzmann fiel noch mehr in seinen Plastikstuhl hinein. Die Lehne bog sich unter seinem Gewicht zurück, die gefrorenen Stuhlbeine knackten.

»Also haben wir gar nichts«, sagte er leer.

Danner warf den Handrücken seiner rechten Hand auf den Tisch. »Warum nicht? Ein Autist ist doch super! Tolle Story.«

Regazzoni mischte sich ein. »Ihre Story ist nichts, wenn nicht ein Minimum an harten Fakten dahintersteht. Irgendwo braucht es einen juristisch einwandfreien Beweis, sonst haben wir, und auch Sie, ein Riesenproblem.«

Danner war nicht dumm und begriff rasch, dass mit einem schwer geschädigten Autisten, der nicht wirklich kommunizieren kann, vor Gericht kein Staat zu machen wäre. Auch für eine große Zeitungsstory mit Titelblatt brauchte es ein Minimum an beweisbaren Fakten. »Wir haben also nichts«, sagte Danner enttäuscht, weil er fühlte, dass ihm ein Riesenfisch vom Haken gesprungen war.

»Doch. Wir haben etwas«, fachte Baumer das Feuer wieder an.

Die anderen drei horchten auf.

Baumer beugte sich also weit nach vorn und ließ den Blick über die Gruppe schweifen. Heinzmanns Miene hellte sich bereits auf, in gespannter Erwartung dessen, was sein Freund verkünden würde.

»Wir haben bereits sehr viel«, bedeutete der Kommissar seinen Freunden. »Wir wissen, dass die Gang Drogen verteilt. Wahrscheinlich bildet sie das Verteilnetz in der Schweiz. Kein Schugger kontrolliert harte Kerle auf schweren Rädern.«

»He«, machte sich Heinzmann bemerkbar, mehr im Scherz denn beleidigt.

»Du natürlich ausgenommen«, besänftigte ihn Baumer.

»Dann wissen wir weiter«, fuhr Baumer fort, »dass Stankovic der Mittelsmann war. Stankovic war oft in Portugal. Das habe ich herausgefunden. Der Schluss liegt nahe, dass hinter allem der Portugiese Alvaro Gomez steckt.«

»Wie schließen Sie darauf, dass Gomez darin involviert ist? Nur weil er Portugiese ist?«, fragte der Professor analytisch.

»Nicht weil er Portugiese ist. Sondern weil er Toni kaltblütig erschossen hat.«

Heinzmann nahm die Argumentation von Baumer auf und erklärte dem noch unsicheren Professor: »Welcher Geschäftsmann trägt schon in der Schweiz einen Revolver bei sich. Auch ist Gomez im Bistro geblieben. Er hätte problemlos flüchten können, als Toni ausflippte. Aber er blieb, denn er wusste, dass

Toni für ihn jetzt äußerst gefährlich war. Tonis Sicherung war durchgebrannt, und er hätte sicherlich geplaudert, wenn wir ihn festgenommen hätten.«

»Warum hat Toni nicht auch Gomez erschlagen?«, versuchte der Professor das Haar in der Suppe zu finden.

Heinzmann gab ihm die Antwort: »Weil Toni den Portugiesen wahrscheinlich gar nicht gekannt hat. Stankovic war ja der Kontaktmann für ihn. Gomez hingegen hat er womöglich noch nie gesehen. Also ging er auch nicht auf ihn los. Der Portugiese allerdings wusste um die Deadly Skull's und welches Risiko ein wildgewordener Skull bedeutete. Toni hätte die ganze Organisation auffliegen lassen können.«

Baumer nickte. »Gomez hat vielleicht gedacht, dass Toni von einem Scharfschützen der Polizei erledigt wird. Dann wäre er ohne eigenes Zutun seines Problems entledigt worden«, schloss er die Beweiskette. »Gomez hat erst eingreifen müssen, als ich eine Chance hatte, Toni zu entwaffnen und lebendig festzunehmen. In seiner Verfassung hätte Toni ausgepackt über die Drogengeschäfte und die Rolle von Stankovic. Und über dessen Machenschaften wären wir früher oder später an Gomez selbst rangekommen.«

Jetzt regte sich der Journalist. »Gomez musste hundertprozentig sichergehen, dass die Drogengeschäfte nicht aufflogen und jede Verbindung zu ihm unterbrochen war. Daher hat er Toni kaltgemacht. Fünf Schüsse, der letzte ein Blattschuss. Das habe ich recherchiert«, mischte er sich an den Professor gerichtet ein. Der Mann vom Blick wollte zeigen, dass auch er ein Hirn hatte und zwei und zwei zusammenzählen konnte.

»Ja, schon gut. Ich hab's begriffen«, gab sich der Professor geschlagen und machte zwei schnelle Züge an seiner Zigarette.

Baumer griff nach seinem Kaffee und wollte einen Schluck nehmen, er war aber noch viel zu heiß. Die anderen fassten ebenfalls ihre Becher, bliesen vorsichtig hinein, nippten zögerlich.

»Uääh«, verzog der Professor, nachdem er einen Schluck genommen hatte, sein Gesicht zu einer bitteren Miene. Er hob seine

Plastiktasse Richtung Heinzmann: »Schmeckt Ihnen dieser Abwasch?«

»Hält wach«, entgegnete Heinzmann, blies erneut sachte in den Becher und sog unter großen Schlürfgeräuschen den heißen Kaffee ein.

Danner und Baumer lachten vergnügt. Der Professor verdrehte die Augen, räusperte sich und richtete seine Krawatte.

Schließlich bat Baumer um Aufmerksamkeit. Er berichtete, dass Windler ihm seine Spürhunde auf den Hals gehetzt hätte. Diese Information löste größte Verwunderung und Wut aus. Danner sagte: »Hoppla.« Der sonst so gesittete Professor stieß zur Überraschung aller ein paar saftige Flüche aus. »Dieses Schwein!«, entfuhr es ihm, als er mit der rechten Faust auf den Tisch schlug und dabei eine böse Grimasse schnitt. Heinzmann blieb hingegen ruhig. Er wusste bereits von der Observierung, denn Baumer hatte ihn gewarnt, er solle darauf achten, dass ihm niemand zu Ali folge.

»Wir sind also unter Beobachtung gestellt«, stellte Baumer trocken fest. »Das heißt, ich und wahrscheinlich auch Heinzmann werden bewacht. Windler geht bei uns auf Nummer sicher.« Baumer schaute den Gerichtsmediziner an. »Regazzoni. Sie hingegen sind für Windler harmlos ...«

»Danke«, bemerkte Regazzoni ironisch, als ob er darüber enttäuscht war.

»... und du, Danner«, fuhr Baumer fort, »scheinst ebenfalls keine Gefahr für Windler darzustellen. Ihr beide könnt frei agieren.« Baumer machte eine Pause, dann stellte er sich vor die beiden hin. Mit fester Stimme und ziemlich laut sagte er: »Deshalb brauche ich euch!«

Regazzoni nahm die Zigarette auf, die er in einen kleinen Wegwerfaschenbecher aus Aluminium abgelegt hatte, als der Kaffee kam. Sie war bereits erloschen. Trotzdem führte er sie zum Mund, sog mehrmals daran, aber gab es schließlich auf. »Ah, Scheibenkleister«, rumpelte er und drückte die erloschene Zigarette penibel aus.

»Also, Regazzoni. Sind Sie dabei?«, fragte Baumer mit fester Stimme, immer noch stehend.

»Was? Ah, ja. Die Morde. Ja. Ich bin dabei.«

Baumer drehte sich zu Danner und wollte ihn dasselbe fragen. Der machte aber schon zwei Fäuste, aus denen oben die Daumen herausragten. Er presste die Lippen entschlossen zusammen und warf die Fäuste nach vorn. So, wie es damals Fumijaki Kataguri, der Mechaniker Erster Klasse, auf der Akagi, dem Flaggschiff der Kaiserlichen Japanischen Trägerkampftruppe, getan hatte, als er vom Achterdeck aus den Angriffsbombern Richtung Pearl Harbour seine Unterstützung signalisierte.

Baumer nahm die Zustimmungen entgegen. Er hatte darauf gehofft. Dass beide, Danner wie Regazzoni, ohne Zögern und ohne Gejammer zustimmten, hatte er aber nicht erwartet. Er setzte sich wieder. Urplötzlich fühlte er sich wach und stark.

Dann erklärte Andreas Baumer, Kriminalkommissar in Basel und beschattet von seinen eigenen Kollegen, seinen Kampfgenossen seine Strategie. Zusammen diskutierten sie seinen Schlachtplan. Verfeinerten ihn in Details. Präzise Aufgaben wurden verteilt. Nach etwa dreißig Minuten waren die vier Männer in Alis Zelt bei der Buvette damit fertig.

»So geht's. Ich bin sicher. Ja. Genau so machen wir es«, sagte Danner, als er als Erster aufstand und das Zelt eilig verließ, ohne noch viele Worte zu verlieren.

Nach ein paar Minuten folgte ihm der Professor. »Gute Nacht, meine Herren«, verabschiedete er sich von Andreas Baumer und Stefan Heinzmann förmlich. Hätte er einen Hut auf gehabt, er hätte ihn gelüftet.

Heinzmann verkniff es sich, einen Gruß an die Sekretärin von Regazzoni auszurichten, die sicherlich bereits zu Hause mit dem Essen auf ihn wartete.

Baumer führte die leere Kaffeetasse an den Mund. Als er merkte, dass nichts mehr drin war, sagte er: »Okay. Also dann. Los geht's.«

Der Kommissar zahlte bei Ali für alle. Er gab ihm ein schönes Trinkgeld und bat ihn geheimnistuerisch, niemandem etwas zu sagen, falls einer fragte, was sie hier besprochen hätten. Heinzmann brächte ihm dann auch ein großes Stück von der Weihnachtstorte vorbei. Baumer beugte sich verschwörerisch zu Ali hin und hielt seine geöffnete Hand über den Mund, als er flüsterte: »Die Kollegen wollen immer alles im Voraus wissen, aber diesmal wollen wir sie mit einer richtigen Weihnachtsfeier überraschen. Also, psst.«

»Ali scho weiß«, sagte der Türke und sein schwarzer Schnauz ging an den Enden nach oben. Heinzmann verabschiedete sich vergnügt mit einem »Merhaba« von Ali. Dann fuhr Heinzmann seinen Freund zurück ins Gundeldingerquarter, setzte ihn drei Blocks von seiner Wohnung entfernt ab. Baumer schlich sich auf demselben Weg zurück, auf dem er seinem Bewacher entkommen war. Es ging noch leichter als auf dem Hinweg.

Oben angekommen sah Baumer, dass die Zeitschaltuhr das Licht bereits zweimal an- und ausgemacht hatte. Seit er weg war, waren nicht einmal zwei Stunden vergangen. Baumer knipste das Deckenlicht an und schaltete den Fernseher aus. Dann legte er sein teures Designerhemd ab, zog nur ein weißes T-Shirt als Nachthemd an und öffnete das Fenster. Er tat so, als ob er frische Luft einsaugte und streckte sich dafür deutlich sichtbar aus dem Fenster.

Unten an der Ecke stand Grollimund und sah, wie Andreas Baumer, Kommissar und Zielperson, frische Luft in die Wohnung ließ und seine beim Fernsehschauen eingeschlafenen Glieder reckte. »Der hat's gut«, dachte Grollimund. »Hockt im Warmen und schaut fern.« Grollimund fragte sich, welchen Stuss Baumer wohl gesehen hatte, und ärgerte sich bei dem Gedanken, dass er selbst seine geliebte Knallserie »Alarm für Cobra 11« verpassen musste.

12

Die nächsten Tage vergingen wie geplant. Baumer und Heinzmann hingen ihren regulären Aufgaben nach. Routiniert. Unauffällig. Heinzmann machte die Arbeit Spaß, Baumer nicht. Keiner von beiden gab Anlass zu irgendwelchen Beschwerden. Rötheli berichtete seinem Chef täglich, was Baumer tat, was Heinzmann tat.

Sie taten nichts.

Zumindest nichts, was Windler interessiert hätte. Keine Nachforschungen zu Gomez und seiner Pogimex. Keine Untersuchungen zu Toni, keine zu Stankovic. Nichts.

Rötheli, der Chef der Zivilen, berichtete nur Belangloses über die beiden Querschläger. Dass Baumer öfter als auch sonst schon im ilcaffè abhänge, dass er am Tag mehrheitlich im Büro sei, am Abend nicht ausgehe. Heinzmann hingegen sei meist auf Streife, Besoffene einsammeln und Alzheimerkranke nach Hause fahren. Die beiden Troublemakers träfen sich kaum und man sehe sie daher auch nicht mehr miteinander sprechen.

»Es scheint, als seien beide auf Valium. Haben den Schwanz eingezogen«, meinte Rötheli forsch.

Windler hörte es gern.

»Rötheli, ich sage Ihnen was, und merken Sie es sich gut«, tönte er überheblich. »Ein guter Chef hat seine Leute immer im Griff. Ab und zu gehören die einmal richtig zusammengeschissen. Dann parieren sie. Die brauchen das richtiggehend. Nachher muss ich nur noch das Stöckchen werfen, und die springen. Braver Hund, ja. Komm, bring das Stöckchen!«, höhnte Windler.

Rötheli brachte auf diese Belehrung nur ein ebenso mageres wie leises »Ja« heraus.

Weil Windler sofort merkte, dass Rötheli wohl begriffen hatte, dass er selbst für Windler nur ein Hund war, fügte Windler schnell an: »Aber Sie, Rötheli, sind ja von einem ganz anderen Kaliber. Sie sind ein guter Mann. Sie gefallen mir! Sie leisten hier, wie immer, wenn ich Ihnen einen wichtigen Auftrag gebe, ganze Arbeit.« Damit lächelte er Rötheli an und zog ihn, die Stimme bewusst gesenkt, ins Vertrauen. »Unter uns, Rötheli, Ihre Arbeit überzeugt mich schon lange.« Dann tat er noch geheimnisvoller und fügte wispernd an: »Ich dürfte es Ihnen ja gar nicht sagen, aber wissen Sie, auf meiner Liste für die Beförderungen stehen Sie ganz oben.«

Rötheli fühlte sich pudelwohl. Dass er eingewickelt war wie eine Fliege im Netz, merkte er offenbar nicht.

*

Zwei weitere Tage später war es dann vorbei. Windler hieß Rötheli die Bewachung von Baumer und Heinzmann einstellen. Der Mist war geführt. Saubere Sache. Der Fall wurde ad acta gelegt.

Und Tschüss.

Dass der Amoklauf im Bistro auf der Passerelle von nun an als unwichtige Episode Basels in den Annalen der Basler Kriminalgeschichte vermodern würde, schlussfolgerten auch diejenigen Polizisten, die Baumer zufällig in seinem Büro besuchten. Sie fanden dort einen Basler Kommissar, der offenbar ohne Fall war, denn er beschäftigte sich nur mit Krimskrams. Blumen gießen, Mülleimer leeren, den Bostitch-Hefter mit neuen Klammern auffüllen, Aktenordner neu beschriften. Solcher Art waren die Tätigkeiten, für die Baumer seine Zeit nutzte. Sein Freund Heinzmann war hingegen sehr beschäftigt. Er machte Extraschichten und fuhr mit dem Gefreiten Meier durchs Kleinbasel. Präsenz markieren. Er stellte Strafzettel für Lieferwagen aus, die auf dem Bürgersteig hielten. Protokollierte Unfälle. Verfolgte einen Ladendieb, der im Kaufhaus Manor »eingekauft« und einen Verkäufer brutal zusammengeschlagen hatte, als der ihn hatte festhalten wollte. »Wagen 13, Diebstahl in der Manor mit Angriff auf Person, Verfolgung aufnehmen«, wurde Heinzmann dann angefunkt. Als er bestätigte, wurden ihm weitere Informationen über den Dieb durchgegeben: »Täter 1 Meter 80, etwa 20 Jahre, zerrissene, helle Jeans, dunkelhäutig, kurze schwarze Haare, braune Lederjacke.« Alltägliche Aufgaben des Streifendienstes, damit war das Leben von Heinzmann in den letzten Tagen angefüllt.

Kontakt zu Baumer suchte er nicht in dieser Zeit. Wozu auch. Ihre Strategie entfaltete sich wie ein Sonnensegel an einer Raumstation, ohne eigenes Zutun und ganz nach Plan. Es lief alles wie am Schnürchen.

Auch Baumer ertrug diese langen kurzen Wintertage ohne größere Probleme. Er wusste, dass ihre Strategie aufgehen musste und unweigerlich zum Ziel führen würde. »Gut Ding will Weile haben«, sagte er zu sich selbst, um der Langeweile Sinn zu geben. Und es waren ja erst sechs Tage vergangen, seit er und seine Freunde sich bei Ali getroffen hatten.

Welcher Tag war heute eigentlich?, fragte sich Baumer. Er nahm den Kalender vom Büchergestell. Für jeden neuen Tag drehte man ein weiteres Blatt um. Er hatte ihn schon lange nicht mehr nachgeführt und musste lange blättern bis zum aktuellen Wochentag. Das Kärtchen zeigte den 18. Dezember. Drei Tage noch. Drei Tage bis zu ihrem Geburtstag.

Majas Geburtstag.

Baumer fiel in seinen Stuhl. Tränen stiegen in seine Augen, als die Erinnerung ihn überkam. Wie er sie mit einem Geschenk überascht hatte. Wie sie in süßem Schweizerdeutsch »Danke«

sagte, als sie es auspackte, »das ist lieb von dir.« Wie sie versuchte zu lächeln, aber die Augen beschämt abwandte.

Er fragte sie: »Gefällt es dir nicht?«

»Doch. Es ist nur ...«

»Was ist nur?«

»Ich. Ich möchte nicht«, zögerte Maja.

»Was? Was möchtest du nicht?«

»Ich kann das nicht mehr.«

»WAS?«, schrie er sie an, und sie heulte los, drehte sich von ihm weg. Er packte sie an den Schultern, riss sie herum. »Sag mir, was los ist?«

Dann sagte sie es ihm. Dass sie ihn liebe. Ja. Irgendwie.

»Irgendwie?«, schrie er verzweifelt und schüttelte sie.

Sie weinte und zitterte und stammelte, dass er ihr wehtue, und er ließ sie los, hielt sie wieder fest, streichelte sie, versuchte, ihre Lippen zu küssen, packte sie an der Hüfte, zog sie zu sich, spürte seinen Schwanz, der noch ob der Vorfreude, wie sie sich über das Geschenk freuen würde, hart in seiner Hose spannte. Wie sein Penis ihre Scham berührte, aber bereits verängstigt zu erschlaffen begann. Wie sich Maja verzweifelt zurückbog, wand und Andi schließlich energisch wegstieß.

Hatte sie ihn im Gesicht gekratzt? Er spürte es nicht. Er sah nur, wie sie sich in eine Ecke setzte. Wie sie ihn böse und entschlossen ansah. Dann die Worte, die er nie vergessen würde.

»Ich liebe dich nicht.«

Er war sprachlos.

Er erkannte, dass sie ihm nicht mehr in die Augen schauen konnte, als sie endlich damit herausgerückt war. Herausgerückt mit der einzigen Wahrheit. Dass sie ihn nie geliebt hatte. Ja, gemocht. Sehr. Aber nie geliebt. Weil sie den anderen liebte. Schon immer. Diesen Mann, an dessen Namen sich Baumer nicht erinnern wollte, aber erinnern musste, immer erinnerte, diesen anderen Mann, diesen Anderen, diesen, diesen Martin.

All das hatte Baumer in Gedanken ein weiteres Mal durchlebt, als wäre es ihm grad soeben geschehen. Er stand geknickt und lädiert in seinem Büro, wie eine zerschlissene Ständerlampe von IKEA als Sperrgut auf der Straße steht.

Andi Baumer schämte sich für sich selbst. Er wusste, dass er sich zusammenreißen musste. Er versuchte es. Es gelang nicht, der Verlust von Maja war in seine Eingeweide eingebrannt, und die Vernarbung schmerzte weiter.

Er wollte sich bewegen. Es ging nicht. Also schlug er sich auf die mächtigen Oberschenkel. Aber weil er keine Schmerzen spürte, grub er seine Fingernägel tief in seine Wangen. Er riss an der Haut, bis er jaulte vor Schmerzen und er endlich einen Fuß vor den anderen setzen konnte.

Dann ging er im Büro umher. Ging um den Tisch. Links. Rechts. Ging drei Schritte vorwärts zum Schrank, stapfte mit den Füßen. Links, rechts, schlug sich erneut ins Gesicht. Milder als zuvor.

Später, als er sich endlich wieder gefasst hatte, überfiel ihn die Erinnerung an Maja erneut und derselbe Tanz wiederholte sich ein weiteres Mal.

*

Windler hingegen erfreute sich seines Daseins. Er schien größer und mächtiger denn je, als er am selben Abend mit großem Tamtam den Spiegelhof verließ. Seine Stimme hallte durch die Gänge, wo er sich stolzierend auf den Weg in seine Stammkneipe nahe dem Spiegelhof machte. Leute, die ihm begegneten, begrüßte er mit heller und sonorer Stimme zugleich und hatte für jede und jeden einen geeigneten Spruch übrig. In der Eingangshalle warf er dem Wachmann an der Pforte – wie hieß der doch gleich? – einen jovialen Gruß zu, lachte kumpelhaft und rief: »Machs gut für heute! Ciao.«

»Adieu, Herr Windler«, beeilte sich der Angesprochene zu erwidern und lächelte. Seine Zähne sah man dabei nicht.

Vor der Tür stapfte Windler frohen Mutes die Schneidergasse zum Rümelinsplatz hinauf. Seinen Mantel schloss er nicht, obwohl sein Armani-Anzug ziemlich dünn war. Die Kälte schien Windler überhaupt nichts auszumachen. Dabei war es bereits so kalt, dass selbst der Schnee sich zurückhielt und nicht fallen wollte. Nicht einmal seinen Seidenschal band sich Windler um den Hals, ließ ihn nur lose von den Schultern herunterhängen, sodass die Enden beim schnellen Schritt seine Beine umflatterten wie Motten das Licht.

Auf dem kurzen Weg zum Rümelinsplatz und weiter zu seiner Stammkneipe begrüßte er allerlei Leute und hielt mit ihnen einen kurzen Schwatz. Es schien, als hätten sich alle Würden- und hohen Funktionsträger verabredet, um genau während dieser Uhrzeit, kurz vor dem Abendessen, wie zufällig in dieser Gegend zu flanieren. So, wie sie es dort seit Jahrhunderten tun.

»Grüezi, Herr Direktor«, hieß es hier. »Guten Tag, *Herr Professor*«, wurde dort ein echter Professor begrüßt – einer mit Urkunde und Siegel und Geld vom Staat und ewiger Beschäftigungsgarantie und zehn Doktoranden, die mit Leib und Leben von seinen Launen abhängen.

Als Windler endlich in seinem Lieblingsrestaurant eintraf, saß Vonarburg, ein anerkannter Jurist, schon unter der Fasnachtslampe einer der Cliquen, die dort ihren Stammplatz haben. Der Pensionär Vonarburg, dessen einziges Problem war, nicht zu wissen, wie er seine unanständig hohe Pension verbraten konnte, hatte seinen Kopf auf eine Hand gestützt und erfreute sich an Maria, der kroatischen Kellnerin. Die wusste, was sich gegenüber einem so bedeutenden Gast gehörte, und gab sich allergrößte Mühe, ihn für neunzehn Franken Stundenlohn und – vielleicht – zwei Franken Trinkgeld zu bezirzen.

»Das wird ja vergnüglich werden«, freute sich Windler über die Präsenz von Vonarburg und ließ sich nicht einmal von Dr. Regazzoni, den er auf der anderen Seite des Restaurants zusammen mit einem fremden Gast an einem Tisch sitzen sah, die Freude nehmen. Windler hasste den Gerichtsmediziner, und es nervte ihn, dass Regazzoni – »dieses Arschloch« – sich erdreistete, hier einzukehren. Vielleicht war Regazzonis Gast ein Medizinerkollege von auswärts, und der Gerichtsmediziner wollte ihm eine kleine Touristenführung geben und ihn in eine typische Basler Beiz führen. Aber das hier war seine verdammte Kneipe, sein Revier, und diesen Parvenü wollte er hier nicht sehen.

Überhaupt.

War Regazzoni nicht auch schon gestern mit diesem Typen hier gewesen? Hatte sich in eine Ecke gedrückt und mit dem anderen gequatscht? Wenn das noch öfter geschehen würde, müsste er diesem Schlaukopf mal zeigen, wo Bartli den Most holt. Windler erfreute sich ob seiner eigenen Macht, lachte auf und malte sich schon aus, wie er Regazzoni ganz bewusst und ganz direkt und ganz brutal vor dessen Kumpan zu Kleinholz machen würde.

Als Vonarburg, der mehr Verwaltungsratsmandate als Haare auf seinem Kopf hatte, seinen Kumpan Windler sah, riss er den Arm hoch und rief jovial und mit lauter Stimme quer durch den Saal: »Hoi, Sigi. Alte Schachtel!«

Windler wurde sogleich angesteckt und lachte und prustete in Vonarburgs Richtung: »Sali, Niggi. Alter Knochen.«

Dann schlugen sie ein, als hätten sie sich seit Jahren nicht gesehen – sie sahen sich jeden Tag – und unter großem gegenseitigem Hallo ließ Windler sich in den Stuhl fallen, der eine kleine Plakette mit seinem Namen trug. Der Chef der Basler Kriminalpolizei hatte Regazzoni in seiner Ecke schon fast vergessen, und als Direktor Heinrich de Wette eintraf und unter ebenso großem Tamtam begrüßt und in die fröhliche Runde aufgenommen wurde, hatte Windler vollends das Interesse an Regazzoni verloren.

Als Windler später seine Blase leeren musste, waren Regazzoni und dessen Kumpan schon gar nicht mehr an ihrem Platz.

Das ersparte Windler den gehassten Gerichtsmediziner auf dem Weg nach unten zur Toilette begrüßen zu müssen.

Der Chef der Kriminalpolizei trat an ein Pissoir, summte freudig vor sich hin. Das Lied hieß »Alte Kameraden«. Ein Militärlied, das ihm sein Vater, ein Oberst im Generalstab, beigebracht hatte, noch bevor er in die Rekrutenschule eingerückt war. Als junger Leutnant hatte Windler es dann seinen Rekruten beigebracht und tagelang geübt, um es dann einem sturzbetrunkenen Divisionär, der die Rekrutenschule bei einem Manöver besucht hatte, als Abschiedslied vorzutragen. Kurz nachdem die Grundausbildung abgeschlossen war und noch bevor er in den ersten Wiederholungskurs einrücken musste, hatte Windler seine Beförderung zum Oberleutnant bereits in der Tasche. Die Beförderungsurkunde zierte die Unterschrift desselben Divisionärs. Ein Freund des Vaters.

Vergnügt schüttete Windler zwei Bier ab. Als er fertig war, suchte er leicht angesäuselt wieder einmal die Pissoirspülung, die es hier nicht mehr gab, seitdem man eines dieser neuen Urimatgeräte eingebaut hatte, die ganz ohne Wasserspülung funktionieren und den Wasserverbrauch senken. Wie perfekt die Welt doch eingerichtet ist, ging es Windler durch den Kopf, und er kehrte über die Maßen glücklich zu seinen Freunden am Stammtisch zurück.

Nachdem die Tür des Männer-WCs hinter Windler vom Türspanner geschlossen worden war, blieb es zunächst still im Raum. Dann ging die Tür eines der drei Toilettenkabäuschen einen Spalt weit auf, durch den Regazzoni vorsichtig hinausspienzelte. Da alles frei war, traten er und sein alter Studienfreund Werner Schäfer, Doktor der Chemie, aus der Kabine heraus, in die sie sich zuvor eingeschlossen hatten. Dann machten sie sich erneut ans Werk.

*

Rolf Danner, Blick-Journalist aus Zürich, saß im Nachtzug Lissabon-Madrid-Lyon. Soeben hatte er die Alufolie von einem selbst gemachten Sandwich entfernt und verschlang es nun ohne große Freude. Dieses kärgliche Mahl war sein Abendessen. Kaffee hatte er keinen mehr in seiner Thermoskanne und einen portugiesischen vom Speisewagen wollte er sich in der Nacht nicht mehr antun.

Es war bereits die dritte Reise innerhalb von sechs Tagen, die Danner in diesem Nachtzug unternahm. Er hatte sich schon so sehr an dieses ruckelige Fahren gewöhnt, dass sich ihm während längerer Aufenthalte bereits nach wenigen Minuten ein mulmiges Gefühl im Bauch einnistete. Stand der Waggon still, schaukelte es in Danner einfach weiter, als ob der ganze Zug noch führe.

Es klopfte an die Tür des Abteils. Der Journalist des Zürcher Revolverblattes erhob sich und öffnete. Draußen stand der Kontrolleur. Der begrüßte Danner schon wie einen alten Bekannten.

»Olá! Danner. Mein Freund.«

»Hei, Ricardo. Komm herein.«

Ricardo Perez, der portugiesische Schaffner, betrat das Abteil und warf seine Mütze auf das Ablagebrettchen am Fenster. Den Saum der umgekehrt liegenden Mütze zierte ein Muster aus speckigen Flecken in der Form von kleinen Flammen. Perez setzte sich ins Abteil, wie wenn er bei einem alten Freund zu Besuch wäre. Tatsächlich schien es Danner selbst, als kenne er Perez schon seit Langem.

»Endlich eine Minute frei!«, stöhnte Perez. »Was die Touris nicht immer alles brauchen, bis sie im Bett sind.«

Perez blickte müde aus seinem weichen Gesicht und fuhr sich durch die schwarzen lockigen Haare, die an den Koteletten weiß ausliefen. Er schüttelte den Kopf, schaute sich dann im Abteil um, während sich Danner ihm gegenüber hinsetzte.

Perez blickte auf das Notebook, das Danner auf einem Sitz aufgeklappt laufen ließ. »Immer noch am Malochen?«, fragte er. »Wie geht es denn mit deiner Reportage?«

»Ganz gut. Dank deiner Hilfe habe ich alles Wissenswerte über den Nachtzug von Lissabon erfahren.«

»Das habe ich doch gern getan«, erwiderte der portugiesische Schaffner. »Weißt du«, fuhr er in akzentfreiem Deutsch fort, »ich hatte zuerst Bedenken, als mir die Direktion mitteilte, dass so ein Schweizer Fuzzi eine Reportage über unseren Zug machen wolle. Na ja, ich dachte, das ist so ein Penner, den ich dann durchfüttern muss.«

»Aber da hast du dich getäuscht, mein Freund.«

»Zum Glück!«, rief Perez. »Du bist ganz okay! Bist mir gar nicht auf der Pelle gelegen oder um mich herumgetanzt. Zuerst habe ich ja gedacht, dass du mich mit Fragen löcherst. Aber du bist einfach mitgefahren und hast dir in Ruhe alles angeschaut.«

»Infobroschüren mit langweiligen Details habe ich von deiner Direktion genug bekommen. Ich wollte einfach ein paar Mal mitreisen, damit ich die echte Seite der Nachtreisen mitbekomme.«

»Die echte Seite?«, tat Perez, als wäre er erstaunt und zwinkerte mit den Augen.

»Die echte Seite!«, quittierte Danner das Stichwort von Perez mit einem breiten Grinsen. Prompt holte er eine kleine Reisetasche vom Gepäckhalter herunter und öffnete sie. Er nahm eine Flasche des teuersten Whiskeys heraus, den er je gekauft hatte. 15 Jahre alter Laphroaig. »Und eins!«, sagte Danner und hielt die Flasche zwischen sich und Perez.

Perez wiederum zog aus der Brusttasche ein Etui mit Zigarren und sagte: »Und zwei.«

Sofort kramte Danner aus der Jackentasche ein Feuerzeug hervor. »Und drei!«, rief er.

Danner und Perez kicherten spitzbübisch ob ihrer Kameradschaft, die sich über die wenigen Tage gemeinsamer Fahrten im Nachtzug von Lissabon nach Lyon spontan entwickelt hatte.

Zumindest meinte Perez, dass es spontan gewesen sei. Also goss Danner Whiskey in zwei bereitgestellte Gläser. Also kappten sie die Zigarrenenden. Also gaben sie sich gegenseitig Feuer.

Pause.

Nachdem er den ersten richtigen Zug eingesogen hatte, entspannte Danner sich und der Kopf wurde ihm leicht. Auch Perez genoss seinen ersten tiefen Zug an der Zigarre und schaute zum Fenster hinaus. Ein Moment der Stille. Plötzlich hörte er das Ta-Tang Ta-Tang der Zugsräder, wenn sie über die Verbindungsstellen der Schienen fuhren. Ein Geräusch, das immer da war, das er aber erst in diesem Moment der Ruhe wieder bewusst wahrnahm.

Danner nutzte die Zeit zum Nachdenken. Bald würde er in Basel sein. Entscheidende Informationen zum Mordfall »Bistro« hatte er bisher nicht sammeln können. Vielleicht war Kommissar Baumer einfach naiv gewesen zu glauben, man könne einen Hinweis – oder gar einen eindeutigen Beweis – für den Drogenhandel ausgerechnet in diesem Zug finden. Gut, Heberlein hatte vom Nachtzug Lissabon-Lyon gesprochen. Das war also sicherlich das Transportmittel, mit dem die Drogen auf dem ersten Teil der Reise nach Basel gebracht wurden. Eine geniale Idee der Großhändler. Alles schielte auf den Balkan und die Einfallspforten im Osten. Die Drogen dann durch die kaum bewachte Hintertür einzuschleusen, zeugte von Einfallsreichtum – wenn es denn so war. Irgendwie war Danner von dieser Theorie noch nicht vollends überzeugt, denn bisher hatte er im Zug nichts Ungewöhnliches beobachten können. Es konnte natürlich auch sein, überlegte er, dass die Bosse im Hintergrund momentan auf Nummer sicher gingen. Vorerst würden vielleicht keine Drogen mit dem Zug transportiert werden. »Kommt kein Schnee!« Das hatte Heberlein mitbekommen. Andererseits war der Handel ja nicht aufgeflogen. Der Amok im

Bistro war ad acta gelegt. Die Schmuggelroute schien immer noch sicher. Und der Schweizer Markt verlangte weiterhin Drogen, dürstete geradezu danach. Die Lieferungen mussten einfach wieder anlaufen, sonst würde schnell ein Konkurrent in die Bresche springen und das äußerst lukrative Geschäft übernehmen.

Aber halt! Endlich kam Danner der entscheidende Gedanke. Der Mittelsmann fehlte ja. Stankovic. Der war hinüber! Die Firma konnte, trotz großer Nachfrage, gar nicht mehr in die Schweiz liefern, weil der Anschluss fehlte. Das hatte Baumer nicht bedacht. Hier im Zug gab es nichts zu beobachten.

Dann hatte Danner einen Geistesblitz. Das Unternehmen musste sicherlich neu organisiert werden. Man brauchte neue, verlässliche Mitarbeiter, die ohne aufzufallen Grenzen überquerten.

Danner entschied sich, spontan alles auf eine Karte zu setzen. »Wie viel machst du?«, wollte er vom Schaffner wissen.

Perez sog den Rauch seiner Davidoff ein, genoss die miteinander kokettierenden Aromen im Mund, blies dann den Rauch mit spitzem Mund aus, während er mit träumerischem Blick aus dem Fenster auf die konturlose Schwärze blickte. Nur selten war sie mit Lichtern verziert. »Machen womit?«, fragte er.

»Mit Schmuggel?«

»Schmuggel?« Perez sprach diese Wort sachlich aus, immer noch in eigene Gedanken versunken.

»Ich könnte dir helfen.«

Endlich war Perez hellwach. Er blickte Danner aus den Augenwinkeln mit einer Mischung aus Misstrauen und Interesse an, musterte ihn scharf.

Danner, der seine Sonnenbrille auf der ganzen Reise nie aufgehabt hatte, neigte seinen Oberkörper, die taxierenden Blicke ignorierend, zum portugiesischen Schaffner. »Ich bin von der Presse! Komme überall hin. Zeig einfach meinen Presseausweis. Die Polizei lässt mich immer durch. He, he. Hat wohl Schiss, ich könne bös über sie schreiben, wenn sie mich genauer untersuchen würden.« Der Journalist vom Blick ließ seine Worte wirken, dann fügte er sichtlich stolz an: »Ich bin quasi vogelfrei. Ich könnte dir helfen.«

»Wie kommst du darauf, dass ich schmuggle?«, erwiderte der Portugiese, der in Hannover als Sohn eines portugiesischen Immigranten geboren war und der dadurch perfekt zweisprachig aufgewachsen war.

»Schmuggelst du etwa nicht?«, forderte Danner den Portugiesen forsch heraus.

Perez schwieg, schaute in sein Whiskeyglas. Er schwenkte den bernsteinfarbenen Alkohol, der milder als sein kleiner Bruder, der 10-jährige Laphroaig, nach Meeresbrise und Seetang schmeckte. Das weiße Licht von der Deckenbeleuchtung spiegelte sich in der Flüssigkeit und splitterte sich in eine Palette rostiger Farben auf. »Warum sollte ich dir trauen?«

»Wer redet von Vertrauen«, meinte Danner verächtlich. »Ich rede vom Geschäft.«

»Ohne Vertrauen kein Geschäft, Danner.«

»Das ist schon klar. Ricardo, mein Freund. Versteh' ich schon. Aber ich sage dir. Wenn mir einer die Chance gibt, Geld zu machen, bekommt er von mir so viel Vertrauen, wie er will.« Dann fügte er an. »Ich will Kohle machen. Richtig dick und fett. Nur das zählt.«

»Und dafür tust du alles?«

»Dafür tu ich alles. Ich mach jedes Risiko mit. Na ja. Fast. Aber sicher genug, um voll abzusahnen.« Er schnalzte verächtlich.

»Wofür brauchst du denn die Kohle?«

Danner tat sofort betrübt und verzog den Mund. Er war ein guter Schauspieler und in all den Jahren als Blick-Reporter wusste Danner, wie man das Vertrauen von Informanten gewinnt. Er sagte: »Ich habe eine Freundin. Eine Italienerin.« Rolf Danners Augen begannen zu leuchten. »Mamma mia, meine kleine Nina solltest du mal kennenlernen.«

»Und für die brauchst du das Geld?«

»Schau mich doch an, Ricardo«, verwarf Danner beide Hände. »Ich bin nur ein langweiliger Schweizer. Hab keine schwarzen

Locken und keine geile Fresse wie du. Muss Geld ranschaffen, sonst haut sie ab.«

Ricardo Perez, 34, Zugbegleiter auf dem Nachtzug von Lissabon nach Lyon, gesegnet mit fetten Lippen und arabischen Augen, schmunzelte. »Ja, die Frauen. Wollen immer mehr.«

»Ah, ich sehe, du verstehst mich«, griff Danner geschickt auf und sagte dann zu Perez:»Ich kann dir helfen. Hilfst du mir auch, mein Freund?«

»Mal schauen.«

»Mal schauen?«, fragte Danner.

»Ja, Danner, mein Freund. Mal schauen.«

Danner hob sein Glas. Perez hob sein Glas.

Sie stießen an.

Die Gläser klirrten.

13

Am nächsten Tag, sofort nach Ankunft von Danners Anschlusszug, der von Lyon über Genf weiter nach Basel gefahren war, fand eine Vollversammlung statt. Baumer, Heinzmann, Regazzoni und Danner trafen sich bei Ali. Der Journalist hatte noch aus dem Nachtzug von Lissabon heraus Baumer angerufen. Er war einen Moment allein gewesen, als Perez mit dem Schlichten eines Streites zwischen zwei ungewollten Abteilgenossen - Holland gegen Deutschland - beschäftigt gewesen war. Per Handy informierte Danner den Kommissar über seine Erkenntnisse. Der bot noch mitten in der Nacht die anderen Verschwörer für den nächsten Morgen, 9 Uhr, zu Alis Buvette auf.

Nun waren Baumer, Heinzmann und Regazzoni bereits in Alis Zelt und warteten gespannt auf Danners Ankunft. Als der mit kleiner Verspätung in diesen Plastikkommandobunker neben der Buvette von Ali eintrat, stand Regazzoni auf und begrüßte ihn förmlich per Handschlag.

»Gratuliere. Gut gemacht«, sagte der Professor zum sichtlich müden Danner. »Jetzt haben wir die Verbindung nach Portugal.«

»Gratuliere Ihnen ebenfalls, Professor«, sagte Danner. Er konnte sich gerade noch zurückhalten, dem Mediziner auf die Schulter zu schlagen. »Sind Sie wirklich sicher?«

Regazzoni schob sein Kinn nach vorn. »Ja. Wir sind absolut sicher. Ich habe zweimal Proben genommen und sie von unabhängigen Experten überprüfen lassen. Ha!«, stieß er urplötzlich hervor und machte eine Siegerfaust, die er kraftvoll aus dem angewinkelten Unterarm hervorschnellen ließ. Mit einer solchen Geste hätte er so gern einmal auf dem Tennisplatz in Allschwil seinen ewigen Gegner, den eidgenössischen Apotheker Dr. Freier, bedacht. Leider schlug ihn Dr. Freier immer. Regazzoni arbeitete einfach zu viel und verbrachte zu wenig Arbeitszeit auf dem Tennisplatz. Ein Fakt, der ihm für seine Karriere im kleinen Basel nicht sonderlich förderlich war.

»Supergeil«, lobte Danner den Professor. Jetzt packte er ihn bei den Schultern und umarmte ihn. Das war Dr. Regazzoni dann doch ein ganz klein wenig zu intim und sein Körper versteifte sich ebenso wie sein Lächeln.

Baumer hieß Danner sich beruhigen. Daher setzten sich der Journalist und auch Regazzoni zu ihm an den Kommandotisch. Das war der kleine weiße Plastiktisch, der früher schwarze Schlieren von Bauarbeiterhänden trug. Jetzt funkelte er in zerkratztem Weiß, wie kristalliner Schnee, wenn die Bise, der kalte trockene Nordwind, darüber gefegt ist. Ali, oder seine Frau, musste ihn in einer freien Minute gereinigt haben. Freie Zeit hatten sie jetzt im Winter offenbar genug, denn in der kalten Jahreszeit machten nur wenige Gäste an der Buvette Halt.

Heinzmann hatte die Freudenszene von Danner und Regazzoni nicht mitbekommen, denn er hatte sich bei Ali bereits den zweiten Kaffee geholt. Nun setzte er sich ebenfalls an den Tisch. Sofort trank er den ersten Schluck heißen Kaffee aus dem neuen Becher. Heinzmann schloss die Augen und spürte eine tiefe Befriedigung. Sie hatten es geschafft, das war dem Wachtmeister klar. Geschafft! Vier Morde aufgeklärt. Denn vier waren es insgesamt. Zuerst war da die junge Freundin von Toni. So jung noch. Umgekommen durch Kokain, das noch nicht verschnitten war. Dann war da Mirko Stamm, Grafiker und Chef einer Werbeagentur. Wurde durch den gleichen Stoff ins Jenseits befördert. Schließlich die Morde drei und vier. Nummer drei war die Spaltung von Stankovic durch den Rocker Toni Herzog. Ein Mord im Affekt. Vielleicht zählte der nur halb. Der Mord an Toni, der selbst ein Mörder war, war hingegen eine volle Nummer. Das war Nummer vier.

Toni, der Mörder von Stankovic, sinnierte Heinzmann, war bereits tot. Gomez, der Toni zum Schweigen gebracht hatte, war hingegen noch frei. Doch den würden sie nun schnappen können. Schritt für Schritt jagen, bis sie ihn hätten. Und dann kämen die

Hintermänner dran, frohlockte Heinzmann innerlich. Diese feinen Herren im Hintergrund, die die Fäden im internationalen Drogenhandel zogen und damit steinreich wurden. Die Deadly Skull's, davon war Heinzmann überzeugt, würden sie im selben Aufwasch verhaften und vor Gericht bringen.

Baumer saß am Tischchen und war äußerlich unbewegt. Schien wie immer. In sich gekehrt, ruhig unruhig. Doch innerlich spürte auch er eine Woge von Glück sich in alle Glieder ausbreiten. Er sagte: »Wir haben den Durchbruch geschafft. Sie, Danner, haben die Schnittstelle zu Stankovic identifiziert. Daran habe ich keinen Zweifel.«

Regazzoni mischte sich ein. »Perez hat angebissen. Ja. Aber ein juristisch einwandfreier Beweis ist das ja wohl noch nicht. Und Danner könnte bei weiteren Ermittlungen in Gefahr kommen.«

»Das stimmt. Das Spiel war gewagt. Wir mussten Danner unter echtem Namen laufen lassen. Aber genau das hat Perez' Zweifel beseitigt. Die Masche mit dem geldgierigen Journalisten war genial.«

Danner hörte das gern. Trotzdem versuchte er, ganz bescheiden in die Runde zu blicken. Es gelang ihm nicht wirklich, und als ihm Heinzmann sogar eine Faust anerkennend auf die Brust klopfte, brach aus Danner die zurückgehaltene Freude in Form eines zufriedenen Kicherns hervor. Dann spürte Danner den Schmerz. »Aua, das tut weh.«

Baumer lachte nur kurz. Bestimmt sprach er in die Runde: »Danner wird zurückgezogen. Er hat mehr als genug getan. Wir können es nicht riskieren, ihn weiter an der Front zu exponieren.«

Regazzoni und Heinzmann nickten. Danner rieb sich die schmerzende Schulter und schien leicht enttäuscht, dass er das Spiel nicht weitertreiben konnte.

Der Kommissar schien zu erahnen, was Danner bewegte, denn er sagte: »Gentlemen. Das ist hier kein Kinderspiel. Wir dürfen kein unnötiges Risiko eingehen. Der wasserdichte Beweis wird auf anderem Weg kommen. Und kommen wird er. Das ist so sicher wie das Amen in der Kirche. Ich habe keine Zweifel, dass die portugiesischen Kollegen Perez den Garaus machen werden.«

Heinzmann war sich dessen ebenso sicher. Er blickte triumphierend in die Runde. »Perez wird ein Dilemma haben. Die portugiesische Polizei wird als Erstes sowohl Perez als auch Gomez festsetzen. Immerhin geht es um Mord. Da darf man ruhig ein kleines Verhör durchführen.« Er schlürfte. Dann fügte er süffisant an: »Ein kleines ruppiges Verhör.«

»Ah, ich verstehe. Das Gefangenendilemma«, erkannte Danner den Trick.

»Davon hab ich gehört. Ja«, ließ sich der Doktor vernehmen, und es schien, als würde er den Zweitsemestern dozieren. Die Drei ließen Regazzoni für einmal dieses Vergnügen. Also erklärte dieser: »Man verhört zwei Verdächtige separat. Beiden sagt man, dass sie mit einer geringen Strafe davonkommen, wenn sie als Erste die Tat zugeben. Wenn sie das Verbrechen hingegen leugneten und der andere dann alles zugäbe, würden sie als Alleinschuldige besonders hart bestraft werden.«

»Richtig, Professor«, nickte ihm Danner scheinbar bewundernd zu und gab ihm damit die Erlaubnis, weiter zu dozieren.

Regazzoni fuhr daher fröhlich fort. »Und dann beeilt sich jeder der Angeklagten noch rasch ein Geständnis abzulegen, um mit einer geringen Strafe davonzukommen.«

Danner blickte wissend in die Runde. »Ich bin sicher, dass Ricardo Perez singen wird, denn er kann Gomez nicht trauen. Perez weiß, dass Gomez ein ausgebuffter Geschäftsmann ist, der immer nur auf seinen eigenen Vorteil bedacht ist. Gomez würde nicht zögern, dem Schaffner die ganze Scheiße anzuhängen.«

»Also muss Perez sich wiederum gegen Gomez absichern und wird so schön und laut singen wie ein Gondoliere in Venedig«, kicherte Regazzoni.

»So ist es«, schloss Baumer. »Beide werden darum kämpfen, als Erster singen zu dürfen. Und dann wird dieser Drogenhandel eingestellt werden.«

Heinzmann führte eine Hand an die Nase, drückte die Nasenflügel mit Daumen und Zeigefinger zusammen. »Lissabon! Endstation! Alles aussteigen, bitte«, ahmte er krächzend eine Bahnhofsdurchsage nach.

Baumer schmunzelte. Danner lachte herzlich. Regazzoni kicherte in hoher Stimmlage. Heinzmann wurde von Regazzonis Kichern angesteckt und lachte herzlich los. Sein Lachen kullerte aus seiner breiten Brust wie schwere Kugeln, die beim Kegeln auf die Bretter poltern. Alle vier lachten nun und schauten von einem zum anderen und wieder zum einen und schaukelten sich gegenseitig hoch. Baumer sah Danner in die Augen. Zumindest versuchte er es, doch er konnte die Augen des Journalisten nicht recht erkennen. Danner hatte seine Fliegenaugenbrille aufgesetzt. Er hatte bereits Entzugserscheinungen gehabt und war froh, endlich wieder in seiner gewohnten Identität auftreten zu können.

Als das Lachen schließlich verebbte, räusperte sich der Blick-Journalist mit der großen Brille.»Und die andere Endstation? Das andere Ende von Lissabon-Basel?«

»Windler, dieses Schwein, den haben wir jetzt auch!«, entfuhr es dem Professor, der wie irre aufgesprungen war und ein Gesicht machte wie Roger Federer beim Erkämpfen des Matchballs im fünften Wimbledonfinal.

»Noch nicht!«, sagte der Mann, der die Plane des Zelteingangs beiseitegeschoben hatte und ins Zelt trat. Er trug einen edlen Anzug. In der Hand hielt er eine mattschwarze Pistole, die er hässlich auf die Gruppe richtete.

Windler.

*

Der große Mann mit dem Hermès-Schal stand im Eingang des Buvettezeltes und richtete eine Waffe auf die Gruppe der vier Verschwörer. Er lächelte triumphierend.

Der Doktor sackte in seinen Stuhl und saß da wie Federer in der Kabine, nachdem er den sechsten Wimbledonfinal verloren hat. Danner erstarrte. Baumer zuckte herum und blickte schaudernd in das Böse. Heinzmann verschlug es den Atem.

»Sie haben sich ein bisschen zu früh gefreut, lieber Herr Professor. Und ein Schwein soll ich sein? Na, na, na. Das sagt man doch nicht«, höhnte der Chef der Basler Kriminalpolizei, der, beinahe schon auf französischem Gebiet, eine unregistrierte 9mm-Glock auf vier unbescholtene Schweizer Bürger hielt. »Ich habe schon gewusst, warum ich Hörbi davon abriet, Sie zum Professor zu machen.«

Regazzoni begriff nicht, schaute den Mann mit der Waffe nur ungläubig an.

Also fügte Windler süffisant an: »Herbert Aschwanden, von Freunden Hörbi genannt, ein guter Freund des Vorsitzenden Ihrer Berufungskommission und ein guter Freund von mir.« Windler verdrehte die Augen nach oben, als wäre er erstaunt darüber, dass der Mediziner diesen Sachverhalt erst jetzt verstand.

Regazzoni zuckte. Die Erkenntnis, dass Windler seine Beziehungen eingesetzt hatte, um seine Berufung zum Professor zu hintertreiben, traf ihn wie eine echte Gewehrkugel und warf ihn beinahe um. Der Tessiner verlor die Contenance und japste. »Ich wusste es. Da steckten Sie dahinter. Sie dreckiges Schwein.«

»Jetzt bin ich auch noch dreckig. Aber, aber, *Herr Professor*.«

Diese erneute Demütigung ließ Regazzoni vollends überkochen, und er kreischte: »Ja, ein dreckiges, kokainsüchtiges Schwein sind Sie, Windler.«

Der Mann mit der Pistole zog beide Augenbrauen hoch. »Kokainsüchtig? Ich? Wie kommen Sie denn darauf?«

»Wir haben Sie getestet. Wir wissen das genau.«

»Getestet?«

»Ja. Wir haben Ihren Urin gesammelt. In Ihrer Saufkneipe, im Pissoir! Ha! Zweimal haben wir Urinproben aus dem Urimat geholt. Und glauben Sie ja nicht, dass wir so blöd sind, dort keine Gegenproben genommen zu haben, um ganz sicher zu gehen.« Regazzoni musste kurz nach Luft schnappen, dann fuhr er fort. »Getestet hat Ihren Urin mein Kollege Dr. Schäfer aus Freiburg. Sie sind schwer kokainsüchtig, Windler. Ein kokainsüchtiges Schwein sind Sie«, zischte Regazzoni.

Windler schien es egal zu sein. »Kokainsüchtig? Ach, herrje. Wer ist das nicht in Basel?«

»Ich bin es nicht«, mischte sich Baumer ein, der immer noch verdreht am Tisch saß. Er wusste, dass er die Diskussion zwischen Regazzoni und Windler entschärfen musste, sonst würde der Doktor vielleicht noch auf Windler losgehen. Das hätte katastrophal für alle enden können.

»Ach, der Herr Baumer. Sieht man sich auch mal wieder. Sind Sie immer noch nicht über Ihre großen Füße gestolpert?«

Baumer ignorierte diesen Spruch, der ihn bei anderer Gelegenheit tief getroffen hätte. Es gab Wichtigeres zu tun. Windler war eine kokainsüchtige Handgranate. Er war zwar in Baumers Augen schon immer ein Schwein gewesen, aber die Kokssucht hatte ihm die letzte Moral – wenn er denn je eine hatte – ausgetrieben. Baumer musste ihn irgendwie stoppen, denn der Chef der Kriminalpolizei war offenbar zu allem fähig. Wenn Regazzoni ihn weiter reizen würde, könnte Windler ganz durchknallen.

Danner schaute derweil mit großen Augen in die Runde. Er hatte sich in seinem Stuhl zurückgelehnt. Die Arme waren ausgestreckt, und die Hände lagen auf dem Tisch. Er drückte sie fest auf die Platte, aus Angst, sie könnten sich verselbständigen und eine falsche Bewegung machen.

Heinzmann saß derweil scheinbar entspannt da. Zugleich suchte er verzweifelt nach Möglichkeiten, Windler zu entwaffnen.

Es gab keine.

Windler war einen weiteren vorsichtigen Schritt an die Gruppe herangetreten. Aber er hielt immer noch einen Abstand von drei Metern, war also nicht nahe genug, als dass man ihn hätte anspringen können. Auch seine eigene Pistole zu ziehen, war keine realistische Möglichkeit für Heinzmann. Er war kein Revolverheld. Bei seiner Arbeit musste er nur selten zur Waffe greifen, und äußerst selten in Rekordzeit. In seiner sitzenden Position wäre es auch schwierig gewesen. Windler hätte genug Zeit gehabt zu schießen.

Was tun? Was tun?

Reden!

Baumer kam Heinzmann zuvor. »Woher wussten Sie von unserem Treffen?«

»Mein lieber Freund Ricardo hat mich angerufen«, antwortete Windler. »Er hat mir von einem Journalisten erzählt, der sich dafür interessierte, neuer Kurier für uns zu werden.«

Windler blickte Danner von der Seite an. Er konnte es sich nicht verkneifen, Danner anzumachen. »Auch ohne deine Scheißbrille bist du nur ein Zürcher Fötzel.« Er zog seinen Mund schief. »Aber mit ihr kann man deiner Spur ganz leicht folgen.«

Danner schauderte kurz, blieb aber starr sitzen. Von seiner Beschattung hatte er nichts bemerkt.

Baumer musste ablenken, wollte Zeit gewinnen. »Sie halten also Ihre Hand über die Organisation?«

»Ja. Sicher«, kokettierte Windler, indem er seinen Kopf sachte zur Seite und nach oben drehte und seine Augenbrauen hob. »Einer muss ja schauen, dass wir in Basel keinen Engpass an gutem Stoff haben. Unsere vielen Promis dürfen doch darauf vertrauen, dass ihnen in Basel jederzeit ein sauberes Pülverchen gereicht wird.«

Was tun? Was tun?

Nichts tun.

Weiterreden.

»Was ist mit Rötheli. Gehört er dazu?«, fragte Heinzmann Er versuchte genauso wie Baumer, Zeit zu gewinnen. Zeit für was?

»Rötheli? Dieser Dackel? Nein, nein. Mit solch wichtigen Aufgaben kann man diesen Trottel nicht beauftragen. Den rufe ich erst her, wenn ich mit euch hier abgerechnet habe. Der ist grad gut genug, um mir ein Alibi zu liefern und den Dreck hier aufzuwischen.«

Regazzoni erbleichte. Angst vermischte sich mit seinem Zorn und verzerrte sein Gesicht vollends zur Fratze.

Danner erstarrte. Er näherte sich der Bewegungsfreudigkeit einer Leiche in Totenstarre an.

Auch Baumer wurde von einer eiskalten Hand gewürgt. Wollte Windler alle Brücken hinter sich abbrechen? Würde er alle vier hier umbringen? Glaubte er wirklich, damit durchzukommen? Ein Blick in Windlers irrlichternde Augen gab Baumer die schaurige Gewissheit. Windler würde das hier blutig zu Ende bringen. »Weiterreden, weiterreden«, machte sich Baumer Mut, um die einsetzende Lähmung zu überwinden. Er schluckte und sagte dann mit erstaunlich fester Stimme: »Zwei unschuldige Leute sind an Ihrem sauberen Stoff gestorben.«

»Tja. Das kann's halt geben«, antwortete Windler unbeeindruckt. »Stankovic, der Dummkopf, hat gemeint, er könne ein kleines Nebengeschäft betreiben. Zwackte ein wenig Stoff ab und vertrieb ihn selbst. Er hatte wohl seine kleine Marktausweitung im Sinn. Huere Mist! Der Vollidiot hat doch tatsächlich einen Beutel mit reinem Stoff erwischt. Ist allerdings wirklich dumm gelaufen. Das Zeugs ist im selben Beutel angeliefert worden, mit dem sonst der verschnittene Stoff kommt. Alles nur eine dumme Verwechslung.«

»Nur eine dumme Verwechslung?«, fauchte der bleiche Regazzoni, und es kam wieder ein Schlag Farbe in sein Gesicht. »Sie Schwein sind schuld am Tod eines jungen Mädchens.«

»Ich? Schuld? Mein lieber Herr. Wenn Tonis kleine Nutte mit Stankovic bumst, nur um an guten Stoff zu kommen ...« Windler beendete den Satz nicht. Er hatte aus den Augenwinkeln gesehen, wie Heinzmann sich ganz sachte zu drehen versuchte, um den Pistolenhalfter freizubekommen. Windler richtete die Waffe direkt auf Heinzmanns breite Brust und zischte ihn in scharfem Ton an. »Na, na, na. Ganz ruhig bleiben. Lassen Sie Ihre Fingerchen schön dort, wo ich sie sehen kann. Keine Dummheiten jetzt!«

Heinzmann stoppte die Bewegung.

»Und nun legen Sie Ihre Waffe auf den Tisch! Schön langsam, wenn ich bitten darf.«

»Komm und hol sie dir doch.«

»Waffe auf den Tisch legen!«

»Wenn du sie willst, musst du sie dir holen.«

Windlers Gesichtszüge wurden so scharf, wie die eines Pitbullterriers, der Blut gerochen hat. Danner hingegen traute sich nicht mal mehr zu blinzeln. Er starrte geradeaus. Auch Regazzoni erkannte die tödliche Gefahr und versteinerte. Er dachte an seine Freundin, sah sie vor sich, wie sie sich ausgiebig die Haare kämmte, und fragte sich, ob er sie je wiedersehen würde.

Windler bewegte sich in Zeitlupe vorwärts: »Ganz ruhig, Heinzmann. Sie möchten doch weiter in der Nacht Besoffene nach Hause chauffieren können.«

Was tun? Was tun?

Windler ging vorsichtig auf Heinzmann zu. Er ging in genügendem Abstand und langsam hinter dem rechts von Heinzmann sitzenden Baumer vorbei.

Baumer, der über seine rechte Schulter zu Windler gesehen hatte, drehte ebenso langsam, wie Windler hinter ihm entlangschlich, seinen Kopf und Oberkörper auf die andere Seite. Dabei rückte er scheinbar absichtslos näher an den Tisch, winkelte seine Arme immer stärker an. Die rechte Hand lag noch neben dem Becher mit heißem Kaffee, den er bisher nicht angerührt hatte. Das rechte Bein hatte Baumer während der Drehbewegung ein wenig zurückgezogen. Die Zehen des linken Fußes, den er ebenfalls ein Stück näher zu sich gezogen hatte, gruben sich in den Schuh, den er auf den Boden drückte.

Windler blieb dicht neben Heinzmann stehen.

Heinzmann hatte keine Chance einzugreifen, denn Windler wendete seine Waffe plötzlich auf Baumer. Er zielte mit der Waffe direkt auf dessen Bauch. Ein Bauchschuss, das wusste Heinzmann, würde lebenswichtige Organe verletzen, sicherlich schwerste innere Blutungen hervorrufen. Hätte Heinzmann jetzt eingegriffen, wäre sein Freund so gut wie tot gewesen.

Tot!

Was tun?

Nichts tun! Weiter denken!

»So ist's recht, braver Hund«, lächelte der Chef der Basler Kriminalpolizei Heinzmann süffisant an. Er kostete es genüsslich aus, ihn ganz unter Kontrolle zu haben.

Dann machte er einen raschen Blick auf die Sig-Sauer von Heinzmann. Sie war mit einem Lederriemen im Halter gesichert. Sofort blickte er wieder auf. Seine Waffe hielt er weiterhin auf Baumers Eingeweide gerichtet, während er Heinzmann ununterbrochen fixierte. Langsam bückte er sich hinunter, um mit der freien linken Hand Heinzmanns Waffe aus ihrem Halfter zu ziehen. Weil er den Druckknopf am Lederriemen nicht sofort zu fassen bekam, blickte er nach unten, um sich zu orientieren.

Im selben Moment sprang Baumer auf. Er hatte den heißen schwarzen Kaffee gepackt und hechtete Windler so behände an, wie es sich nur ein ehemaliger Handballtorhüter traut, der einem mit bleckender Fratze in den Strafraum stürzenden Stürmer ohne Rücksicht auf eigene Verluste entgegenspringt.

Windler duckte sich instinktiv, aber die heiße Brühe traf ihn dennoch im Gesicht. Er feuerte einen einzigen brüllenden

Schuss in Richtung von Andreas Baumer ab. Dann durchfuhr ihn der Schmerz der verbrühten Haut. Er schrie auf, ließ die Waffe fallen und wollte sich mit beiden Händen ins Gesicht fassen. Doch Heinzmann hatte bereits seinen rechten Arm gepackt und hielt ihn mit verzweifelter Kraft fest. Von der anderen Seite kam Baumer auf ihn geflogen.

Die Wucht des Angriffs ließ Windler nach hinten fallen. Von Baumer eng umklammert stürzte er zurück, während Heinzmann Windlers linken Unterarm mit bestialischer Kraft in die entgegengesetzte Richtung nach vorn drückte. Windlers Unterarm brach mit schauerlichem Knacken.

Der kriminelle Chef der Kriminalpolizei brüllte wie ein Tier im Schlachthof, aber es war vorbei.

Danner sprang auf und packte Windlers Waffe. Er legte sie auf den Kommandanten an und trat zwei Schritte zurück, um in genügendem Abstand zur Gruppe zu kommen, die am Boden lag. Beidhändig zielte er auf den sich am Boden krümmenden Windler und brüllte ihn an: »Waffe weg, Waffe weg!« Dabei hatte Windler gar keine Waffe mehr.

Der Professor saß derweil starr, mit aufgerissenen Augen und weiß wie ein Leintuch auf seinem Stuhl.

Heinzmann hob Danner eine Hand entgegen und sprach beruhigend auf ihn ein. »Ganz ruhig, Danner. Es ist vorbei.«

Endlich merkte es auch der Journalist. Er drehte die Waffe von der Gruppe weg und richtete sie aufs Dach des kleinen Zelts neben der Buvette von Ali, behielt aber den Finger am Abzug. Er starrte auf den mit Kaffee verschmutzten Windler, wollte sichergehen, dass von ihm keine Gefahr mehr ausging. Rolf Danner war bereit, dieses Schwein zu erschießen, wenn es weiter quieken würde.

Aber von Windler ging keine Gefahr mehr aus. Er hatte sich unter einem letzten tierischen Schrei zusammengezogen, lag jetzt auf der Seite und hielt seinen linken Ellenbogen, der ihn offenbar mehr schmerzte, als die gerötete rechte Seite seines Gesichtes. Das eine Ende seines Seidenschals lag in einer Pfütze und saugte sich mit schmutzigem Wasser voll. Windler wimmerte nur noch.

Baumer lag daneben. Er sagte: »Ich glaube, ich bin getroffen.«

*

Heinzmann, der vom fallenden Windler und von Baumer mit zu Boden gerissen worden war, richtete sich auf. »Wo?«, fragte er seinen Freund. Seine Stimme klang etwa so, wie die eines Zeitung lesenden Vaters, der auf die Bemerkung seines fünfjährigen Kindes reagiert, dieses habe im Himmel ein Flugzeug gesehen.

»Im Bein«, antwortete Baumer. Seine Stimme klang wie immer.

»Im Bein?«, wollte Heinzmann wissen. Unaufgeregt. Nicht verängstigt. Einfach so, wie ein Vater, der ohne von der Zeitung aufzublicken, mit dem Kind spricht, das im Spiel innegehalten hat und mit dem Finger in den Himmel zeigt.

Heinzmann schaute auf die Beine seines Freundes. Der hatte sich ebenfalls in eine sitzende Position aufgerichtet. Das rechte Hosenbein seiner Jeanshose hatte auf Höhe des Oberschenkels ein kleines schwarzgerändertes Loch, aus dem roter Saft langsam hervorquoll. Als Baumer im Erschrecken darüber aufstehen wollte, knickte der Oberschenkel unnatürlich ab und ein Knochensplitter schnitt die Beinarterie. Sofort schoss eine Blutfontäne aus dem Loch in der Hose hervor und platschte auf das teure weiße Baumwollhemd von Versace. Der Schein der Neonröhren im Zelt spiegelte sich in der frischen Blutlache. Dann schoss eine zweite Fontäne heraus.

Heinzmann stürzte sich auf Baumer, riss ihm seinen Ledergürtel aus der Jeanshose. »Ist nicht schlimm. Ist nicht schlimm«, rief er Baumer zu, aber an der Erregung in seiner Stimme erkannte jeder im Raum, dass es ernst war. Er umwickelte den

Oberschenkel oberhalb der spritzenden Wunde mit dem Gürtel und zog ihn brutal an. Baumer schaute ihm nun ruhig dabei zu. Er blickte interessiert, als säße er in einem bequemen Sessel und all dies geschähe nur im Fernsehen.

Danner stand derweil immer noch da, die Waffe auf die Decke gerichtet. Er starrte auf das Blut und bekam wacklige Knie.

Dr. Regazzoni saß derweil am Tisch, schaute ins Leere. Es war noch keine Farbe in sein Gesicht zurückgekehrt, und er bekam von all dem nichts mit. Der brüllende Schuss schien ihn fast betäubt zu haben. Er stand offenbar unter Schock, denn sein Kinn zitterte, als hätte er Schüttelfrost. Seine Zähne klapperten.

Ali war mittlerweile da, Schweiß stand auf seiner Stirn, seine Hände hielt er knapp neben seinen Schläfen und bewegte sie zitternd vor und zurück. Er jammerte etwas vor sich hin, das keiner verstand.

Heinzmann nahm Baumers Hand, legte sie auf die Gürtelzunge. »Halt das gut fest!« Er konnte den Gürtel nicht fixieren, denn es gab auf Höhe der Schnalle kein Loch mehr für den Dorn.

»Ja, ja, schon klar. Mach ich.« Andi sagte das verärgert, weil ihm Heinzmann selten etwas befahl und sicher nie so schroff, wie jetzt. Baumer sprach die Antwort bei Bewusstsein, aber er war schon leicht benebelt. Seine Stimme klang matt.

Immer noch quoll frisches Blut hervor, auch wenn der notdürftig festgezurrte Gürtel die schlimmsten Fontänen hatte abstellen können. Heinzmann presste daher seinen Daumen tief in Baumers Oberschenkel, dort wo die Hauptschlagader durchführte. Er setzte zweimal an, bis er den genauen Punkt fand. Endlich konnte er die Beinarterie quetschen. Die Blutung ließ deutlich nach. Gestoppt war sie immer noch nicht.

Heinzmann schrie Danner an, der bleich dastand, aber offenbar wieder Herr seiner selbst war. »Danner. Bist du okay?«

»J … Ja. Ich bin okay.«

»Danner, du passt auf Windler auf.«

»Ich pass auf Windler auf.«

»Keine Dummheiten, Rolf!«, befahl der Polizeiwachtmeister dem Blick-Journalisten zur Sicherheit.

»Ich pass auf.«

Dann wandte sich Heinzmann an Ali. »Hörst du mich?«

Ali stand am Eingang des Zeltes und redete unaufhörlich. Heinzmann verstand kein Wort davon.

»Merhaba! Merhaba! Ali. Verdammt! Hör mir zu!«, schrie er den Türken an. Dieser erschrak und blickte Heinzmann ins Gesicht.

»Ali, deinem Gast ist nicht wohl. Hilf ihm!«, sagte Heinzmann vorwurfsvoll.

Ali schaute auf den leichenblassen Dr. Regazzoni, den Mediziner, den sie alle Professor nannten.

»Kümmere dich um deinen Gast, Ali!«

Diese Worte wirkten Wunder. Ali beugte sich fürsorglich zu Regazzoni. Fasste ihn zärtlich an der Schulter, redete beruhigend auf ihn ein. Dann starrte der Türke Heinzmann an und sagte bestimmt: »Ali scho weiß!«

Heinzmann schaute wieder zu Baumer. Sah, dass sein Gesicht alle Farbe verloren hatte. Andis Augen schielten und fokussierten auf eine Distanz von höchstens 10 Zentimetern.

Der Wachtmeister erschrak. Jetzt musste es schnell gehen. Andi musste schleunigst zur Notoperation gebracht werden. Keine Zeit mehr für einen Krankenwagen. Heinzmann packte seinen Freund am freien Arm und zerrte ihn hoch. Von Baumer selbst kam dabei nur wenig Unterstützung, zu geschwächt war er schon. Stefan Heinzmann lud ihn auf seine Schultern, wie ein Jäger ein Kitz trägt. Er schleppte sich nach draußen, spürte Baumers Gewicht nicht. Nur seine kurzen, schnellen Schritte zeigten an, dass er eine schwere Last trug.

Danner wollte helfen, aber Heinzmann befahl ihm erneut, er solle Windler, der wimmernd am Boden lag, in Schach halten.

»Ich hol dir Hilfe«, rief Heinzmann gepresst. »Bleib hier. Du gibst jetzt die Befehle.«

Damit war Heinzmann mit seinem Bündel auf den Schultern draußen. Er stapfte direkt durch die Büsche neben der

Buvette, um zu seinem Polizeiauto auf dem Parkplatz zu kommen. Im Gehen fasste er mit der rechten Hand den Schlüssel in der Hosentasche und entriegelte per Fernbedienung die Türen. Da Baumers sperriger Körper irgendwie immer im Weg war, hatte Heinzmann Mühe, die Hintertür des Wagens aufzubekommen. Nachdem es ihm schließlich gelungen war, stieß er sich die Stirn an der Türkante, während er Baumer auf die Rückbank fallen ließ. Der schrie auf, weil sich die gebrochenen Knochen aneinander gerieben hatten. Und es war noch nicht geschafft, seine Beine hingen noch draußen. Heinzmann rannte auf die andere Seite des Mercedes, riss die Tür auf und zog seinen angeschossenen Freund ins Auto hinein. Der ächzte nur noch, als Heinzmann wieder auf die andere Seite gesprungen war und nun noch die Füße in den Innenraum würgte. Dann zurrte er nochmals den Gürtel um Andis Oberschenkel fest. Frisches Blut quoll weiterhin aus dem Loch seiner Jeans.

»Andi, hörst du mich?« Und noch einmal heftig, fast schon angsterfüllt: »Andi!«

Andi hörte ihn kaum. Es war ihm, als würde jemand tausend Meter weit entfernt seinen Namen rufen. Dann kam der Mann, den er zuvor nur als schemenhafte Gestalt wahrgenommen hatte, näher und eine Stimme sagte: »Halt den verdammten Gürtel fest, Andi!«

»J ... ja. Ich halt den Gürtel fest.«

Heinzmann schmiss sich auf den Fahrersitz, startete den getunten Motor, riss den Wagen herum und raste los Richtung Kantonsspital.

Die Sirene schaltete er auf Stufe 5, die größte Lautstärke, die die Sirene hergab. Er hatte sie nie mehr gebraucht, seit er als blutjunger Polizist bei seiner ersten Blaulichtfahrt von seinem erfahrenen Patrouillenführer Walter Zumstein ausgelacht worden war. Der hatte ihn belustigt aufgefordert, die Sirene doch bitte ein klein wenig leiser zu stellen, es gehe ja schließlich nicht um das Leben des Papstes.

Heinzmann krallte sich das Mikro, rief die Zentrale und meldete in knappster Form, dass er mit einem Verblutenden in Richtung Kantonsspital fahre.

»Verstanden, Beinschuss, Oberschenkelarterie getroffen. Werden den Notfall im Kantonsspital alarmieren«, erhielt er als Antwort.

Nach dieser Rückmeldung der Zentrale klickte es in der Leitung, der Gefreite Meier funkte ihn an. Heinzmann gab seinem Kollegen knapp die notwendigen Instruktionen. »Meier. Fahr zu Alis Buvette beim Campus. Regazzoni und Danner halten da einen Gemeingefährlichen in Schach.«

»Verstanden.«

»Achtung. Danner sichert mit einer geladenen Waffe. Mach dich von draußen bemerkbar, bevor du ins Zelt gehst!«

»Verstanden.«

»Ende.«

Der Wachtmeister schmiss das Mikro runter. Der Einsatzwagen war bereits am Campus der Novartis vorbeigerast und preschte über den Voltaplatz. Den Rückspiegel stellte Heinzmann so, dass er Baumer in den Blick bekam. Der war zusammengesunken und hatte den Gürtel losgelassen. Blut quoll aus der Wunde.

Heinzmann schrie auf und trat auf die Bremse. Dadurch rutschte Baumer in den Fußraum, gab aber keinen Ton von sich. Schnell beugte Heinzmann sich nach hinten, um den Gürtel wieder festzuzurren. Dabei spritzte ihm das Blut seines besten Freundes ins Gesicht. »Baumi, Baumi, halt durch, Baumi. Baumi«, schrie Heinzmann aus voller Kehle und er hörte sich selbst schreien. Es war ein hysterisches Kreischen, wie das des gewalttätigen Irren, den er vor zwei Monaten in die Psychiatrische Universitätsklinik eingeliefert hatte.

Baumi lag auf dem Boden im Innenraum des Mercedes und hörte Heinzmann nicht. Alles was er hörte war, dass jemand entfernt seinen Namen rief.

Maja?

Sie rief ihn von Weitem. Er lag auf dem kleinen Balkon, auf einer dicken Matte. Die Beine konnte er nicht ausstrecken, dafür war der Balkon zu klein. Er hielt daher seine Füße auf die Gitterstäbe der Brüstung. Seine Zehen ragten durch die Stäbe hindurch und wurden von der bereits frischen Herbstluft gekühlt.

»Baumi, Baumi«, rief Maja. »Wo bist du?«

»Hier, auf dem Balkon«, machte sich Andi bemerkbar und seine Freundin kam endlich von der Eingangstür her zu ihm.

Sie war die schönste Frau der Welt.

Ihr langes Haar trug sie offen. Es wogte sanft über ihre Schultern, als sie näher kam. Das Schwarz ihres Haares trat auf dem weißen Baumwollkleid, das sie luftig umgab, noch erregender hervor. Die feuerroten Espadrilles schmiss Maja in hohem Bogen von den Füßen. Sie kicherte und verschluckte sich dabei, lachte, lachte.

Andi sah, wie sie prustend näher kam, wie sie sich über ihn beugte, auf seinen Körper fallen ließ, spürte ihre Brüste auf seiner Brust, fühlte, wie er sie liebte, wie sie ihn liebte. Wie sie ihm gleich sagen würde, dass sie ihn liebte. Wirklich liebte!

Plötzlich erschrak Andi, weil draußen vor dem Balkon eine Lokomotive zu schnell auf die Waggons auffuhr, die sie anhängen sollte. Er hörte den fürchterlichen Knall und schreckte auf. Und gleich noch mal und noch mal und noch mal knallte eine Lokomotive in die Puffer eines bereitgestellten Zuges.

»Andi. Andi. Ich bin's, Heinzmann. Bleib bei mir!«

Jetzt sah Andi, wie ihm Heinzmann ins Gesicht schlug.

»Gut so. Andi. Bleib bei mir. Ich bring dich ins Spital.«

Andi sah, wie Heinzmann sich wieder ans Steuer drehte und aufs Gas trat. Er hörte ihn rufen: »Bleib da. Andi, Bleib da, Bleib da.«

»Bleib da.«

»Bleib da«, sagte Andi. Aber Maja antwortete. »Ich kann nicht.«
»Bleib da, ich liebe dich«, wiederholte Andi und versuchte, Maja festzuhalten. Aber Maja schüttelte energisch den Kopf und umarmte sich mit beiden Armen selbst. Sie drückte sich ganz fest, so als würde sie sich selbst in Schutz nehmen müssen.

»Bleib da«, bat Andi und schaute Maja an. Er sagte es nicht flehend. Nicht fordernd. Nur enttäuscht. Traurig. Unendlich traurig.

Maja sagte nichts. Es war seit Langem schon alles gesagt. Dass sie Andi nicht liebte. Dass sie einen anderen liebte. Dass der andere wartete. Auf sie. Auf Maja. Seine Maja.

Also wich Maja langsam zurück, schaute Andi an, aus dessen Augen heiße Tränen quollen. Sie wich weiter zurück, immer noch sich selbst umarmend.

Andi betrachtete die schönste Frau der Welt, wie ein Kind den schönsten Weihnachtsbaum des Universums anschaut, der am 10. Januar aus irgendwelchen ihm unverständlichen Gründen weggeräumt wird.

Dann löste Maja den Blick. Gab es auf, um Verständnis zu bitten. Drehte sich weg. Langsam, als wolle sie ihm nicht noch mehr wehtun.

Er schaute ihr noch lange nach. Er betete, sie möge innehalten. Sich umdrehen. Zu ihm umdrehen.

Sie drehte sich nicht um.

Dann war sie weg. Verschwunden. Und Andi stand da und fühlte sich, als ob jemand mit einem Schwert seinen Unterleib abgetrennt hätte und alles Blut aus ihm herauslief. Und Andi wurde müde. Wollte nur noch schlafen.

Schlafen.

Schlafen.

SCHLAFEN.

EPILOG

Zehn Tage nach der Schießerei in Alis Buvette schlug Gianni, der stets fröhlich gelaunte Chef vom ilcaffè den Blick auf. Es war 8 Uhr 40 und die frühen Vögel hatten ihren Espresso bereits getrunken und waren zur Arbeit gegangen. Die Neun-Uhr-Gäste, Verkäuferinnen aus den Innenstadtgeschäften und die motivierten Arbeitslosen, die bei Gianni jeweils eine kurze Pause auf ihrer Suche nach Sinn, Anerkennung und einem guten Job machten, waren noch nicht da. So gönnte Gianni sich selbst eine kleine Pause - er war seit sieben Uhr hier - und las Zeitung. Gianni, der früher nur selten in Tageszeitungen geschaut hatte, verschlang seit der Schießerei in der Buvette alle Blätter, die ihm in die Finger kamen. Er hatte sogar den Blick abonniert, um keine Information zu verpassen.

Heute war der erste Tag, an dem kein Bericht mehr über den Basler Skandal im Blick erschien. Die Story war zuerst sehr gut gelaufen. Man hatte fröhlich auf die Basler Polizei eingeschlagen. Nun lief die Geschichte aus. Das Zürcher Boulevardblatt schloss deshalb seine Artikelserie mit einem Leitartikel des Sonderkorrespondenten Rolf Danner ab. Dieser hatte ausführlich über die Tat, die Hintergründe und die Auswirkungen der Schießerei berichtet. Nun fasste er nochmals den Abschluss der Ermittlungen zusammen. Windler, der drogensüchtige Chef der Basler Kriminalpolizei, war geschnappt und festgesetzt. Er hatte gesungen. Natürlich nicht ohne vorher eine deutliche Strafmilderung für eine komplette Aussage zu fordern - und zu bekommen. Die Deadly Skull's, die Rockerbande, war mit Mann und Maus inhaftiert. Ebenso war Perez, der Schaffner des Nachtzugs, in Lyon von Interpol festgenommen worden. Gomez, der Portugiese, der Toni erschossen hatte, war hingegen von einem härteren Schicksal eingeholt worden. Nur drei Tage nach der Schießerei in Alis Buvette war eine verwesende Leiche in einer spärlich möblierten Wohnung in einer Vorstadt von Porto aufgefunden worden. Sie wurde als die sterblichen Überreste von Alvaro Gomez identifiziert. Die Hintermänner des Kokainrings zogen es vor, weiter im Hintergrund zu bleiben und hatten diese unsichere Verbindung zu ihnen vorsichtshalber gekappt, kaum dass Gomez wieder in Portugal war. Das hatten sie gründlich getan. Es gab bisher keinerlei Spuren von Gomez zu seinem Mörder oder seinen Mördern, geschweige denn den Patrons im Hintergrund.

Der Leitartikel von Rolf Danner endete mit der lapidaren Feststellung, dass wichtige Kontrollen in Basel versagt hätten. Es hätte einfach nicht geschehen dürfen, dass der Chef der Kriminalpolizei so lange ein Despotenregime hatte führen können. In simplen Sätzen schrieb Danner seine Anklage auf. »Warum schritt niemand ein, als Windler im Kokainrausch tobte? Warum konnte er sich als Allmächtiger aufführen? Warum konnte der Kommandant den Polizeiapparat gegen seine eigenen Leute richten?« Dann forderte der Journalist mehr Zivilcourage. Zivilcourage, wie sie der Kommissar Baumer, Wachtmeister Heinzmann und Dr. Regazzoni beispielhaft gezeigt hätten. »Zivilcourage!«, schrieb Danner. »Sie ist besonders auch dann notwendig, wenn man selbst keinen persönlichen Vorteil daraus ziehen kann. Gibt es in einer Gesellschaft keine Zivilcourage, dann leiden alle. Vetternwirtschaft und Gaunerei machen sich breit. Dummheit regiert. Karrieren werden zerstört. Im schlimmsten Fall sterben Unschuldige. Wie beim Bistroskandal. Im schönen kleinen Basel.«

Gianni fand den Artikel hervorragend. Besonders erstaunlich war, dass sich der Blick-Reporter nie selbst in den Vordergrund gerückt hatte. Er schrieb über seine eigene Rolle, die insgesamt beachtlich war, nur insofern, als es für das Verständnis der Leser notwendig war. Ins Zentrum stellte er seine Taten nie.

Gianni räumte die Zeitung zur Seite, letztlich froh, dass die Geschichte endlich vorbei war. Sein Blick fiel auf die schmucke Karte, die auf dem Tresen stand. Sie kam von Dr. Regazzoni, der seine Heirat mit Anita Blohmstein, seiner langjährigen Sekretärin, Freundin und Geliebten bekanntgab. Gianni hatte sie schon vor ein paar Tagen erhalten. Das Datum der Heirat war knapp gewählt, aber der Professor wollte so schnell wie irgend möglich heiraten und keinerlei Risiko eingehen, dass noch irgendetwas Unvorhergesehenes seine Vermählung hätte verhindern können.

Gianni wollte eine neue CD einlegen, als er von draußen eine Sirene wahrnahm. Es war nicht die Melodie eines Feuerwehrhorns, sondern die schräge Quarte einer Polizeisirene. Der Lärm kam rasch näher, wurde lauter und lauter. Gianni drehte sich erstaunt, als er nicht wie üblich vorbeirauschte und auch der Ton aufgrund des Dopplereffektes nicht tiefer auslief. Das Martinshorn plärrte direkt vor dem ilcaffè weiter. Ein Riesenkrach. Gianni schaute neugierig an zwei Gästen vorbei, die sich ebenfalls zur Sirene hingedreht hatten, und erkannte draußen Heinzmanns Mercedes. Dessen Scheinwerfer blitzten, das Blau- und das Gelblicht zuckten und forderten wie in einer Disco zum heißen Tanz auf. Am Steuer erkannte Gianni Stefan Heinzmann und neben ihm Andreas Baumer, der extrem tief im Wagen lag und gequält, aber immerhin, lachte.

Baumer!

Gianni sprang vor das ilcaffè und zum Mercedes, riss die Beifahrertür auf, stürzte sich in Baumis Arme. Der Kommissar konnte sich nur mühsam Giannis Umarmung – und seiner Küsse! – erwehren. »Ja, ja, ist ja gut!«, beschwichtigte Baumer seinen Kumpel.

»Baumi«, heulte Gianni. »Was für eine wunderbare Überraschung.«

»Da staunst du was, Gianni?«, lachte Heinzmann von der anderen Seite des Autos her. »Andi hat es im Spital nicht mehr ausgehalten. Also hab ich ihn gleich hergebracht.«

»Wunderbar! Super! Komm, jetzt gibt's einen geilen Espresso!« Er half Baumer aus dem Sicherheitsgurt, und zusammen mit Heinzmann hob er den Rekonvaleszenten aus dem Auto, dabei das vom Fuß bis um das Becken geschiente rechte Bein besonders schützend.

Gemeinsam trugen sie Andi über die zwei Tritte beim Eingang und halfen ihm ans Brett an der großen Fensterscheibe, an das er anlehnen wollte. Einen Stuhl lehnte er vehement ab. Er stand auf seinem gesunden Bein, entlastete das andere, dessen Oberschenkelknochen von Dr. Labhardt, Oberarzt der Chirurgie im Kantonsspital Basel, mit einer Metallschiene fixiert worden war. Vier Knochensplitter hatte der Arzt zuvor wie bei einem Puzzle zurück an den richtigen Ort gesetzt und mit neuartigem, gentechnisch hergestelltem Leim wieder angeleimt. Die von einem weggeplatzten Knochensplitter durchschnittene Arterie war wieder zusammengenäht worden. Die Operation war ohne Probleme verlaufen, die Arterie wurde gut durchblutet und würde wieder gesunden. Das Bein schmerzte natürlich noch, aber Baumer hatte in diesem Moment, wo er endlich wieder im ilcaffè war, alle Pein vergessen.

Gianni sprang blubbernd an die Cerruti-Maschine und machte drei supergeile Espressi. Die stellte er auf ein Tablett, balancierte sie tänzelnd zu den beiden Polizisten und reichte seinen Freunden je ein Espressotässchen. Das Dritte nahm er selbst und führte es hoch an seine spitzen Lippen. Mit glücklich geschlossenen Augen nahm er seinen ersten Schluck.

Heinzmann und Baumer hatten derweil über irgendetwas gelacht und Gianni warf sich in ihr Gelächter, wie sich ein Clown stolpernd in die Manege stürzt und vom Lachen der Kinder aufgefangen wird. Zusammen scherzten sie und amüsierten sich und vergaßen sich und ihre Probleme und lachten und träumten und wollten nicht mehr wissen, dass die Welt so ist, wie sie ist, und Basel nur eine kleine große Stadt am Rhein, der nach Holland führt und sich dann verliert in einem Meer, das immer weiter, weiter führt, bis hin zum fernen, schönen, glitzernden Amerika.

ENDE

Vom selben Autor

Roger Aeschbacher, Schweizer Ware
255 Seiten, Paperback, Originalausgabe 2011
ISBN: 978-3-935263-82-5 / 12,00 EUR

Kommissar Baumer kuriert auf Kreta seinen Beinschuss aus. Wegen eines Mordfalls in seiner Heimatstadt Basel lässt er seine Freundin allein auf der Insel und kehrt in die Schweiz zurück. Das Mordopfer, eine ältere Frau, hatte zuvor verzweifelt versucht, ihn zu erreichen. Als er im Umfeld der Toten recherchiert, muss er feststellen, dass auch die Freundinnen der alten Dame alle tot sind. Die Ermittlungen führen in ein privates Spital. Das erfolgreiche Team um Kommissar Baumer mit Wachtmeister Heinzmann und dem Gerichtsmediziner Regazzoni, sowie dem Journalisten Rolf Danner gerät dabei wieder zwischen alle Fronten.

Der TV-Quiz-Krimi im Prolibris Verlag

Antje Friedrichs, Noch eine Frage bis zum Tod
176 Seiten, Paperback, Originalausgabe 2009
ISBN: 978-3-935263-65-8 / 9,90 EUR

Millionär werden! Kandidat sein in einer Quizsendung und den berühmten Moderator live erleben. Marianne Rump aus Quakenbrück hat es geschafft. Sie wird in die Glamourwelt der Fernsehstudios eingeladen und spielt mit um die Million. Nach und nach begreift sie, dass sie sich auf einen erbarmungslosen Kampf um den »heißen Stuhl« eingelassen hat. Bereits im Warm-Up der Show stellt sie fest, dass manche Kandidaten keine Skrupel kennen. – Ein wahrhaft mörderisches Spiel beginnt.
Der Krimi erlaubt einen Blick hinter die Kulissen einer großen Quizshow, denn die Autorin war selbst Kandidatin der Show »Wer wird Millionär«.
»Antje Friedrichs schreibt nicht nur mit Insider-Kenntnissen, sie baut auch gut die Spannung auf.« HNA, Kassel

Dresden Krimi im Prolibris Verlag

Kai Leuner, Kardinalfehler
226 Seiten, Paperback, Originalausgabe November 2009
ISBN 978-3-935263-69-6 / 12,00 EUR

Der ehemalige BKA-Beamte Bobby Cramer begegnet zufällig am Dresdner Flughafen seinem alten Widersacher Ratcher, dem geheimnisvollen Auftragskiller, der nach einem missglückten Attentat vor drei Jahren auf mysteriöse Weise verschwunden war. Sein plötzliches Wiederauftauchen kann nur eines bedeuten: Der Killer hat eine neue Mission. Wenige Stunden später ist Bobby tot, und seine Freundin Kristin Eggert wird als Hauptverdächtige gejagt. Aber die junge Polizistin kennt die Wahrheit – und Ratchers Ziel. Er hat den Bundeskanzler im Visier...

»... und obendrein wahrscheinlich der beste Krimi aus dieser Region seit Jahren ...« Sächsische Zeitung, Dresden

Wien Krimi im Prolibris Verlag

Robert Pucher, Katerfrühstück
240 Seiten, Paperback, 3. Auflage 2008
ISBN 978-3-935263-39-2 / 12,00 EUR (D) / 12,40 EUR (A)

Nach einer durchzechten Nacht eine Leiche in seiner Badewanne zu finden, ist schon schlimm genug. Aber nur kurze Zeit später entdeckt der erfolglose, an der Welt verzweifelnde Wiener Schriftsteller Daniel Reichenbach auch noch eine abgesägte Hand am Kahlenberg. Und das ist noch nicht das Ende des Grauens. Wie viele Tote werden ihm noch begegnen?
Die schockierende Mordserie überfordert den Bezirksinspektor Doppler heillos. Zumal die Zusammenarbeit mit seiner Vorgesetzten recht schwierig ist: Sie kann ihn buchstäblich nicht riechen ... Alles in allem keine guten Voraussetzungen für die Lösung des Falls!

»... eine bitterböse Satire ...« www.krimikiste.com

Rügen Krimi im Prolibris Verlag

Birgit C. Wolgarten, Und es wurde Nacht
256 Seiten, Paperback, Originalausgabe Mai 2004
6. Auflage 2010, ISBN 978-3-935263-24-5 / 12,00 EUR

Katja Sommer will eigentlich nur ein paar Tage an der Ostsee ausspannen, als ihr Stralsunder Kollege Sven Widahn sie um Mithilfe bittet: In einem Strandkorb wurde eine Tote gefunden. Aber warum musste Wilhelmine, Bewohnerin einer exquisiten Seniorenresidenz, sterben? Das Motiv fehlt. Langsam keimt ein ungeheuerlicher Verdacht in Katja auf. Hartnäckig verfolgt sie ihre Spur und erkennt erst spät, fast zu spät, wohin diese sie führt! – Wieder entwirft die Autorin des viel gelobten Krimis »Land der Mädchen« ein raffiniertes Psychopuzzle, das Katja Sommer nach und nach zu einem unglaublichen Bild zusammensetzt ...

»... eignet sich vortrefflich zum Schmökern am (Nord-)Strand.«
Krimi-Couch.de

Attersee Krimi im Prolibris Verlag